流水迢迢

卷四

花開並蒂

簫樓——著
伊吹五月——繪

好讀出版

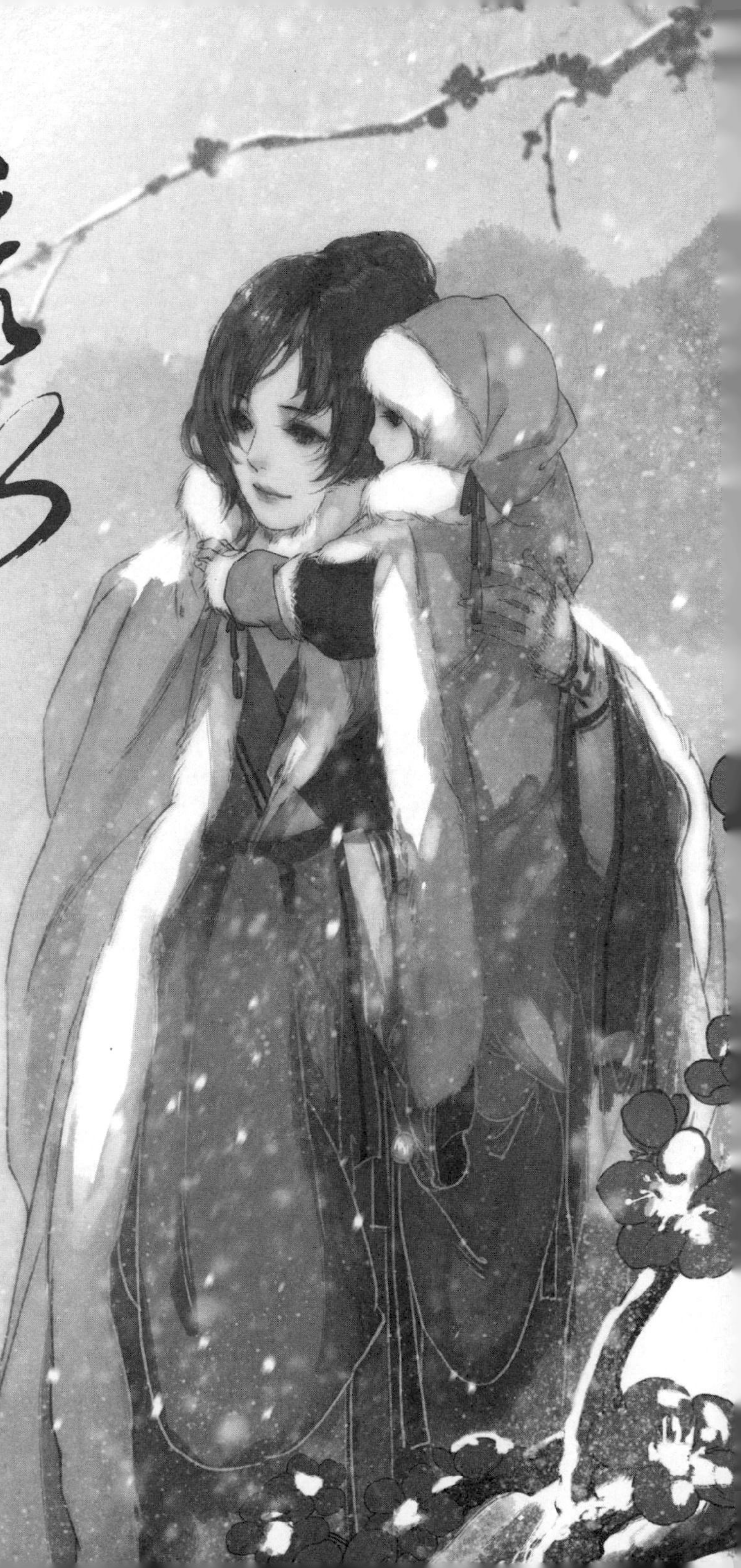

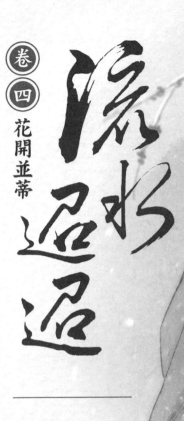

目錄

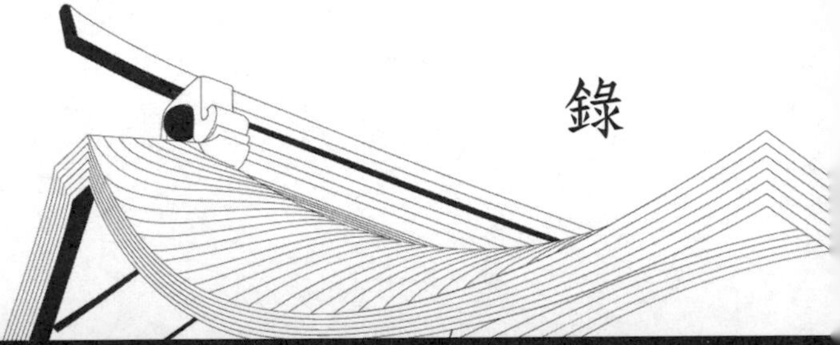

流水迢迢

第十三章　兩貓相偎

黑暗中，江慈躺於衛昭身側，待喘息不再急促，輕聲道：「我冷。」江慈慢慢地靠過來，依上他胸前，低低道：「這麼冷，兩隻貓要靠在一塊兒取暖才行。」她如一團火苗般靠近，這股溫暖讓他無法抗拒，只得再度將她抱緊。溫暖似海般讓人窒溺，沉浮之間，他欲徹底燃燒，卻又怕靠得太近，自己身上的黑暗會把這點微弱之光吞沒。

五十三　花開並蒂

秋風微寒，挾著細細秋雨，打濕了江慈的鬢髮。

她騎著馬一路西行，因怕招人誤會是逃兵，當夜在一處小山村用身上軍餉向山民買了一套女子舊衫和一些乾糧。換回女裝，稍事歇息，她即重新上路。

在軍營閒暇無事，崔亮興致起時曾給她講解過天下地形，她認準路途往長樂趕去。行得兩日，便跟上了月落兵行軍的路線，還依稀可見他們安灶歇整的痕跡，江慈心中漸安，加快了幾分速度。

這日行到金家集，距長樂城不過百來里路，江慈覺口渴難當，在一處茶寮跳下馬，用身上僅餘的銅板叫了一壺茶。正飲間，忽聽得西面山路上響起急促的馬蹄聲，歡呼聲也隱約傳來：「桓軍戰敗了！」「長樂守住了，寧平王被月落聖教主殺死了！」

茶寮中的人一窩蜂地往外擁，只見幾騎駿馬疾馳而來，馬上之人持著象徵戰勝的彩翎旗，一路歡呼著向東而去。江慈隨著茶寮內的人往外擁，耳邊聽得人群的陣陣歡呼，她不禁跟著人群歡笑起來，只是笑著笑著，淚水悄然垂落。

她躍上駿馬，用力揮鞭，百來里路程一晃而過。在她眼前晃動的只存那雙靜靜的眼眸，那個溫暖的懷抱。長樂在望，路上來往的華朝士兵與月落兵漸漸多了起來，江慈不知衛昭在何方，只得往長樂城趕去。快到長樂城，正見大隊月落兵從城內出來，後面跟著一群華朝將士相送。雙方此番攜手殺敵、同生共死，似乎已將前嫌屏棄，此時道別頗有幾分依依不捨之意。

江慈乍時看到一個熟悉的身影，大喜下策馬疾衝過去。

大都司洪傑那日在戰場上追殺桓軍，與華朝一名姓袁的副將聯手殺了桓軍一名大將，二人一見如故，戰後找地方喝了幾口酒，索性結爲了異姓兄弟，此番道別，頗爲不捨。正說話之際，他聽到有人大呼自己的名字，猛然轉頭，江慈已在他面前勒住駿馬，笑道：「洪兄弟，別來無恙？」

洪傑認出她來，「啊」了一聲，臉紅片刻，唯想起已和自己成親的淡雪，又迅速恢復常態，爽朗笑道：「原來是江姑娘，江姑娘怎麼會來這裡？」

江慈躍下駿馬，許多月落士兵認出她來，紛紛向她問好。江慈笑著和他們打過招呼，將洪傑拖到一邊，洪傑忙甩開了她的手。江慈急問道：「你們教主呢？在哪裡？可好？」

洪傑知她與教主關係極好，忙道：「教主帶人先回月落去了，剛走不久，你往那邊追，估計能追上。」

江慈大喜，洪傑眼前一花，她已躍上駿馬，馬蹄翻飛。洪傑再抬頭，只見到她遠去的身影，聽到她歡喜無限的聲音：「多謝洪兄弟！」

江慈得知衛昭無恙，心中大喜，這一路追趕便如在雲中飛翔，與前幾日一路西行忐忑擔憂之情大不相同。不多久，依稀可見前方山路上月落兵漸多，烏壓壓一片往西行進，江慈更添心中歡喜。月落兵聽到馬蹄之聲，回頭相望，相繼有人認出她是去年冬日捨身示警的江姑娘，見她馬勢來得甚急，紛紛讓開一條路。

前方，一個白色身影端坐馬上，與身邊的平叔正在交談，江慈力夾馬肚趕了上去，攔在了他的馬前。她的心似要跳出胸腔，眼睛也逐漸濕潤，微抿著下唇靜望著他，望向他銀色面具下的眼眸。只是不知爲何，這雙眼眸透著些陌生？爲何他的眼眸中不見一絲驚喜？

江慈忽而省悟，此時平叔也由初見她的驚訝清醒過來，策馬到她身邊輕聲道：「小丫頭，跟我來。」

平叔在一處樹林邊下馬，江慈追出幾步，急問道：「平叔，他去哪兒了？」

平叔看了她片刻，眼神複雜，終搖首道：「我也不知道。他殺了寧平王後便不見了人影，我們遍尋不獲，只能讓蘇俊繼續出面。」

江慈茫然，他去了哪裡？

平叔看著她滿面擔憂與思念之色，忽想起與衛昭由雁返關緊急行軍趕回長樂的情形：他深夜獨立，總默默地望向東邊，偶爾吹起玉簫，眼神才會帶上一絲柔和。那一分柔和，像極了多年前的那個人。

但那日他在戰場之上擒住寧平王，逼問到夫人果於多年前離世，屍骨無存，他悲嘶著，一劍斬落寧平王的人頭。他眼中透著濃濃的仇恨，自己在他身側，甚至能聽見他胸腔中如毒蛇吐信般的嘶氣之聲。他一劍劍將寧平王的皮給剝下，一寸寸割著寧平王的肉，所有的人，包括自己，都不敢直視那個場面。等所有的人再抬頭，他已不知去向。

他究竟去了哪裡呢？江慈默默地想著，忽然一個激靈，急道：「平叔，您能不能給我一塊你們星月教的令牌？」平叔瞬間明悟，猶豫片刻，終掏出一塊令牌丟給江慈。

江慈接過，翻身上馬，大聲道：「平叔，您放心吧。」

平叔望著江慈縱馬遠去的身影，心情複雜。蕭離趕了過來，低聲問道：「這丫頭到底是什麼人？無瑕好像和她關係非同一般。」平叔不答，只長長地歎了口氣。

由長樂城往西疾馳，不多久便進入月落山脈。江慈打馬狂奔，山風漸寒，越往山脈深處走秋意越濃。她身上銅板已用盡，只得在路邊摘些野果、喝點泉水充饑解渴。

這日黃昏，她終趕到了星月谷。她默看著石碑上「星月谷」三個字，須臾後翻身下馬，舉步走向谷內。剛走出幾步，便有數人閃身攔在了她面前。江慈將手中令牌遞給爲首白衣教徒，那教徒看清令牌，忙下跪道：「見過暗使大人。」江慈這才知平叔給自己的令牌竟是星月教暗使專用，遂平靜道：「你們都退下吧。」眾人應是，齊齊退下。

江慈依稀記得當日衛昭帶自己去他父親墓前的青石徑，她找到那塊書著「禁地」二字的石碑，沿著青石徑往峽谷深處走去，此時天色漸黑，峽谷內光線極暗，她幾乎看不清路途，只得用手摸索著右側的岩壁，緩慢前行。掌下的岩壁濕寒無比，若是他在，定會像當日一樣，牽住自己的手吧？

峽谷內靜謐得讓人心驚，江慈不知自己走了多久始走出石縫，再向右轉，終於看到了前方一點隱約的火星。她將腳步聲放得極輕，緩步過去。墓前，快熄滅的火堆邊，一抹白色身影伏在地上，似在跪拜又似在祈禱。他身側擺放著一顆人頭，血肉模糊，想來便是那寧平王。

江慈眼眶逐漸濕潤，靜立於他背後，見他跪拜良久，終柔聲道：「你這樣跪著，阿爸和姐姐會心疼的。」

衛昭一動不動，只聞衣袍被山風吹得簌簌而響。江慈頓覺哪兒不對勁，急撲過去將衛昭扶起，眼見他雙眸緊閉，手掌冰涼，大急下復想起他上次走火入魔的情形，只得咬咬牙，用力拍上他胸口。

衛昭身軀輕震了一下，卻仍未睜眼。江慈強迫自己恢復鎮靜，所幸當日從醫帳出來，身上還帶著一套銀針，換回女裝後亦不離身。她取出銀針，記起崔亮所授，想到衛昭每次都是思念親人時發病，定與心脈有關，趕忙找到相關的穴位扎了下去。

她將衛昭拖到火堆邊，又拾來柴火燒旺，再將衛昭抱在懷中。他的身軀冰冷，俊美面容透著些青灰色，江慈心中大慟，撫上他的額頭，輕聲道：「阿爸、阿母、姐姐都不在了，我來陪你。你答應過要陪我一輩子的，你從來沒騙過我，就是以前要殺我時也沒騙過我，我不要你做騙子……」

淚水，成串掉落，她感覺自己的低泣聲彷若從遠空飄來，模糊的淚眼望出去，火堆化成了一團朦朧光影。光影中，他向自己微笑，但緊接著，他的微笑又迅速隱去，消失在光影後。

江慈胸口湧起一陣撕裂般的疼痛，正喘不過氣來時，忽聽到一聲極輕的咳嗽聲。她驚喜下低頭，那雙明亮眼眸正靜靜地望著她，他的聲音透著虛弱而道：「你把我的脖子掐斷了。」江慈「啊」的一聲放開抱住他脖頸的雙手，衛昭的頭重重地砸在地上，他痛呼一聲，雙目緊閉又昏了過去。

「無瑕！」江慈急忙將他抱起，見他再無反應，急得手足無措，終放聲大哭。一隻修長白皙而又冰冷的手，悄悄伸過來，替她將淚水輕輕拭去。

江慈低頭，正見衛昭嘴角一抹若有若無的笑容。她恍然大悟，欲待將他推開，終是不敢，只得嗔道：「你裝昏騙我！」

衛昭躺在她懷中，見她雖嗔實喜，漆黑眸中流露著無限深情，他大計將成且親仇得報，忽覺這一刻，心中竟是前所未有的平和喜樂。他將頭埋於她腰間，輕聲道：「我想試一下，騙你是什麼滋味。」

「不行。」江慈急道：「不准你騙我，一輩子都不准。」

衛昭聞著她身上清香，喃喃道：「好，就騙這一回，以後不再騙你了。」

江慈拔出他穴位上的銀針，低頭道：「可好些？回去歇著吧，我再給你開些藥。」說著便欲將他扶起。衛昭卻按住她的雙手，低聲道：「別動，就這樣，別動。」江慈遂不再動，任他躺在自己懷中，任他抱住自己的腰，聽他輕輕的呼吸聲，聽著山間的鳥兒低鳴，看著火堆由明轉暗。

衛昭這一覺睡了個多時辰，醒來只覺多日來的煎熬與疲勞一掃而空。他睜開雙眼，看到江慈正耷拉著頭，也睡了過去。他靜靜凝望著她的眉眼，依稀可見幾分匆忙趕路的風霜之色，她的面頰上還隱有淚痕，但唇角卻微微向上彎起，似透著無限的歡喜。

他悄悄起身，江慈睡得極為警醒，猛然睜開雙眼。衛昭將她抱入懷中，輕聲道：「輪到你了，你睡吧。」

江慈向他一笑，道：「我想給你開點藥，靜心寧神的。」

「不用了。」衛昭淡淡道：「我的身子會慢慢好的。」不待江慈說話，他微笑道：「你若不累，我想帶你去一個地方。」

「什麼地方？」

衛昭將她輕輕拉起，道：「回家。」

江慈大奇，跟著他走出數步，又「啊」了一聲停住。衛昭回頭問了一句：「怎麼了？」

江慈抽出被他握住的右手，返身回到墓前跪下，恭恭敬敬地磕頭，衛昭默默看著，白玉般面龐上溫柔越濃。

石縫出口往左轉是條極爲隱蔽的山路，想是多年來少人行走，草長得極深。衛昭牽著江慈徐徐走著，黑暗中，江慈輕聲道：「無瑕。」

「嗯。」

「眞的是回家麼？」

「是。」

「不騙我？」

衛昭忽地轉身，右手在她腰間一托將她負於背後，繼續前行。江慈伏在他背上，他的長髮被風吹起，拂過她的面頰。他的聲音十分輕柔，「不騙你，以後都不騙你了。」

江慈心中大安，數日來的擔憂不安消失得無影無蹤，她在他耳邊輕聲喚道：「無瑕。」

「嗯。」

「無瑕，無瑕，無瑕……」

她不停喚著，他也不停地應著，這一段山路走來，宛如一生漫長，又恍若流星一瞬。

黑暗中，江慈只覺衛昭負著自己穿過了一片樹林，又攀上山峰，待隱約的泉水聲傳來，便依稀見到前方山腰間似有幾間屋舍。

衛昭走到屋前，推門而入，卻不放下江慈，仍負著她轉向右邊房屋，掏出身上火摺子點燃燭火，江慈眼前漸亮，不由讚了一聲。

這是一間典型的月落族青石屋，屋內桌椅床臺俱是簡單之物，但桌布、椅墊、床上的錦被繡枕用的皆是極精美的月繡，而屋內東面牆上更掛著一幅月繡山水圖：山巒隱現，青峰嫋嫋，石屋在峰間隱現，泉水自屋邊繞過。整幅繡品出塵飄逸，清幽難言。

衛昭負著江慈，站在這幅山水圖前，望著圖上山間石屋，以前所未有的柔和語調說：「這是我姐姐繡的。」

江慈心中一酸，箍住他脖頸的手便加了幾分力。衛昭拍了拍她的手，輕聲道：「我八歲以前，就住在這裡。」

「和姐姐一塊兒？」

「是，還有師父。待我八歲，才隨師父和姐姐去了平州的玉迦山莊。這裡的繡品全是姐姐繡的，她七歲時便能繡出我們月落最美的繡品，她十歲時繡出的『百鳥朝凰』，連天上的雲雀鳥都能引下來。我去了華朝，這兒只有平叔隔一兩個月來打理一下。說起來，這裡才是我的家。」

江慈默默地聽著，悄悄伸出手，替他拭去眼角隱隱沁出的淚水。

衛昭放下江慈，轉過身來將她抱在懷中，輕聲喚道：「小慈。」

「嗯。」

「姐姐要是看到你，會很高興。」

江慈微生赧然，低低道：「說不定姐姐會嫌我長得不夠美，手也不巧，又貪玩，又好吃，又……」

他在她耳邊輕歎一聲，一下接一下，輕輕吻上了她的眉、她的眼。她還在絮絮說著，他再歎一聲，吻上了她的唇，將她的話堵了回去。

江慈的肚子卻於此時「咕嚕」響了幾下，她一時大窘，衛昭放開她，笑出聲來。江慈雙頰紅透，將他一推，道：「誰讓你走了也不告訴我一聲，害我這麼匆匆忙忙追來，身無分文，餓了兩天了。」

衛昭歎了口氣，將她抱住，輕聲道：「你留在長風騎等我就是，又何苦追來？」

江慈不答，只用手狠狠地掐上他腰間，衛昭忍痛不呼。江慈慢慢鬆手，道：「你下次若再丟下我，我便……」

「便怎樣？」

江慈卻說不出來，只伏在他胸前，半晌方有氣無力道：「我真的餓了。」衛昭輕笑，放開她，道：「你在這裡等我，我去去就回。」說罷閃身出屋。江慈追出屋外，道：「你去哪裡？」

黑暗中，他的聲音隱隱傳來，「去偷幾條魚回來餵貓！」

江慈笑著轉回屋內，見屋中有些灰塵，索性找來掃帚和布巾掃抹乾淨，又到屋旁打來泉水，找到廚房點燃灶火，燒了一大鍋開水。

剛將水燒開，衛昭便回轉來，將手中麻袋往臺上一扔。江慈打開一看，竟真的是幾條小鯽魚，還有生薑、油鹽、白米等物，她不禁大奇，「哪來的？」

衛昭笑了笑，江慈明白過來，笑道：「要是明兒個你的教眾發現不見了東西，只怕想破腦袋，也想不到會是他們天神一般的聖教主偷走的。」

衛昭微笑應道：「只怕他們更想不到，他們的聖教主偷這個，是用來餵貓的。」

江慈馬上拎起一條小鯽魚，邊往衛昭口中塞，邊嗔道：「是啊，餵你這隻沒臉貓。」衛昭笑著閃開，二人在屋中追逐一陣，江慈也知追他不上，喘氣笑道：「我沒力氣了，你幫我燒火。」

「好。」衛昭到灶後坐下，燃起滿膛熊熊柴火。火光照亮了他的面容，讓他的雙眸格外閃亮，江慈燒飯間偶爾與他對望，總是被這份閃亮吸引得移不開目光。直到他的臉似被火光映得通紅，低下頭去，她才紅著臉收回目光。

濃濃的魚湯香溢滿整間屋子，二人在桌邊坐下，衛昭忽然一笑，從背後拿出一個小酒壺。江慈眼睛一亮，搶了過來，笑道：「可很久沒喝過酒了。」又關切問道：「你剛發過病，能不能喝？」

「你喝多點，我少喝些便是。」衛昭微微笑著。

江慈大喜，找來酒杯倒上，又急急扒了幾口飯，道：「空肚子喝酒，容易醉，我得先吃點飯。」

衛昭輕輕轉動著酒杯，也不夾菜，俊美的眉目間亦喜亦悲，半晌方低聲道：「醉了好，今晚應該醉。」

江慈明他心意，忙拿起酒杯，道：「好，咱們就慶祝你大仇得報，醉上一回！」說著忙不迭地喝了口，歎道：「不錯，真是好酒！」

衛昭見她饞樣，一笑間仰頭將酒喝了下去。

酒，入喉甘醇濃烈，一如當年瞞著師父和姐姐，到地窖中偷喝的滋味。

魚湯鮮美，酒香濃冽，二人說說笑笑，不知不覺間便是壺乾菜盡。江慈收拾妥當，又到廚房燒了熱水端來房中，擰了熱巾遞給衛昭。

衛昭將臉埋在滾燙熱巾中，酒意湧上，再抬起頭已是雙眸通紅，呆呆地望著江慈。他的眼神與以往任何時候都不同，江慈心跳陡然加速，飛快地從他手中抽過熱巾，端起水盆，轉身便走。

月落屋舍都有著高高的門檻，江慈慌神間，右腳絆上門檻仆倒在地，水盆傾覆潑得她全身濕透。衛昭縱過來將她抱起，皺眉道：「怎這般不小心？」江慈輕哼道：「怎麼辦？都濕了。」

衛昭將她抱到椅中放下，到屋內角落大紅櫃中翻了一陣，找出幾件月落女子的衣裳，放在手中摩挲片刻，語帶惆悵道：「這是姐姐當年穿過的。」江慈雙手接過，紅著臉說：「你先出去。」衛昭面上也紅了一紅，快步出屋。

衣裳收在櫃中多年，已十分陳舊，江慈快速換上，竟短了些，想來是他姐姐十四五歲時穿的。

屋外傳來了清幽的簫聲，江慈輕輕步出屋子，走到他背後，簫聲宛轉悠揚，訴盡思念後嫋嫋息止。衛昭握著玉簫轉過身，望著江慈身上青絲百鳳羅裙，眼神略略恍惚，轉而忍不住笑道：「短了些。」

江慈雙手雙足都露在外面一截，宛如玉藕，月色下的她眼波如畫，面染桃紅。衛昭只覺多年來身心俱疲，從未有過這樣平靜安樂的夜晚，一絲醉意再度湧上，眼神越發迷離。

山間秋夜的風，寒意甚濃，江慈不由跺了跺腳。衛昭省覺，忙道：「外面風冷，進去歇著吧。」

「好。」江慈奔回屋內，衛昭也跟了進來。兩人看著屋內的床，都愣了片刻，衛昭澀澀道：「我到那邊屋子睡，你就在這裡睡吧。」

江慈頗有不捨，沉默片刻方道：「好。」

衛昭離去，江慈仍呆呆站在屋中，俄頃後，門被敲響。她忙將門拉開，衛昭似是有些臉紅，半晌方道：「那邊，沒被子。」

「哦。」江慈轉過身，這才發現這邊床上亦只有一床被子，繡花緞布被面還因是多年前的，略略發黃。她又去打開大櫃，看了片刻，回頭勉強笑了笑，「也沒有，怎麼辦？」

「哦，那算了。」衛昭愣愣道，緩慢轉身。眼見他要邁過門檻，江慈急喚了聲：「無瑕。」

衛昭腳步頓住，並不回頭，江慈猶豫片刻才吶吶道：「這麼冷的天，不蓋被子怎麼行？」

「我打坐好了。」衛昭同是微作猶豫，低聲道。

見他欲再度提步，江慈又喚了聲：「無瑕。」

「嗯。」

江慈的聲音逐漸低了下去，「你在、在這邊睡吧。」不待衛昭反應過來，她迅速跳上床，坐於床內一角，指了指對面，道：「你睡那邊，我睡這邊就是，總不能讓你一晚上打坐。」

衛昭呆立門口，始終不動。江慈只得再鼓起勇氣，笑道：「我有些挑床，睡不著，你陪我說說話。」

衛昭轉身，不敢看她，慢悠悠走到床邊坐下，卻不上床，只愣愣地坐著。江慈忽覺心跳加劇，口也嫌乾，不由抿了一下雙唇，抬眼間與他的目光對個正著，一觸即分，飛紅了臉，轉開頭去。兩人的呼吸聲都變得粗重，室內曖昧難言的氣氛讓江慈隱隱覺得要發生些什麼，既有些害怕，又莫名地有些期待。

許久過去，見衛昭還是木然坐著，江慈索性一閉眼，鑽入被中，道：「我要睡了，把燭火熄了吧。」衛昭輕應一聲，右掌輕揚，室內陷入黑暗之中。

江慈閉目良久，還未聽到他上床，忍不住喚道：「無瑕。」

「嗯。」

他在黑暗中靜坐，江慈睜大雙眼，也只能見到他隱約的身影。

「你也睡吧。」

「我想坐一陣，你先睡吧。」

江慈來了絲火氣，道：「我睡不著。」

「爲什麼睡不著？」

江慈掀被而起，坐到衛昭身邊，聲音隱透倔強，「你老像菩薩這麼杵著，我怎麼睡得著？」

衛昭無奈，和衣躺下，閉目道：「那我睡了。」

江慈得意一笑，轉回那頭睡下，卻又發現他沒蓋被子，忙又爬起來，拉著被子要蓋上他的身子，口中道：「你剛好轉，別著涼了。」

黑暗中，她也不知自己是怎麼腳下一絆，居然迷迷糊糊地往前一撲，撲到了他身上。待他身上醉人的氣息一陣陣將她淹沒，才發現自己已無力起身。

不知是誰的心「怦怦」亂跳，黑夜中聽來格外清楚。她迷糊良久，終「啊」了一聲，用力撐上他的腰間，想要爬回去，手指用力間，又將他的束帶給扯了下來。她一慌神，手掌又撐上他身體某處，異樣的感覺讓她如遭雷擊，急速往回爬。

衛昭終於忍不住輕哼出聲，猛然攬上她的細腰，將她抱了回來，喘道：「小慈。」他的聲音略顯沙啞，她不及反應，他已找到了她的雙唇。

濃濃的慾念將他淹沒，也讓她陷入半昏迷狀態。他不停地啄吻著，手也顫抖著伸入她衣內，覆上她胸前的柔軟，酥麻感如潮水漫捲，將她整個人淹沒。他掌心的熾熱更讓她無法克制地低顫，終忍不住輕「嗯」一聲，並咬了一下他的下唇。

下唇微痛，衛昭恢復了幾分清醒。他身軀僵住，慢慢將她推開，向外挪了些，半晌方低聲道：「小慈，我……」他的聲音似是因為壓抑了太多東西，又乾又澀，欲言又止。

黑暗中，江慈躺於他身側，待喘息不再急促，輕聲道：「我冷。」

衛昭默不作聲，只是呼吸依然粗重，江慈再等一陣，又道：「我冷。」

衛昭仍顯猶豫，江慈慢慢靠過來，依上他胸前，低低道：「這麼冷，兩隻貓要靠在一塊兒取暖才行。」

她如一團火苗般靠近，這股溫暖讓他無法抗拒，只得再度將她抱緊。溫暖似海般讓人窒溺，沉浮之間，他欲徹底燃燒，卻又怕靠得太近，自己身上的黑暗會把這點微弱之光吞沒。

可從來風刀霜劍，如履薄冰，從來隻身飼虎，黑暗中沉淪，若能擁有這一份溫暖，就是化為灰燼又何妨？是靠近，還是逃離？他在矛盾中掙扎著。但，這麼美好的夜晚，這麼溫暖的身軀……他的慾念如潮水般澎湃，理智漸漸沉淪……

不知何時，二人的衣衫已不知去向。她身上散發著的陣陣幽香徹底讓他陷入迷亂之中，縱是屋內沒有燭火，他亦可看到她那潔白柔軟的身體，像一道閃電照亮了他的雙眸。她雙拳緊捏放於身側，她胸脯劇烈地一起一伏，他能感覺到她的羞澀、緊張與不安，但他更能感覺到自己的慌亂與緊張。接下來該怎麼辦？他呼吸有一瞬的停頓，腦中茫然不知所措，身軀卻不由自主地覆上那份柔軟。

她在他耳邊無力地呻吟：「無瑕。」

他有些手足無措，身下柔軟滾燙的身軀點燃了他的全部激情，他卻拿不准該往何處去釋放這股激情。她感覺到了他的異樣，不安地動了一下，強烈的肌膚摩擦讓他腦中「轟」的一聲，劇烈喘息著繃緊了身體。

終於有什麼要發生，在這個夜晚，不可逃避。

她在他身下嚶嚀，當他滿頭大汗，終於找到路途，喘息著用力埋入她緊繃的軀體中，她緊咬住下唇，將撕裂帶來的痛哼聲嚥了回去。陌生而幸福的感覺將兩人同時淹沒，他只停頓了一瞬，又繼續將自己深深地埋入到她溫暖柔嫩的軀體中。

他，終於做回了蕭無瑕，她也終於，找到了命中的歸宿。

每一次進入都讓他的心在顫抖，那美好的感覺讓他無法控制自己，他嘗試著不停體味這份美好，心底深處，卻始終懷疑自己是否墜入夢中。他怕這場夢終有醒來的一刻，只能盡力記住這種感覺，將它深深銘刻在心。身下的她，似繃得很緊，低吟聲也似有些痛楚，他又湧上惶恐與不安，欲待停下，她卻用力抱住了他的背。

不安與驚疑逐漸淡去，他的眼中，充滿驚喜與狂熱。他控制不住地低喘、起伏，她也緊緊抱住他，隨著他的每一次起伏而輕顫。細細的嬌吟聲，讓他在一波又一波的浪潮中急劇瘋狂，直至忘掉整個世界，直至攀越到快樂的最高峰。原來，身與心的交融，會是如此美好，竟可以如此美好……

他伏在她身上，低低地喘息，明亮眼眸中卻似有水光流淌。她的身子發疼，然胸中盈滿了幸福與歡喜。他將嬌柔纖細的她裹在自己臂彎裡，喃喃輕喚：「小慈。」她再度被他身上醉人氣息淹沒，只能發出低低的輕嗯。

輕撫著她的秀髮，他心口似被什麼堵住了一般，不知如何才能讓她聽見自己滿腔的感激，但最終一句話也說不出來。這一刻，他只想緊緊地擁著她，將她融入自己的血中、骨中、靈魂之中。

山間的夜是這般靜謐，靜謐得能聽見彼此的心跳聲和每一次呼吸聲。

江慈醒轉來，室內已依稀透進些晨曦。她一睜開雙眼，便見他眸中透著無盡溫柔，正靜望著自己。她含羞閉上雙眼，他凝望她臉上動人的紅暈，俯過身來輕柔吸吮著她的唇舌，又吻上她的頸，一路向下，終於，顫抖著含上了她的胸前。如同迷途的孩子找到了歸路，他幸福地自喉間發出一聲呻吟。

江慈全身一陣劇烈顫慄，同時感覺到他身體的異樣，面頰驀地紅透，不由喘息著喚了聲：「無瑕。」情慾再度瀰漫，初嘗美好而帶來的渴望讓他無法控制自己，少了昨夜的生澀，多了幾分狂野和綿長。肌膚相親，烏髮纏結，交頸廝磨，是無盡的眷戀與纏綿。

當他徹底嵌入她的身體，再度低吼著釋放了自己，江慈極度歡愉中突有種想哭的衝動。這樣的幸福感來得太強烈，滿滿地由胸中向外洋溢，溢得她的心都微生疼痛。她張開雙臂緊緊抱住劇烈顫慄的他，低喃道：「無瑕。」

他漸復平靜，卻仍伏在她身上，右手撐頷，與她目光交集。他的烏髮垂落，額頭沁滿汗珠，她伸出手想替他擦去汗珠，他卻忽然張嘴，含住了她的手指。

江慈覺麻癢自指尖直傳入心窩，忍不住笑著扭動了幾下，衛昭痛苦地呻吟一聲，自她身上翻落，大口喘氣。江慈靜靜地靠過去，他伸手將她攬入懷中，待喘息稍止，輕聲道：「小慈。」

「嗯。」江慈伏在他胸前，看著自己與他的烏髮糾纏在一起，輕輕地撥弄著。

「你以後，會不會恨我？」歡愉過後，他又湧上悔意與歉疚。

江慈用力咬上他的胸前，他痛呼一聲，仍未放開她。她慢慢抬頭，似嗔似怨地望著他，「你若再丟下我，我就恨你一輩子。」

他心底湧上一絲莫名的恐懼，她也彷似自他眸中看到這絲恐懼，不安地攀上他的身軀，「我要你發誓，一輩子都不再丟下我。」

他輕撫著她的如雪肌膚，低沉道：「好，一輩子都不丟下你。」

「我要你發誓。」她不依不饒。他遲疑了一下，柔聲道：「好，我若再丟下你，便罰我受烈焰噬骨……」

江慈心中莫名發慌，重重地堵住了他的雙唇。

他不再說話，將她嬌柔的身子抱住，感覺到緊貼在自己胸前的豐盈，渴望再度湧上，最後只是輕撫著她的肌膚，任她慵懶地伏在自己身上睡去。

江慈再醒來，已是日上中天，全身的痠痛讓她竟無力起床，待神智稍稍清醒，才發現他已不在身邊。她突生一陣恐慌，猛地坐起，急喚道：「無瑕！」

錦被自肩頭滑下，昨夜今晨留下的歡痕，讓她徹底明白這不是一場夢，可他在哪裡？她驚慌中便要下床，白色身影已閃進來，將她抱入懷中。

她用力箍住他的脖子，他似明白她的不安，輕輕撫著她的秀髮。她逐漸平靜，轉而發覺自己竟是未著衣衫，「啊」的一聲抓起被子將自己裹住，小臉刷地紅透。

縱是先前親密至身心無間，二人此刻都煞覺羞澀，他急急大步而出，佇立門口，半天才平定胸口再度湧上的浪潮。輕柔的腳步聲響起，她從後面環住了他的腰，將臉緊貼在他背後，也不出聲，只靜靜地貼靠著。

他回過身，修長手指輕托起她的面容，柔聲道：「餓了沒有？」

江慈聞到一股米湯的香氣，訝道：「你在燒飯！」

衛昭微微一笑，「很奇怪麼？」

江慈不信，掙脫他的手跑到廚房，不由笑彎了眼，「好啊，你又去當了一回小偷，這回人家不見了整隻雞，只怕真要滿山抓大野貓了。」

衛昭但看著她笑，微眯鳳眸中透著少見的得意與頑劣。

秋夜清寒，江慈格外怕冷，將整個身軀縮在衛昭懷中，貪戀著他懷中的溫暖。他身上的氣息如同春風，緊緊地裹住她，讓她片刻也不捨離開。

幽歡苦短，這幾日，二人都不去想身在何方，甚至連話語都很少。他與她全身心地投入，無止盡地燃燒，徹底沉浸在這歡愉之中。

睡到半夜，她被耳邊的酥癢弄醒，笑著躲開去，他又貼了過來。

「累不累？」他的呼吸開始加粗，聲音微帶著蠱惑，猶有幾分渴求。

她有些痠痛，卻逃不脫亦捨不得離開他的臂彎，只將頭埋入他胸口，輕「嗯」了一聲，他分不清她這是拒絕還是同意，依然將她覆在了身下。

她的身軀這麼嬌柔迷人，他貪戀著她身上的每一寸肌膚，探索著她身上的每一分柔軟。

她熱情地回應著，卻發現他驟停下來。她睜開迷濛雙眼，見他專注凝望著自己，不由伸手圈住他的脖子，低聲問：「怎麼了？」他似是湧現別樣的渴望，額頭開始沁出汗珠。江慈忙柔聲道：「哪裡不舒服麼？」

他呼吸急促，忽伸手抓住她的腰，聲音略略沙啞，在她耳邊低低道：「咱們試一試，好不好？」

「試什麼？」她睜大眼睛望著他。

見她目不轉睛地望著自己，他臉更紅，帶上命令的口吻，「你閉上眼睛。」

「不閉。」她更加好奇，索性緊盯住他。

他羞惱地哼了一聲，猛然將她抱起，她閉目「啊」的大叫，再睜開眼時已坐在了他的腰間。

「你……」她略顯驚慌。

「聽話。」他的聲音帶上幾分固執。

她不知他要做甚，只得攬上他的脖子，乖順道：「好。」

今夜深山處，並蒂花開結千髮，良宵更苦短……

五十四　暗渡陳倉

天亮得那麼早，江慈不情不願地起床。衛昭仍在熟睡，平日閃亮的雙眸此時闔起，黑長微翹的眼睫隨著呼吸微微顫動，尤襯得他面如美玉。她忍不住屏住氣息，慢慢低下頭來，將雙唇在他睫毛上蹭了蹭。

他仍未醒，她得意地一笑，極輕地穿上衣裳，極輕地走出了房門。

將飯做好，他仍未起身。江慈不忍叫醒他，見屋前栽著的一帶玉迦花旁長滿了雜草，索性找來鋤頭細細地鋤去雜草。

極輕的腳步聲響起，江慈一喜，轉而聽出腳步聲來自於石屋左側的山路，急抬頭看，數日的歡愉於這一刻悄然褪去，她慢慢退後兩步，雙唇微抿。

蕭離與平叔緩步走來，蕭離盯著她瞧了一陣，心中暗歎，輕聲道：「教主在麼？」江慈抿嘴不答。房中，衛昭倏然坐起，靜默良久後，穿好衣裳出屋淡淡道：「出什麼事了？」江慈慢步後退，將身子隱在他背後。

蕭離與平叔下跪行禮，衛昭道：「都起來吧。」平叔抬頭看了他一眼，他避開平叔的目光，轉身入屋道：「進來說話。」

平叔與蕭離並肩進屋，這久未住人的屋子被收拾得煥然一新、窗明几淨，恍如這裡的舊主十多年來從不曾離開過一般。

平叔再抬頭，正見江慈扯了扯衛昭的衣袖，而衛昭則輕輕拍了一下她的手，他心中忽然一酸，垂下頭去。

蕭離道：「有信傳來，裴琰拿回鄆州、鞏安了，正往郁州、成郡追擊桓軍。」

衛昭微笑道：「比我料想的快了些。」

「是，教主，您看……」

衛昭聽著背後她極細的呼吸聲，彷若能聽見她心中的不捨。他狠著心，開口道：「看來我得儘快趕過去，裝傷只能一時，我總得重回人前露面。」

江慈的心沉了一下，凝望他挺拔的背，努力讓自己心情平靜。她轉身走進廚房，端了飯菜出來，微笑道：「填飽肚子再談正事吧。」見三人都不動，她拉了拉衛昭的衣袖，衛昭在桌前坐下，江慈又向平叔和蕭離笑道：「平叔，四師叔，一塊兒吃吧。」

平叔和蕭離互望一眼，他二人昨夜就趕抵星月谷，仍決定待天亮後再上山，眼見揣測變成現實，二人心中說不上是何滋味。

衛昭抬頭喚道：「一塊兒吃吧。」平叔、蕭離過來坐下，江慈大喜，忙替二人盛上飯。蕭離看著桌上菜肴，不由笑道：「谷中正說廚房鬧賊，每天不見了東西，原來都到這裡來了。」

江慈咳了一下，端著飯碗溜回了廚房。

衛昭低頭靜靜吃飯，半晌方問了一句：「族長呢？」

「很好，天天纏著蘇俊，也很好學，正在教他《國策》。」蕭離緊接著誇了一句：「丫頭手藝眞是不差。」又道：「教主，您是不是回去見一下族長？」

衛昭的筷子停了一下，道：「算了，他那般聰穎，我怕他瞧出半點破綻。再說，我得趕去成郡，還有最關鍵之事未做。」

蕭離沉默片刻，道：「也是。」停了一下復道：「昨日收到盈盈的傳信。」

「信上怎麼說？」衛昭抬頭。

「談妃也懷了身孕。」蕭離躊躇片刻，輕聲道。

衛昭眉頭皺了皺，「這可稍嫌棘手。」

「是，小慶德王子嗣上頭較艱難，這麼多妃嬪，只有一個女兒，原本還指望盈盈能生下個兒子；就算她生的不是兒子，咱們仍能夠給她弄個兒子進去，如此的話，小慶德王萬一出個什麼意外，這個孩子就會是承襲王爵的唯一人選。偏偏現下談妃亦有了身孕，她是嫡室，此來可就……」蕭離道。

衛昭想了想，道：「聽說太子的這個表妹一向身體欠佳，若意外跌了一跤，保不住孩子亦屬常理。」

「是。」

「再跟盈盈說，談妃之事辦妥後，小慶德王手中那張玉間府的兵力布防圖，讓她也抓緊時間想辦法拿到。平叔派人去取了，迅速送到京城。」

「是，我這就派人傳信給她。」平叔恭聲道。

衛昭取出一塊令牌遞給平叔，「咱們在河西姚家莊的宅子，我放了一批兵器，平叔你帶人去運回。這是裴琰的令牌，遇到盤查，你可用這個。」

「是。」

三人不再言語，安靜用完飯。衛昭沉吟片刻，起身道：「四師叔，你隨我來。」

秋陽在林間灑下淡淡光影斑點，蕭離跟著衛昭穿過山林，一路登向山頂。這處山峰位於星月谷深處，地勢較高，又值秋空萬里之時，待二人站到峰頂，頓覺眼前豁然開朗，遠處連綿山脈，近處山林峽谷，月落風光盡收眼底。

山風飄蕩，吹得二人衣袍獵獵作舞，衛昭並不開口，蕭離也不問，二人默然佇立，享受這無邊的秋意。多年之前，月落山同是這等秋色，今日景色依舊，故人渺茫。當日並肩靜看秋色之人，除開尚有一個不知身在何處，餘者皆已隨秋風捲入塵埃。蕭離悄無聲息地歎了口氣。

衛昭神色略帶悵然，「師叔，我不知道何時能夠再歸返此處。」

蕭離知他即將遠行，他身處虎狼之窟，處處陷阱、步步驚心，此刻必定要向自己將諸事交代，便俯身行禮，「請教主吩咐，蕭離粉身碎骨，萬死不辭。」

「師叔，此次前去成郡，如果桓軍敗退、戰事得定，太子詔令一下，我和裴琰便馬上得回京城。」

「回京城？」蕭離的語調帶上幾分咀嚼意味。

衛昭知他所想，歎道：「是，是我們主動回京，並非起兵返回京城。」

蕭離道：「裴琰不是老想奪權上位麼？教主當初和他聯手，亦是打算扶他一把的。」

「我當初與他聯手，一是身分洩露而遭他脅迫，二來是看中其人才智超群，有令天下清明之大志，所以才允應幫他。裴琰本是想先奪取兵權，控制華朝北面半壁江山，再伺機將老賊拉下馬。但老賊也是行了周密準備才讓裴琰重掌兵權的，裴、容二族都處於監控之中，長風騎將士的家人俱還在南安府和香州。現下老賊雖病重，董方這些人可沒閒著。」

「是，裴琰若要起兵，定得三思。」

衛昭望向秋空下的綿延青山，緩緩道：「還有更重要的一點。」

「教主請說。」

「自古以來，得民心者得天下。此次河西之役，我親見崔子明一番獻計，巧妙利用百姓力量才將桓軍擊敗，深有體會。」

蕭離歎道：「民心如水，載舟覆舟啊！」

「裴琰打著『爲國盡忠、驅逐桓賊』的旗號，藉百姓之力才平定戰事。眼下大戰初定、民心思安，倘他又公然造反、重燃戰火，豈非賊喊捉賊？他裴琰又靠什麼去號召天下，收拾人心？」

「是，時機不對便失了藉口，名不正則言不順。」

衛昭道：「既然起兵須冒極大風險，而京城形勢又已發生巨變，那麼裴琰肯定有了新的打算。」

「嗯……反正皇帝病重不起，與其冒險造反，倒不如扶一個傀儡皇帝上臺，往後再慢慢擴充勢力，俟時機成熟了，再取謝氏而代之。」

「對，他而今打的正是這個主意，他猶想讓我繼續幫他。可我仔細思量過了，他要是坐上了大位，說的話還作不作數，可就拿不准了。鷸蚌相爭則漁人得利，裴琰是鷸，咱們就得給他弄個蚌，這樣咱們才能逼他兌現諾言。」

蕭離想了想，道：「教主打算扶莊王？」

「裴琰欲逼反莊王除掉太子，藉機扶靜王上臺。我表面上贊同了，到時自會想辦法讓莊王勝出。既有裴琰的承諾，又有莊王，咱們立藩便不成問題。莊王現今式微，只要咱們捏著小慶德王，他自然會聽話。」

蕭離默然半晌，望向衛昭俊美如天神般的側面，低聲道：「只是這樣一來，教主您還得和他們周旋啊。」

衛昭偏過頭去，淡淡道：「若能為我月落周旋出幾十年的太平日子，倒也不差。」

蕭離心緒激動，喉結一抖一抖，竟微微哽咽。衛昭聽得清楚，轉頭望著他，微笑道：「師父說過，四師叔是遇事最鎮定的一個。」

蕭離說不出話，衛昭面容一肅，道：「蕭離。」

「在。」

「你要切記，民心為本，民意難違。你施政之時，須多聽取族人意見，萬不可離心離德，更不能傷民擾民，唯只全族上下齊心，月落才有強大的希望。」

蕭離躬身施禮，「蕭離謹記教主吩咐。」

「此外，我已遣人在華朝各地置辦繡莊，你挑選一些能說會道的繡娘過去，往後繡莊的收入就用來興辦學堂、開墾茶園和良田。」

「是。」

「從今年起，在全族選一批天資出眾的幼童，集中至山海谷學文練武，由你親自授課，待他們大些便送去華朝參加文武科舉。」衛昭頓了頓又道：「只是，對他們的家人須暗中看著。」

「是。」

衛昭想了想，道：「就這些了。」他後退一步，長身施禮，「一切有勞師叔。」

蕭離將衛昭扶起，再控制不住激動情緒，猛然抱上他的肩頭。衛昭比蕭離高出半個頭，可此刻，蕭離覺得自己抱住的，還是當年那個粉雕玉琢、如泉水般純淨的孩子。

衛昭任由蕭離抱著，半晌才輕聲道：「師叔，你放心，我總有一天會歸來的。」蕭離眼眶濕潤，終只能說出一句：「無瑕，你多保重。」

衛昭與蕭離出屋之後，平叔轉頭盯著江慈，不發一言。江慈卻向平叔一笑，轉身就跑，不多時斟了杯茶出來，雙手奉與平叔，「平叔，您喝茶。」

平叔欲待不接，可茶香讓他呼吸一窒，便接了過來。他低頭一看，怒道：「你們……」

江慈嘻嘻一笑，「不是我拿的，是無瑕到您房中拿的，他說谷中最上等茶葉必定在平叔房中。」平叔未及說話，江慈面上微帶撒嬌神態，接著道：「平叔，無瑕說了，我們下次給您帶華朝最好的雲尖茶回來，保證比您這個還要好，您就別生氣了。」

平叔捧著茶杯在桌前坐下，看了江慈幾眼，默然不語。江慈忙在他身邊坐下，央求道：「平叔，我想求您一件事。」

「何事？」平叔冷聲道。

「您給我講講無瑕小時候的事，好不好？」

未久，衛昭與蕭離由山上下來，剛走到石屋後面，便聽見屋內傳出平叔和江慈的笑聲。兩人齊齊一愣，蕭離笑道：「平無傷會笑，倒是件稀罕事。」

衛昭聽著江慈的笑聲，不由自主地嘴角輕勾，蕭離看得清楚，心中一酸，低下頭去。

見二人進屋，平叔忙站起。

衛昭淡淡道：「你們到外頭等我。」他走入右邊屋子，江慈跟了進來，默默依入他懷中。二人環顧屋內，被衾猶暖，溫香依稀，這幾日便如同一場夢，纏綿迷離，終有要醒來的時候。

衛昭低頭，輕聲道：「你留在這裡吧。」

江慈拚命搖頭，在他胸前掐了一下。衛昭知她在提醒自己發下的誓言，卻仍貼於她耳畔低聲勸道：「我還有數件大事要辦，你千里迢迢地跟著……」她仰起頭，眼睛睜得老大，努力不讓淚水滴下，哽咽道：「你到哪裡，我便到哪裡，不許你丟下我。」

他猛地抱住她，目光正望向窗外。紛飛的黃葉在最後的秋陽中漫舞，他甚至能聽見黃葉落地的沙沙聲，一隻雀鳥在窗臺落下，不久，又有一隻雀鳥飛過來，片刻後，兩隻鳥又一起振翅飛去。

他輕輕捧住她的臉，吻去她的淚水，道：「好，我去哪裡，你便去哪裡。」

江慈終破涕爲笑，跟著他踏出房門。

下山的路長滿雜草，衛昭索性牽住江慈的手。蕭離與平叔不敢回頭，只默默在前面走著。到得石縫前，衛昭停住腳步。平叔走近，垂首道：「要否去道個別？」

江慈覺衛昭握著自己的手乍有些顫抖，便仰首望著他。他此時衣勝雪，人如玉，看著自己的目光如春柳般溫柔，她不由柔聲道：「還是去給阿爸和姐姐磕個頭吧。」

衛昭忽握緊了她的手，轉向蕭離與平叔道：「四師叔，平叔。」

「在。」二人齊齊躬身。

「不敢，二位是長輩，今日想請二位作個見證。」衛昭看了看江慈，話語輕而堅決。

蕭離心中說不出的悲喜交加，而平叔想起大計將成，那羅剎病重不起，這女子又善良可人，也不禁替他欣喜。二人同時點頭道：「好。」

江慈卻不明衛昭所言何意，衛昭向她一笑，牽著她往石縫出口右側走去。到得墓前，衛昭將她一帶，二人跪下，他凝望著石碑上的字，雙眼漸紅，手輕輕地顫抖。

蕭離歎了口氣，走到墓前長身一揖，再輕撫上石碑，道：「大師兄，今日無瑕在此成親，請您受他們三拜，並賜福給佳兒佳媳吧！」江慈頃刻間淚眼朦朧，轉頭望向衛昭。

秋陽下他的笑容那般輕柔，他慢慢伸手，替她拭去淚水。她隨著他叩下頭去，一拜，再拜，三拜，只願今生今世，得阿爸和姐姐相佑，再不分離。

由月落往郁州，路途非止一日。

平叔爲二人準備好兩匹馬，衛昭戴上面具和寬沿紗帽，江慈則換了男裝，二人告別蕭離與平叔，往郁州行去。行得半日，江慈索性在一處集市上賣掉一匹馬，與衛昭共乘一騎。

一路行來，秋殘風寒。衛昭買了件灰羽大氅，將江慈緊緊圈在懷中。灰氅外秋風呼捲，灰氅內卻春意融融，江慈只願這條路永遠走不到盡頭，只願一生一世都蜷在他的雙臂之間。

夜間，二人依然時刻膠著在一塊兒，寂冷長夜中唯有這樣，他和她才覺不再孤單。

歡愉越濃，江慈卻漸感覺到衛昭隱約的變化。他熟睡時，有時會微微蜷縮，似在夢中禁受著什麼痛苦；一路走來，看到戰後滿目瘡痍的淒慘景象，他也總是擰著眉頭，不發一言。

尤教她十分不安的是，他心底那些看不見的傷痕，是她始終都不敢去觸及的，她怕她一碰到那些糜爛的傷口，他就會從此消失。她唯有夜夜與他癡纏，讓他沉浸於最濃最深的愛戀之中。

這日郁州在望，路上處處可見百姓歡慶長風騎趕跑桓軍、收復郁州。衛昭默默看著，手心忽然沁出冷汗。江慈卻是看著欣喜，回頭仰視他，笑道：「眞好，要是以後再也沒有戰事就更好了。」衛昭勉強笑了笑，勁喝一聲，策馬疾馳，終在天黑時進了郁州城。

裴琰的行軍速度卻極快，長風騎已將桓軍逼到了成郡一帶，郁州城內是宣遠侯何振文帶兵鎮守。衛昭潛入郡守府探明情況後回到客棧，道：「少君不在，咱們得去成郡。」

「就走麼？」江慈替他取下面具，轉身擱放桌上。

衛昭靜默片刻，忽從後面抱住她，她嬌笑著倒在他的懷中，他悄悄揚掌將燭火熄滅。

夜半，她在他懷中醒來，借著窗外透進來的一點月色，可瞥見他的修眉微微蹙起，她忍不住伸手，想要撫平他的眉頭，他卻突然睜眼，溫柔地吻上了她的手心。

江慈低笑道：「你沒睡著啊？」

「你不也沒睡。」

「那你在想什麼？想得眉頭都皺起來了，不好看。」

衛昭微微愣怔，轉而抱住她良久，終問了出來，「小慈，告訴我，爲什麼會是我？」

江慈想了想，搖頭笑道：「不知道。」

他在她耳邊歎了口氣，「你眞糊塗。」

「師父說，『糊塗人有福氣。』」

他再歎聲：「可我是個壞人，道道地地的壞人。」

江慈想堵住他的嘴，他卻緊緊摟著她，低聲道：「小慈，我以往做了許多許多壞事，滿手血腥，滿身的罪孽。你跟著我……」

江慈默然，良久才低聲道：「那我就求菩薩，讓我死後下十八層地獄，爲你贖罪好了。」

進入十月，北境便迅速寒冷，滿樹枯葉飄然落地，積起一地暗黃。

長空中一聲鷹唳，灰線劃過，弦聲震響，蒼鷹發出淒厲的哀號，落於山巒之中。

宇文景倫擲下手中強弓，回頭看了看火光沖天的麒麟谷，眉間湧上忿然和不甘。易寒看得清楚，上前道：「王爺，還是先入城吧。這場大火，只能將裴琰阻擋一兩日。」

宇文景倫不言。滕瑞傷勢未癒，連聲咳嗽，咳罷後道：「只怕成郡入不得。」

見宇文景倫若有所思，左軍大將慕容光不解地道：「成郡咱們還有人守著，爲何入不得？成郡牆高壕深，咱們可據城力戰。」

滕瑞面色透著蒼白，雁返關一役，他爲逃生而自關牆跳下，宇文景倫及時趕到卸去他大部分下墜之力，但仍傷得不輕。縱是他醫術高超，然連日來隨軍步步後退，殫精竭慮，連出奇招，方助宇文景倫保了這八萬人順利撤回到成郡一帶，傷便一直未能痊癒。此刻，他已是心力交瘁。

他再咳數聲，道：「慕容將軍，成郡長年來爲長風騎駐紮重地，裴琰在這一帶尤得全城百姓的擁護。眼下咱們退到這裡，城內卻未有明顯騷亂，慕容將軍不覺得蹊蹺麼？」

慕容光一凜，「難道那些『暗襲團』早已潛到成郡，就等著咱們進去，好和裴琰內外夾擊！」

「暗襲團尚在其次，主要是咱們退得匆忙致糧草缺乏，一入成郡，若沒有足夠的糧草，如何堅守？萬一被圍困，誰來爲我們解圍？南征無望，成郡守來何益！」滕瑞這話一出，眾人皆默不作聲。

自宇文景倫從雁返關敗北，毅平王、寧平王相繼戰敗身亡，桓國皇太子在桓皇面前屢進讒言。桓皇命皇太子的表兄左執率兵前來支援，但左執率三萬人馬抵黑水河後，便再未南下，擺明了想隔岸觀火，坐看宇文景倫被長風騎追擊。至於最要緊的糧草，也被左執扣著，遲遲未過黑水河。正因糧草不繼，才導致桓軍節節敗北，倘再被圍困在成郡，只怕這八萬人全要死在長風騎和桓太子一明一暗的雙重夾擊之下。

宇文景倫放目遠眺，南方層巒染黃、雲淡風冷，他再回望北際，闊野長空，一望無垠。他久久思考著，一轉頭，與滕瑞目光相觸，沉聲道：「先生請隨我來。」

秋風漸盛，捲走稀薄日光，陰沉天空下的遠山近野處處均呈蕭冷之態。滕瑞隨著宇文景倫走到空曠處，二人負手而立，風捲起宇文景倫的戰袍和滕瑞的衣襟，一人氣勢恢弘，一人亦自鎮定如水。

「先生。」宇文景倫仰望長空，道：「今年冬天會很冷。」

滕瑞歎道：「上京只怕更冷，風刀霜劍啊。」

「可若不回上京，那便不只要面對風刀霜劍，還有暗箭和毒蛇。」

滕瑞遙望遠處成郡城牆一角，緩道：「可倘若我們穿足了禦寒衣物，有了過冬糧食，又將火堆燃起，將牆砌高些，就什麼都不怕。熬過冬日，自然迎來春季。」

宇文景倫肅容道：「請先生指教。」

「王爺，眼下成郡鐵定守不住。咱們回到上京，此番戰敗，皇上縱是有心保王爺，王爺終不免得交出兵權。」

「可若不回上京，只怕皇兄會給我安一個擁兵自立、意圖謀反之罪名。」

滕瑞微微一笑，「兩位皇叔埋屍異鄉，皇上定然日夜悲傷，短時間內怕是難能批閱奏摺。」

宇文景倫心領神會，父皇常年便想對兩位擁兵自重的皇叔下手，此番自己率兵南征，雖說折戟沉沙，但主力尚存。毅平軍和寧平軍雖都全軍覆沒，卻恰恰合了父皇的心意。

滕瑞續道：「皇上歷來寵愛王爺，不會對王爺下手，但王爺若回上京，則兵權必得交出以平朝議。」

「如若交出兵權，日後再想拿回可就難了，皇兄對我盯得甚緊。」

滕瑞指著西北面，緩緩道：「眼下，咱們只有一條路可走。」

宇文景倫會意，點了點頭，「月戎。」

「王爺英明，若想不交出兵權，唯有再起戰事。眼下不能打華朝的主意，咱們只好退而求其次。」

宇文景倫面上顯現一絲雀躍，「其實，父皇早想滅了月戎這個癬疥之患，我若想將來一統天下，後院不能亂。只是我若攻打月戎，裴琰會否趁機攻過黑水河？」

滕瑞咳了數聲，咳罷，搖頭道：「王爺，成帝病重，裴琰又是新勝，只怕華朝馬上將有大變，現下絕非裴琰北上的良機。咱們靜觀其變，先滅了月戎，順便將西邊二十六州掌控於手，到時要兵有兵又要糧有糧，即使不回上京，皇上和太子也拿您沒辦法。」

滕瑞這話已說到極致，宇文景倫自是明白他的意思，與其回上京束手就縛，不如眞的擁兵自重，至少可以自保，爲日後東山再起積累本錢。

宇文景倫思忖片刻，道：「可月戎近年來皆向我國納貢稱臣，也未再與我國有邊境衝突，這……」

滕瑞微笑道：「王爺，若是您率兵回撤過黑水河後收到緊急軍情，月戎國趁我國新敗，發兵入侵。您說，您這位兵馬大元帥是當不知道而繼續率兵東歸上京，還是當機立斷而率兵西援更合皇上的心意？」

宇文景倫還略有猶豫，「可眼下咱們糧草短缺，要前往月戎……」

滕瑞不語，慢慢伸出左手，宇文景倫自是領悟，要得糧草，左執不可留。

二人不再言語，宇文景倫遠眺西北，目光似要穿透那處厚厚雲層，看到更遙遠之地方。戰馬嘶鳴聲傳來，他眼睛裡流露出冷酷、堅決的神色，仰天大笑道：「好！本王便以西邊這二十六州爲根基，重振旗鼓，異日再向裴琰追討這筆舊債！」

滕瑞後退兩步，深深行禮，道：「滕瑞無能，以致王爺南征無功，還請王爺……」

宇文景倫搶上將滕瑞扶起，誠懇說道：「與先生無關，若非先生，咱們這八萬人馬便保不住。日後，還得仰仗先生，助本王早日成功。」

二人相視一笑。秋風浩蕩，桓國未來的君王和丞相，在這命運的轉折關頭，彼此有了更深刻的瞭解。他們都彷彿自這秋風中，聽到了更高遠的王者之歌。

華承熹五年、桓天景三年十月，裴琰率長風騎一路向北追擊桓軍，宇文景倫不敵，節節敗退，最後率八萬大軍退回桓國境內的黑水河以北。長風騎追至黑水河，與桓軍展開激戰。桓皇太子表兄左執阻擊裴琰時陣亡，宇文景倫率兵拚死奮戰，方將裴琰阻於黑水河以南。

長達半年、軍民死傷數十萬人的「華桓之戰」，以桓軍敗退回國，長風騎收復全部失土而告結束，兩國重以黑水河為界，其後十餘年未再有戰事。

同月，月戎國趁桓軍新敗，發兵入侵，宣王回上京途中收到緊急軍情，率兵西援，經過數月征戰，將月戎國征服於鐵蹄之下。

〈番外〉明飛化暗為明

大雁再度南飛的季節，明飛隨於剛經歷戰敗之痛的宇文景倫在曠野中慢步走著。

「明飛。」

「在，王爺。」

宇文景倫卻微笑道：「我應該叫你一聲『阿木爾』。」

明飛一驚，轉而知易寒已將自己真實身分告知宇文景倫，從這幾日的行軍來看，只怕自己將面臨比以前更艱難的抉擇。

宇文景倫遙望西面，眼中神光熠熠，「阿木爾，我直說了吧。月戎難逃一劫，更不可能再保享國祚。你可想你的族人少受屠戮，可想月戎被我收服後百姓仍能安居樂業？」

明飛緩緩跪落在草地之上。宇文景倫將他挽起，直視他的眼底，「阿木爾，你是聰明人，月戎遲早會被我桓國收服。但我希望，將來替我管理這片土地之人，是你阿木爾。我更希望，你是我宇文景倫異日一統天下的大功臣。」

〈番外〉雪舞蒼原，宇文景倫心之所愛

桓天景三年十月，霍州。十月末的霍州，已降下了第一場大雪。

夜色深沉，行進大軍踩著積雪發出的聲音，不時驚起鴉雀在黑暗中亂飛。

桓軍久處北地，夜間行軍訓練有素，騎兵先行，早到達預定營地，步兵及糧草隨後。宇文景倫勒馬於道側，看著大軍行進有度，戰敗之痛悄然淡了幾分，對西面那片土地更添了些熱烈的渴望。

霍州駐軍大將苻風出身一品堂，乃易寒的舊部下，自是早遵密令，趁夜迎出霍州城。他見禮後稟道：「末將已將束轅屯營的駐軍祕密遷往金嶺城與庭州屯營，這處屯營較大，容納五萬人不成問題。」

滕瑞早有估算，聞言點頭道：「那就有勞苻將軍帶飛狼營和先鋒營的三萬人去穆家集。」

苻風離去，宇文景倫正待說話，明飛與易寒快步走來。

明飛面上尚有一絲苦楚，但見宇文景倫明亮的眼神掃過來，便強自把這絲苦楚壓下，趨近稟道：「稟王爺，確認並拿下了。據其供認，月戎國內猶不知我軍前來霍州，數日前大軍在安西時，他甫收到命令，命他打探我軍動態、隨時回報，他本欲等大軍到達霍州時再傳出密信，所幸我們截得及時。」

宇文景倫一喜，道：「有勞明將軍了。」

明飛得他一言封爲大將，忙下跪謝恩。先前因爲替宇文景倫揪出月戎派在桓軍中的暗探，並將其祕密擒拿

而有的愧疚淡去。唯願桓軍順利拿下月戎，族人少受屠戮，至於月戎可否躲過一劫，他越瞭解宇文景倫和滕瑞，越覺希望渺茫。

滕瑞心思縝密，道：「明將軍，你得迅速傳出密信，只道我軍是正常的西調，大軍尚在安西、朔陵一帶，只有少量人馬來霍州進行正常換防，並無西侵動態。」

明飛自去傳出假信。也許，桓軍突襲成功，總比雙方進行長久血戰而讓族人傷亡慘重要好，他也只能這般安慰自己。

宇文景倫、滕瑞、易寒三人並肩而行，滕瑞低聲道：「王爺，時日不多，上京形勢複雜，我們若不在七日內拿下疏勒府，占得優勢，皇上也無法再替我們遮掩。到時月戎得悉我們大軍已到，這場戰事將更艱難。」

「嗯，左執名義上殞於裴琰之手，但以皇兄之精明，當可看出不對，軍情一回上京，只怕他會抓住此點大作文章。父皇亦慮及此點，方給了我一個期限，此次突襲疏勒府許勝不許敗。」

滕瑞沉吟道：「就是不知沙羅王可在疏勒府？他若在，月戎的精兵便會來三至四成，咱們得傾盡兵力在疏勒府才行。他若不在，咱們可分開兵力同時攻打疏勒府、昆陸府和燕然道，此來後面的戰事會順利許多。」

易寒道：「但沙羅王的騎兵在東線向是來去如風，行蹤無定。沙羅王殺孽深重，怕人行刺，亦罕在人前露面，可不大好確定他的蹤跡啊！」

「若能拿下沙羅王，等於拿下了半個月戎。可若讓他溜走，以他之強悍，恐會給我們帶來極大麻煩。」

宇文景倫雖未去過月戎，卻因夙往志在天下而對月戎進行過詳細的瞭解，忽想起一事，道：「疏勒府逢初一是大集會，月戎人對於每年所降頭一場雪都視爲吉祥的象徵，會舉行篝火大會歡慶初雪。若是沙羅王帶了手下前來疏勒府，篝火大會上當可看出端倪。」

易寒忙道：「要不我和明飛去探一探？明飛最熟悉情況，一探便知。」

宇文景倫瞇著眼睛望向星空，默默撫摸轉動著食指上的玉指環，這是他的母妃留給他最珍貴的紀念物。那個全桓國最美麗最溫柔的女子，那個能跳出天下最動人舞蹈的女子，她攫奪了所有人的目光，包括這片土地至高無上的君王。縱使她因病早逝，君王仍將深沉的愛給予了她的兒子。

即使他剛在與裴琰的戰爭中敗北，即使朝中支持太子的勢力不斷詆毀和打壓他，但他一紙加急密函，情眞意切地提起母妃遺言，仍打動了他的父皇，默許他向西攻打月戎的計畫，同時也替他暫時擋住了朝中風雨。

只是這一次，這一次他不能再讓父皇失望，月戎鐵定要拿下，否則他將不能重返上京，不能再坐在母妃的陵前，爲她唱她最喜歡的歌謠。而裴琰加在他身上的恥辱，他終有一日要十倍相還。月落蕭無瑕偷襲之仇，待他收服月戎之後，也定要慢慢討還。

先收月戎，再收月落，他宇文景倫的鐵騎終有一日要重踏華朝大地！

雪地反射出的幽幽暗光，讓易寒將宇文景倫面上神情看得清楚。十五年前元妃親攜幼子登「一品堂」，易寒受其所託，收宇文景倫爲記名弟子，並正式將一族人的希望寄託在這位二皇子身上。而宇文景倫亦未讓他失望，桓國二皇子文武雙全，深受帝君寵愛，執掌天下兵馬大權，便是太子也不敢輕攖其鋒。

多年相處，他最瞭解眼前的這位王爺，見其面上躍躍欲試之色越來越濃，忙向滕瑞使了個眼色。

滕瑞微笑道：「王爺可是欲親自前往疏勒府？」

「依先生所見……」

「看來王爺不單想親自一探疏勒府兵力，惑敵之招怕是也已想妥。但王爺乃萬金之軀，不宜以身涉險。」

「滕先生，易先生。」

「在。」

「二位認爲，此次桓華之戰我軍敗北，敗因何在？」

自黑水河一路向西，宇文景倫始終未曾觸及過這個話題，此刻坦然相詢，自是已逐漸擺脫敗給裴琰的陰影。滕瑞心中欣喜，道：「從表因來看，月落出兵、後方不穩是導致我方戰敗的主因。」

宇文景倫頷首道：「從根本上來分析，可得兩點：首先，對敵手瞭解估計不足，探子不得力，未查到裴琰竟與蕭無瑕聯手；其次，對民心力量估計不足，二位皇叔所爲大失民心，致我軍後方不穩，頻受暗襲，糧草無法得到保證，不得不退。」

滕瑞微微躬身，「王爺說得透徹。」

「所以，月戎一戰，我絕不能再蹈覆轍。疏勒府一行，一爲探明軍情，二爲瞭解當地民情，本王非去不可。」見易寒還待再勸，宇文景倫微笑道：「易先生，當年您護著父皇躍馬蒲草澗，擺脫葉護王上萬人馬的追擊，可曾怕過？」

易寒仰頭一笑，豪情頓生，「易寒劍下豈懼區區月戎人？此去定當護得王爺周全。」

月戎並不知桓國大軍前來且意圖攻打月戎，宇文景倫武功高強，再加上有易寒相護，即使萬一洩露身分，只要不是千軍萬馬，退回想來無礙。滕瑞自戰敗後，深感桓人遊牧剽悍之風未除，也有了讓宇文景倫歷練一回的心思，便不再勸，只道：「王爺此去，得喬裝打扮一番，再帶上明飛。商旅之物我自會備齊，其餘飛狼衛我讓他們分批扮成商旅出發。」

「那霍州這邊，就全交給先生了。」

「王爺請放心，我會善加安排，只待王爺歸來即可馬上發兵。」滕瑞抬頭看了看，道：「王爺先休息幾個時辰，於辰時正出發，篝火大會之前便可趕到疏勒府。」

滕瑞自去準備一切，宇文景倫又在束轅屯營巡視一番，正與易寒交談間，他忽聽得軍營後方傳來一陣喧擾聲，眉頭微皺。左軍大將慕容光面帶笑容快步過來，稟道：「王爺，巡夜兵在雪松嶺上發現了雪豹。」

宇文景倫聞言大喜。雪豹皮毛珍貴、骨爲奇藥，乃天下聞名，然雪豹喜寒，向來僅在桓國、月戎交界之處的阿息山山頂出沒，只在嚴冬季節方下到霍州雪松嶺一帶覓食，像這樣初雪季節便有雪豹下山，實屬難得。而要想獵得一隻雪豹，獲得牠珍貴的皮毛，那將是勇士無比的榮耀。

多年以前，霍州都督曾進貢一件以雪豹皮製成的豹毯，父皇賜給了身體日漸虛弱的母妃，讓母妃度過了一個溫暖的嚴冬，只是她終沒能挺過翌年春季，傷心欲絕的父皇便讓那件豹毯伴著母妃長眠於皇陵。

若是能再獵雪豹，將豹皮與月戎同獻給父皇，父皇定不會後悔對自己的信任與寵愛，而若是能在大戰之前獵得雪豹，亦可大大振奮軍心、鼓舞士氣。

宇文景倫環顧左右，不單飛狼衛，就連易寒都是一副躍躍欲試之情。宇文景倫朗笑一聲：「沙羅王當年就因空手搏虎而聞名月戎，咱們大桓的勇士不能比不過區區月戎國的蠻子！」

飛狼衛們大喜，不到片刻工夫便準備好一切。

宇文景倫見滕瑞仍未歸來，等不及知會他一聲，就帶著眾人上了雪松嶺。雪夜，森林沉睡於無邊無際的天幕下，一株株蒼翠雲松如利劍指向星空。宿鳥展翅驚飛，伴著偶爾傳來的野獸嗥叫，越顯雪松嶺森然黑沉。

宇文景倫自年幼即隨桓皇行狩打獵，飛狼衛同樣極富經驗，在巡夜兵帶領下找到雪豹的糞便與足跡後，鎖定了其活動範圍。馬刀帶著冰雪般凜冽的冷光倏然落下，「噗」聲過後，黑羊不及哀鳴便癱倒雪地，殷紅之血瞬間沁染厚重的積雪。血腥氣迅速在夜空中瀰漫開來，宇文景倫將手一揮，眾人分散隱入陷阱周圍的密林中。

林間寂靜，滿天星斗在松枝間若隱若現，宇文景倫屏住呼吸，如同回到了雁返關前與裴琰對決的那一刻。桓族勇士所受的恥辱，只有用鮮血和生命來償還。裴琰，且看你我，究竟誰才是眞正的王者。蕭無瑕、崔子明，你們也終有一日，要在我宇文景倫面前俯首稱臣！

當那雙幽藍的眼睛伴著腥風悄然逼近，林間所有人收斂了呼吸。但雪豹並未如預期跌入陷阱，枯枝踏裂的一瞬，牠機警地嗥叫一聲，四肢騰空，於空中轉向，撲出陷阱。

宇文景倫當機立斷，第一個撲了出去。火光大盛，受驚雪豹的嘶嚎聲震得積雪簌簌掉落，長達數尺的豹尾將宇文景倫勢在必得的一刀掃得微微傾斜，再配合牠縱撲之勢，宇文景倫不得不在雪地上翻滾數下以避豹爪。

易寒隨即撲到，劍尖直取雪豹幽藍眼眸，雪豹痛嚎，血珠自眼眶噴出染紅了易寒的灰袍。宇文景倫也騰身而起，白鹿刀斬上雪豹前爪。雪豹受傷後越加凶狠，無奈突不破眾高手合圍之勢。

待雪豹嘶嚎聲漸漸衰竭，易寒劈手奪過一名飛狼衛手中狼叉，暴喝一聲引得山間巨響，雪豹被這聲暴喝震得微微呆滯。易寒力貫雙臂，狼叉如閃電般挺出，深深沒入雪豹咽喉。

雪豹還在猛烈掙扎，宇文景倫手中白鹿刀幻出一道眩目刀芒，自雪豹喉下劈入，血如泉水噴出，裹著牛皮的刀柄停在雪豹腹部，豹爪抽搐幾下，再無聲息。

舉著火把的飛狼衛齊圍過來，宇文景倫外袍上滿是鮮血，卻毫不在意。他興奮地望著全身灰白、布滿黑斑的雪豹，略喘粗氣，笑道：「也不知那沙羅王與這雪豹相比，哪個更厲害些？」

飛狼衛們哄然大笑，數人抬起雪豹，擁著宇文景倫下了雪松嶺。

待眾人下得雪松嶺，已是日旦時分。東轅屯營外只見稀少的巡夜士兵，所著皆是霍州尋常軍士服飾，自屯營外望去，渾然看不出桓軍主力已悄悄抵達此處。

宇文景倫對易寒笑道：「滕先生行事，果然教人放心。」

易寒未及答話，滕瑞手攏玄黑色羽氅，自轅門內出來。宇文景倫看著飛狼衛將雪豹抬入屯營，向滕瑞笑道：「滕先生，雪豹得獲乃是祥兆，咱們這次定能所向披靡，戰無不勝。」

滕瑞只微微點頭，待眾人遠去，他神情嚴肅地向易寒道：「易將軍，勞煩您去與明飛商量一下行程。」

易寒見狀，便知滕瑞有要緊話與宇文景倫說，自入屯營。

宇文景倫猶自笑道：「還記得十歲時與父皇去狩獵，父皇親自獵了一頭猛虎，那可是……」滕瑞打斷了他的話，喊道：「王爺！」宇文景倫這才看到滕瑞面色竟是前所未有的凝重，忙道：「先生有話請說。」

滕瑞雙手交握，直視著宇文景倫，沉默了一會兒，平靜道：「王爺，滕某不才，得王爺稱一聲『先生』，卻未能盡到師職。滕某十分慚愧，今日便請辭而去，還請王爺另聘高明。」

宇文景倫大驚，只聽滕瑞又道：「滕某猶記得當日與王爺在上京的約定，要輔佐王爺成爲一代明君，統一天下，造福萬民。但桓華一戰，滕瑞未能幫助王爺取勝，更重要的是，王爺待滕某如師，滕某卻未能盡到師傅之職。眼見王爺逞血氣之勇，只願爲莽將而不願爲明君，瑞痛心疾首之餘自愧失職，還請王爺放我離去，當日之約定便莫再提。」

宇文景倫這才知滕瑞竟是不滿於自己上山狩豹之舉，忙笑道：「景倫一時手癢，也爲大戰前圖個吉利，先生切莫……」

滕瑞冷冷道：「敢問王爺，您的志向是什麼？」

「一統天下，四海歸心，萬民臣服。」宇文景倫面容一肅，答道。

「再敢問王爺，明君與猛將，區別何在？」

宇文景倫眉頭微皺，若有所思。

滕瑞聲音低沉而有力，「王爺，您若只願爲宣王，爲桓軍將士心中的戰神，您今日狩獵雪豹，滕瑞不會多說一個『不』字。可您的志向是成爲一代明君，做爲人君，駕馭的當是天下英雄豪傑，而非手中寶刀；要馴服的應是沙羅王、是裴琰、是蕭無瑕，而非區區一隻雪豹。」

宇文景倫聞言如當頭棒喝，面上湧起慚愧之色。

滕瑞語氣十分嚴肅，「裴琰收服崔亮，如虎添翼，說服蕭無瑕，平添數萬精兵；反觀我方，二位皇叔不聽號令，造下無數殺孽，失卻華朝百姓民心。這一增一減，致使我軍戰敗。王爺不吸取教訓，徒逞血氣之勇，在出發探營之前不謹慎行事，反而如此張揚，倘若走漏風聲讓沙羅王有所準備，何談突襲成功，何談順利拿下月戎？異日又拿什麼來與裴琰一戰！猛將只須遵從號令、勇猛殺敵，人君卻須縱觀全局、謹慎行事、深謀遠慮。王爺若不能棄匹夫之勇，明人君之責，滕瑞不如趁早求去。」

宇文景倫面上羞慚，猛然長揖，「是景倫錯了，多謝先生指點。景倫年輕識淺，還請先生嚴責，景倫定當言聽計從。」滕瑞見他深揖不起，輕輕將他挽起，語重心長道：「王爺，眼下咱們已是背水一戰，再無退路，王爺又要深入險境，尤須謹慎行事啊。」

宇文景倫應道：「是，景倫記下了。先生放心，此去疏勒府，景倫定會謹記先生所囑，以大局為重。」滕瑞本意就是收他野性，見他已幡然省悟，便不再多言。二人相視一笑，微弱晨曦中，君臣二人相知之情再濃了幾分。

二人並肩向屯營內走去，宇文景倫側頭間見滕瑞氣度高華、面容清雅，轉瞬想起自己深入敵境後，重兵將託於滕瑞一人之手。他心中一動，停步道：「滕先生。」

滕瑞微笑而應：「王爺。」

宇文景倫躊躇了一下，終開口道：「嘗聞先生有一愛女，未知芳齡幾何，可曾許了人家？」

滕瑞想起遠在上京的愛女滕綺，不自禁地微笑，「綺兒今年剛滿十九，她被我寵壞，多識了幾個字便頗有些性子，我也不敢輕易替她許下親事，如今尚未婚配。」

宇文景倫下定決心，取下左手食指上的玉指環，雙手奉於滕瑞面前。滕瑞漸明他意，大出所料，訝道：「王爺，這……」

宇文景倫神情恭敬，語氣誠摯，「景倫不才，願對先生執人婿之禮，求滕小姐為景倫正妃，伏請先生應允。」

滕瑞卻略生猶豫，半晌方道：「王爺英才，滕瑞自是求之不得。但小女德薄貌寢，又頗有些性子，往昔她就說過，替她擇婿，須得問過她的意思。而且王爺擇妃，求異族之女，只怕皇上那兒……」

宇文景倫以前就聽滕瑞述過這滕小姐之事，雖是小事數樁，卻覺她頗具賢慧才德，堪爲己配。此時聞言，更對這滕小姐添了幾分好奇之心，遂微笑道：「景倫誠心求滕小姐爲妻，先請得先生應允，異日回到上京，自當親向小姐求婚，小姐若不應允，景倫亦不加強求。至於父皇那裡，我自會相稟，景倫志在天下各族歸心，選妻更當不計出身，選立賢德以爲天下表率。」

滕瑞心中欣慰，接過玉指環，笑道：「好！承蒙王爺厚愛，我就先替小女應下這門親事。」

月戎族爲遊牧民族，性喜逐水草而居，後雖漸漸定居，卻不像華朝和桓國多建瓦屋高樓，依然以氈篷和土屋爲主。即使是其東部第一大府的疏勒府，仍多爲氈帳和土屋，城牆也僅是一人高的矮土牆，唯有城牆外的壕溝挖得較寬較深，四方城門搭起木橋以供人馬出入。

月戎人視每年的第一場雪爲吉祥象徵，每逢初雪，會在聖潔的雲檀樹下舉行盛大篝火大會，盡情歌舞，以祈禱阿息山的雪神保佑月戎來年水木茂盛、人丁興旺、牲畜平安。

月戎曾與桓國在十五年前發生過一場戰役，其時桓軍領兵的是毅平王，而率領月戎騎兵的便是沙羅王。沙羅王乃月戎可汗的阿弟，縱橫月戎草原二十餘載，性情狡詐如狐且凶狠似狼，率領兩萬騎兵在月戎草原上來去如風，所向無敵。

毅平王與沙羅王當年一戰，殺得血流成河，最終毅平王憑藉人數上的優勢將沙羅王逼至疏勒府、昆陸府和燕然道一帶。月戎可汗不得不緊急上表向桓國稱臣納貢，桓軍同樣傷亡慘重，桓皇順勢宣布息戰，兩國此後再無交戰。

多年未有戰事，桓國與月戎民間商貿來往不斷，疏勒府位於兩國邊境，自然成爲兩國商人集中進行貨物交易的場所。

桓人習俗，男子過了二十五歲方才蓄鬚，宇文景倫此番稍做裝扮，貼上鬍鬚，戴上氈帽，與易寒、明飛和十餘名飛狼衛裝扮成桓國販賣銅器的商人，於黃昏時分趕抵疏勒府。此時疏勒府百姓傾城出動，眾人隨著人流而行，到了疏勒府西門外的草甸子。高聳入雲的雲檀樹下，篝火映紅了半邊夜空。

月戎是擅長唱歌的民族，且民風開朗外向、自由奔放。月牙琴歡快而奏，青年男女們皆著盛裝，於雲檀樹下對面而歌。年輕姑娘們以歌聲提問，小夥子昂亮而答。姑娘多問一些關於愛情與富貴、家族與敬老愛幼之類的問題，若是小夥子以歌對答又快又好，姑娘心中滿意，便會向他拋出雲檀樹種。之後二人悄悄離開人群獨處以增進瞭解，順利則訂下親事，來年開春種下雲檀樹種便可舉行婚禮，正式成親。

由於疏勒府靠近桓國，且多有華、桓兩國商人來往，故居民多會說中原話，但男女對歌用的卻是月戎話。宇文景倫學過一段時日的月戎語，聽得倒不費力，他負手立於攤檔旁，看著熱烈奔放、盛裝而歌的月戎族青年男女，頗覺有趣。

明飛則用心觀察四周情況，不時與來看銅器的人交談，藉機刺探。過得一陣，他在宇文景倫耳邊輕聲稟道：「疏勒府城中倒是來了一批騎兵，但不能確定沙羅王是否到了此處。」

宇文景倫望著雲檀樹下載歌載舞的人群，裝作欣賞之樣，微笑著點了點頭，低聲道：「想法子問一下城中的糧食情況。沙羅王若到，糧草必消耗極大。」明飛微笑著轉過頭去，繼續與來購買銅器的人歡笑交談。易寒手攏袖中，微瞇著眼，貌似閒適，全身神經卻緊繃著，隨時準備護著宇文景倫脫離險境。

此時弦月掛在雲檀樹梢，覆著積雪的草甸子上篝火漸多，歌舞喧鬧，人群擁擠。華、桓兩國來的商人趁機擺好攤檔推銷貨物，氣氛十分熱烈。

宇文景倫自入侵華朝至戰敗後退回黑水河以北，再向西兵發月戎，一直是軍馬倥傯、忙於戰事。此刻站在這片將要征服的土地上，望著眼前百姓安居樂業、歡聲笑語景象，緊繃了幾個月的神經緩緩放鬆下來。他負在背後的雙手，也隨著歡快極有韻律的月牙琴聲，十指微微敲擊。

笑鬧聲由遠趨近，一群年輕人擁著一名紫衣少女自雲檀樹方向過來。紫衣少女雪膚明眸，著傳統的月戎服飾，在小夥子的簇擁下歡快走著，不時發出銀鈴般笑聲。在經過宇文景倫一行所擺下的攤檔前，紫衣少女忽然停下了腳步，圍擁著她的人便都站於攤檔前。

紫衣少女眼波流轉，忽執起攤檔上一只青銅貯幣盆。她和著音樂節奏，在銅盆底部歡快敲著，唱道：「雪神她有智慧的雙眼，她給我們帶來光明和希望。雪神讓我來問問聰明的小夥子們，你們將用什麼來將它盛滿？」她歌聲宛轉明媚，唱完猶在銅盆底部有節奏地敲著，眾人知她在考選伴侶，便皆望向那五六個年輕小夥子。

年輕小夥們互相對望，一人搶著唱道：「雪神她有廣闊的胸襟，她給我們帶來無盡的財富。美麗的姑娘啊，我將用世上最珍貴的珠寶，來將它盛滿，放在你的帳篷前。」

紫衣少女抿嘴搖頭，眾小夥子復陷入沉思之中。宇文景倫饒有興趣地看著這一幕，雙手慢慢環抱於胸前。此時圍在攤檔前的人越來越多，眾人七嘴八舌替小夥子們出著主意，有的小夥子答是牛羊土地，有的小夥子答是美麗的鮮花，有的小夥子則答是一輩子不變的愛情，但紫衣少女都含笑搖頭。

樂曲漸盛，篝火越豔，易寒望著眼前景象，二十多年前雙水橋燈會依稀閃現。他再看看身邊的明飛，明飛似也想起了什麼，神情十分溫柔。易寒心中一暖，女兒終可託付良人，自己終能爲雙水橋頭那溫婉若水的女子做些什麼，終對得起最初的那份心動，此生再無遺憾。

眼見僅剩下最後一名俊秀的小夥子未曾對答，紫衣少女面上隱現失望之色。

宇文景倫心中乍想到了一個答案，但他自不能以歌對答，見那名小夥子猶陷沉思之中，他暗中彈出一粒石子，小夥子抬頭朝這邊看來。宇文景倫趁別人不注意，輕輕地晃了晃雙手。

小夥子雙眸一亮，笑了笑，將雙手舉於面前，和著音樂的節奏用力拍了幾下。待眾人目光都望向他，他清亮熱烈的歌聲響起：「雪神她有慈悲的心懷，她護佑我們幸福平安，她教導我們要勤勞和善良。美麗的姑娘啊，我將用我的雙手和勞動，用汗水將它盛滿，爲你帶來一生的幸福！」

紫衣少女笑容漸轉燦爛，她從腰間的囊中取出雲檀樹種擲向俊秀小夥子，圍觀之人紛紛鼓掌喝彩。喧鬧中，俊秀小夥子向宇文景倫輕輕點頭致謝，牽上紫衣少女之手，在眾人的祝福聲中向篝火走去。

宇文景倫早聽聞過月戎民風開放，青年男女並不受禮法拘束，情愛一事熱烈奔放，卻也未料到他們一曲定終身，便在眾人面前坦然攜手。他目送著那一對走向篝火的戀人，嘴角不自禁地露出微笑。

這時，旁邊有人笑道：「還是咱們默都護的兒子有出息，能答得這麼好！」

宇文景倫心中一凜，這才知這俊秀少年乃疏勒府都護默尚的兒子。他正思忖該如何利用這位默公子來刺探軍情時，人群中忽而爆出如雷的歡呼聲。

雲檀樹前的空地上，數十人抱著柴枝搭起高架，再淋上烈酒，一名老者唱出〈雪神祭歌〉，將火把擲向高架。火焰噴上半空，人們紛往這巨大的篝火圍攏，宇文景倫一行亦被人群擁著推到了篝火前。

月牙琴弦「叮叮」而撥，腰鼓「咚咚」而響。月光下，數人領舞，上萬人圍著篝火踏歌而舞。不多時，眾人同時發出「阿嘖嘖、阿嘖嘖」的聲音，拉步扶肩排成圓圈，圍著火堆穿梭往來，同火焰般激情的舞姿讓所有人融入到這歡樂之中。

宇文景倫不好引人注目地擠出人群，加上歌曲歡快、旋律動人、氣氛熱烈，他不自禁隨著人群雙足踏動。易寒及飛狼衛忙都裝作踏舞的樣子，不著痕跡地簇擁在他身邊。人群舞動間，默公子與紫衣少女舞至宇文景倫面前。默公子向宇文景倫微微一笑，貼在紫衣少女耳邊說了句話。紫衣少女明眸微閃，目光在宇文景倫身上停留一會，又與默公子笑著舞了開去。

當氣氛熱烈至頂點，雲檀樹方向的人群忽如潮水般向兩邊分開來，音樂出現短暫的停頓。宇文景倫踏舞間正側頭與易寒說話，感覺到異樣，便轉過頭來。

多年以後，上京巍巍皇宮中的桓威帝，仍清楚地記得他回過頭去的這一瞬。開始，他以爲那是一團跳躍著的火焰，待歡快熱烈的月牙琴再度響起，才看清那是一位紅衣少女，從雲檀樹下踏雪隨風向篝火邊舞來。

這是一名有著濃密烏髮的少女，她穿著月戎傳統的紅色圓襟豎領窄袖短上衣，纖腰用豹皮製成的圍腰束住，層層疊疊的紅色百褶長裙隨著麂皮靴一揚一落。她的烏髮並無珠飾，隨著舞姿在風中飛揚。火光照映下，她的身形像雪花般輕盈，似火焰般熱烈。她的五官濃麗得如同春天的雲檀花，令篝火都失了光芒，讓在場所有盛裝的少女都失了顏色。

她的舞姿矯健輕盈，眼波顧盼流動，如同一頭小鹿煥發著最原始的生命氣息。伴隨著她恣意而熱烈的舞步，還傳來了清脆悅耳的叮叮聲，原來她右足上還繫著一串銀鈴，正隨著她的舞步而發出陣陣輕快的敲擊聲。她似有著魔力，舞到哪裡，哪裡便爆發出如雷的歡呼，人們不由自主地隨著她舞動，年輕人的目光更是追逐著這紅色的火焰，片刻不願移開。

這如同火一樣的精靈，明媚綺麗、自由不羈。她朝著星月，朝著阿息山的雪神跳躍著、舞動著，充滿柔情亦充滿力量，驅散了初冬的寒意。

舞動間，紅衣少女已站在了篝火前，她高高舉起雙手，音樂聲戛然而止。

這時，先前那紫衣少女牽著默公子的手奔向紅衣少女。二人嘀咕了幾句，紫衣少女笑著從一邊的族人手中接過月牙琴，又將一個腰鼓遞給了默公子。

紅衣少女燦然而笑，所有人呼吸有一瞬的停頓，她已「啪啪啪」三下，拍響雙掌。

「咚咚咚咚，咚咚咚咚咚！」待她拍擊聲一停，默公子大力快速敲響腰鼓。

「叮叮叮！」緊接著腰鼓聲，紫衣少女撥響月牙琴弦。

伴隨著琴鼓聲，紅衣少女雙臂張開，足尖點地，紅裙快速旋轉，待琴聲停住，她也急速止住了旋轉的身形。她明亮的目光望向人群，忽然啓喉，曼妙而歌：「阿息山有多高？雪神她住在哪裡？雪蓮花盛開在何處？聰明的勇士啊，誰能告訴我？」

「咚咚咚咚咚，咚咚咚咚咚！」待她歌聲稍停，默公子又快速敲響腰鼓。

「叮叮叮！」紫衣少女笑著再度撥響琴弦。

紅衣少女圍著篝火旋舞一圈，當她經過宇文景倫面前時，他的目光似也被這團烈焰灼了一下，微微瞇起。

紅衣少女舞回原處，再度放歌：「花子海有多深？海神他住在哪裡？金鱗龍游翔在何處？智慧的勇士啊，誰能告訴我？」

歌聲漸散，篝火前，紅衣少女雙頰彤紅，額頭沁出微微細汗，胸脯在火光下一起一伏。上萬人目光都凝在她的身上，茫茫蒼原，僅聽見火焰跳躍時發出的「劈啪」聲。

紅衣少女眼神掃過人群，帶著幾分期盼，幾分熱切。

人人都知她在以歌擇婿，可是她這幾個問題問得太過虛無，在場所有小夥子們都陷入深思。許久過去，無一人能出來應答，紅衣少女面上漸湧失望之色。

紫衣少女走到她耳邊，輕聲說了幾句話，同時望了宇文景倫這邊一眼。宇文景倫心呼不妙，正待悄然後退，紅衣少女已經快步朝他走來。宇文景倫見所有人望向自己，索性手負背後，從容望著紅衣少女。

紅衣少女走至宇文景倫面前，上下打量了他幾眼。宇文景倫身形高大、氣宇軒昂，雖做商人打扮，仍掩不住一股尊貴氣派，紅衣少女似是滿意地一笑，再度歌唱，將先前的問題又唱了出來。

宇文景倫嘴角含笑，待紅衣少女唱罷，他裝作思索的樣子，再過一陣，面上露出失望之色，輕輕搖了搖頭。紅衣少女大失所望，再看了宇文景倫一眼，轉身走回篝火旁。

紫衣少女迎上來，二人再嘀咕了數句，紅衣少女轉過身，她剛舉起雙手，人群一陣騷亂，後方傳來馬蹄聲和隱約的喝斥聲。紅衣少女與紫衣少女面色大變，紫衣少女貼到默公子耳邊說了句話，與紅衣少女轉身往雲檀樹方向奔去，人群紛紛避讓，二人如蝴蝶翩飛，不多時消失在雲檀樹後。

望著二人遠去，篝火邊的人悵然若失，而馬蹄聲漸盛。大隊的戰馬疾速衝來，將人群衝得四散避離。易寒及飛狼衛頓時緊張起來，眾人悄然移動，將宇文景倫護在了中間。守著攤檔的明飛也悄悄過來，在宇文景倫身旁用極輕的聲音道：「是沙羅王的騎兵。」

這批騎兵策馬直衝至篝火邊，爲首之人居高臨下望著默公子，大聲道：「可曾見過一個紅衣少女？」

默公子眉頭微皺，阿爸雖是疏勒府都護，然畢竟只是文官，實是得罪不起這些殺人如麻的沙羅王騎兵。他與那紫衣少女阿麗莎以歌定情，一見傾心。雖不知她與紅衣少女的來歷，但這些騎兵來勢洶洶，肯定會對二人不利。他怎肯透露二人去向，遂搖了搖頭道：「沒見過。」

爲首軍官似有些不信，罵道：「你瞎了眼不成！我先前明明見著她往這邊來了。」

默公子裝出一副害怕模樣，話語微微顫抖，「眞、眞沒見過，不信你問問他們。」

爲首軍官抽了一下馬鞭，勒轉馬頭，大聲道：「有誰見過一個標緻的紅衣少女？說出來，重重有賞！」

沙羅王稱雄草原，性情凶狠，其手下騎兵如狼似虎，月戎普通民眾避之不及。那紅衣少女如精靈、似仙女，熱情奔放，令人心醉神往。眾人怎捨得讓這些狼虎之兵獲知她的去向，站於前排的上千人同時搖頭。

爲首軍官狠罵了數句，馬蹄聲再次響起，駿馬奔騰如風，一群著黑色羽裘的騎兵瞬時勒馬於篝火前。當先一人面目隱於黑色蒙面布巾後，冷冷道：「找著沒有？」那軍官低聲稟道：「沒有，屬下明明看到她往這邊來的。」蒙面人怒哼一聲，勒轉馬頭帶著手下疾馳而去，騎兵們紛紛隨附。

宇文景倫眼神閃爍，向易寒壓低聲音道：「你和明飛，去跟上他們！」

篝火大會經此一擾，有短暫的停歇。但不久，默公子大力拍響手掌，樂曲再起，篝火復旺，草甸子又陷入狂歡之中。

易寒和明飛早領命暗中跟隨那批騎兵而去。宇文景倫則與飛狼衛們收拾好攤檔，他再在篝火大會細心觀察了一番，待人們盡歡後慢慢散去，一行人夾在擁擠的人群中回城。

疏勒府西門把守著大量士兵，從衣著裝扮來看，正是沙羅王的騎兵。宇文景倫一行經過盤查入了城，他在城中問了幾家店舖，稍稍瞭解酥油、鹽巴的價格和貨量，即帶著飛狼衛住進了事先擇定的客棧。

客棧前後幾進，均是土屋。甫入客棧，宇文景倫便命飛狼衛將坐騎全牽去後院，待客棧夥計取來草料餵馬之時，藉口草料太差，與夥計吵了起來。掌櫃聞訊趕來，忙道今時城中上好的草料都被默都護下令徵去，眼下又是下雪天，只有這等草料供應，不停告罪，宇文景倫這才作罷。

經過這番查探，宇文景倫心中有了計較，不多時，易寒與明飛也悄悄回了客棧。

易寒進屋，拍去身上的雪花，輕聲笑道：「看樣子，今年的雪會很大，對我們既不利又有利。」

明飛取過紙筆，到宇文景倫身邊坐下，邊畫邊道：「阿克沁大營，在西北門外草甸子的背風處。一直駐紮著少量騎兵，由都衛桑碩統管。他們去的正是此處，堂主和我趁黑進去查探一番，可以確定，沙羅王就在阿克沁大營！」

「可以肯定！」

明飛直視宇文景倫，緩緩點頭，「我看見了他的赤雪駒！」

「『赤雪逐風，沙羅威臨』，見赤雪如見沙羅王，加上城中酥油、鹽巴短缺，糧草急徵，定是沙羅王人到此處無疑。」宇文景倫微笑道，又問：「能否推斷他約莫帶了多少主力在此？」

明飛久諳刺探之術，又知宇文景倫心思極密，便在紙上將查探來的糧草數、戰馬數、巡騎數一一推演，末了道：「沙羅王精銳騎兵兩萬，此番應該到了六成。」

宇文景倫極為滿意，再想起篝火大會之事，問道：「可曾探知，沙羅王的手下緣何追捕那名少女？」明飛將寫了字的紙遞到燭火上燒掉，輕聲回道：「末將輕功一般，是堂主摸到內營探聽到的。說是沙羅王下了死令，不惜代價定要將那名少女抓回，抓捕不力，沙羅王還處決了幾個人。現下阿克沁大營的騎兵，分批出來抓捕她。」

宇文景倫思忖片刻，道：「傳令出去，命其餘幾批飛狼衛，在城中散布消息，讓沙羅王的人以為那少女還在城中。」

「是。」易寒過來道：「以沙羅王的嚴命來看，只要他得知那少女尚在城中，定會在此按兵不動，有利咱們行動。」

明飛自去傳命，宇文景倫卻又帶著易寒出了客棧。

此時雪雖下得大了，但從篝火大會返來的人們似乎並未盡興，特別是從草原四面八方趕來的粗豪大漢們三五成群聚在一塊兒，找上一間酒寮，喝上幾口燒刀子酒，酒到濃時，再吼上幾嗓子。間或有各國商人推銷貨物，也偶有人口角生事、打架鬥毆，疏勒府城中熱鬧非凡。

宇文景倫一路走來，觀著城中景象，再想起先前篝火大會，若有所思下不發一言。易寒素來性子淡，亦不出聲，只默默隨他走著。

數人迎面而來，當先一人眼睛一亮，攔在了宇文景倫的面前，拱手見禮，用中原話笑言：「正說要找兄臺一敘，可巧。在下疏勒府默懷義，多謝兄臺一石之恩。」宇文景倫見正是篝火大會上那位默公子，心中一動，忙也拱手還禮道：「在下元靜，桓上京人氏，默公子不必客氣。」

默懷義笑容極為溫秀，道：「我先前見元兄衣著，便知元兄定為上京世家貴族，果然是元氏高門。」

「元氏雖貴，在下卻非嫡系。」宇文景倫微笑道：「在下只是一名商人，在兩國間販些銅器混口飯吃，默兄高看了。」

默懷義爽朗笑道：「元兄若真是世家貴族，懷義倒還不敢高攀。懷義素來敬重守信重諾的商人，正是有了商人走南闖北營謀商利，才有了天下貨物之流通、百姓生活之便利。不知元兄可否賞面，與懷義喝上幾杯？」

默懷義相貌俊秀，此番談吐極為不俗，頗有幾分滕瑞之風。宇文景倫又想藉他打探、散布些消息，見對方相邀，正中下懷，客套幾句後，幾人尋到一間乾淨些的酒肆，要了上好的燒刀子酒和烤羊肉，喝將起來。一番交談之後，宇文景倫對這默公子刮目相看，只覺他與一般月戎蠻人不同，若非知道他是默都護的兒子，猶以為他是華朝或是桓國的士子文人。

宇文景倫知默尚主管疏勒府的經商民刑，而月戎乃遊牧民族出身，文官是地位較低的。默懷義言談間對此亦有幾分不滿，對華、桓兩國尤其是華朝頗有向慕之心。

宇文景倫杯到酒乾，狀極豪爽，言語間卻不動聲色地談到：此番由上京遠來月戎之時，見到本國宣王的軍隊敗北返京，只怕上京政局將有大變云云。他知默懷義乃默尚的獨子，回去後定會將這等事情無意中透露出去，而默尚須統一調度糧草給沙羅王，只要這風聲傳到沙羅王耳中，己方突襲更多了幾分勝算。

待到幾壺酒乾，默懷義俊面酡紅，有了幾分醉意。此時北風忽盛，將酒肆的青色軟簾吹開一條縫隙，默懷義面色微變，急速起身衝了出去。過了良久，他才又掀簾進來，面色怏怏。他坐回桌前，仰頭喝乾一大杯酒。

宇文景倫語帶關切，問道：「懷義，可是出什麼事了？」

默懷義悵然若失，輕聲道：「我以爲是阿麗莎，可惜不是。」

「就是先前與你對歌的那位？」

「是。可她不知到哪裡去了，她說下個月再來找我，希望我能早日見到她。」

宇文景倫見他似有幾分傷心，勸道：「懷義不必糾結，世間好女子多的是，你們也只是一歌之緣，萬一她不來找你……」

「元兄此言差矣！」默懷義頗顯激動，大聲道：「我們月戎人最重承諾，特別是與心愛女子在雪神面前許下的諾言。我與阿麗莎一歌定情，今生今世便不能違背諾言，她一定會來找我的！」

宇文景倫出身皇族，桓人雖剽悍粗豪，卻也不會如月戎人這般當眾直述情愛之事。他喜這默懷義率性直爽，忙起身道歉，默懷義也不在意，二人繼續喝酒，話語投機，盡興後方才作辭。

宇文景倫與易寒回到客棧，明飛又查探了一番回來。宇文景倫見諸事辦妥，翌日一早下令起囊解馬，一行人直奔東門。雖尚是清早，又逢大雪，出城的人卻已排起了長龍。城門盤查極嚴，宇文景倫知這些士兵正在搜捕那紅衣少女，便靜靜地列於出城者隊列裡，在大雪之中緩緩前進。

眼見就要搜到他們這個車隊，忽然鸞鈴聲大動，一匹高頭大馬自街道盡頭直衝向城門。馬上之人紅衣如火，絲巾蒙面，馬鞭揮得震響，頃刻間衝到了城門前。

城門前大亂，許多士兵舉起兵刃，便有軍官大聲喝斥：「上頭有令，不能傷她一根頭髮，違令者斬！」士兵們忙又都收起兵刃，可還沒等他們封鎖道路，紅衣少女已如一團烈焰，捲出城門。官兵們急急上馬，馬蹄如雷追了上去，城門前混亂不堪。

宇文景倫等人趁機迅速通過關卡，出了疏勒府，待再走得幾里路，便揮鞭急行，打馬向東。剛奔出數里路，雪越下越大，不到片刻，鵝毛大雪鋪天蓋地，加上北風勁朔，颳得人睜不開眼來，眾人縱是久處北方苦寒之地，也行進得極爲困難。

風越颳越大，宇文景倫向滕瑞學過望天之術，細心一看，知只怕是遇上了今冬第一場暴風雪，忙運起內力，大聲下令，急速向右前方遠處一個小山丘行進，先避過這陣強風再做打算。

可還沒等眾人趕到小山丘背面，如鬼嚎般的尖嘯聲震得馬兒站立不穩。宇文景倫回頭一看，只見遠處一條高達雲霄的雪柱在蒼茫大地上呼嘯著移動，他心中一沉，大呼道：「是雪暴！下馬，快挖地洞！」

寒風吞沒了他的呼聲，大塊的雪片被風捲著砸來，馬兒嘶鳴著跪倒地上。宇文景倫急速下馬，勉力睜開雙眼，只能依稀見到易寒的身影。他知已來不及奔至那小山丘後，急速掣出馬側寶刀，大喝一聲，使著寶刀急將地面一塊巨石撬起，露出一個不大不小的土坑。

此時一匹馱著銅器的駿馬已被狂風吹得站立不穩，嘶鳴著倒過來。馬背上的竹簍滾落於地。宇文景倫正運刀如風，大力鏟土，只覺右腿被什麼撞了一下。低頭一看，一名紫衣少女抱住他的腿，搖搖晃晃站起身來。

宇文景倫無心去想這少女從何而來，右腿運力將她踢開，易寒也找準他的身影撲近。二人均爲當世高手，眼下危殆時刻，運起全部內力，終於在風已颳得二人站立不穩之時，將土坑再挖深了幾分。

眼見那巨大雪柱越移越近，易寒將宇文景倫猛力一推，宇文景倫不曾提防，仆倒在土坑之中。易寒再是大喝，劍鋒「唰」地連續割破兩匹駿馬的腹部，駿馬哀鳴抽搐著死去。易寒急速解下馬上鞍繩，拋向宇文景倫，大喝道：「接住！」

宇文景倫接住繩頭，正待招呼易寒下坑，腰間忽被一人用力抱住。縱是風雪劇烈，他仍能聞到一股柔軟的清香撲鼻，定睛細看，忍不住「啊」了一聲。此時抱住他的人，身著紫衫但眉目濃麗，正是昨夜篝火大會上那名舞出火焰般激情的紅衣少女。

他尚在這一瞬的驚訝之中，土坑邊的易寒雙手如風，將繩索數股合絞，連綁兩具馬屍，又運起雙掌將馬屍一推。坑中的宇文景倫只覺身上一重，便被馬屍壓在了下面，他不及呼易寒下來，又知要靠馬屍的重量來對抗雪柱，遂側躺在坑中，死死勒住了手中繩索。

黑暗，暴風，劇雪。宇文景倫一生中從未遇過這等險情，生死一線之間，先前抱住他腰間的少女忽然向上攀移，用力箍住了他的脖頸，雙腿則盤上了他的腰間。馬兒被開膛後流出的血汩汩滴下，淌到二人面上、頸間。宇文景倫下意識伸舌舔了一下唇邊馬血，唯聞死命抱住自己的少女在耳邊一笑，聲音如同昨夜篝火大會曼歌時那般動聽，「你怕死麼？」

宇文景倫不及回答，忽覺地面微微震動，被繩索套住的馬屍亦似被一股大力掀起，自己就要被這股大力牽得往空中飛去。他忙大喝一聲，真氣運到極致，硬生生拉住了就要被捲起的馬屍。少女同驚呼一聲，雙臂再收緊些，將宇文景倫的頭和頸抱於懷中。他的頭埋在她胸前，悶得透不過氣來，卻又隱隱感覺到一種別樣的柔軟。

地面震動越來越烈，宇文景倫雙臂漸轉麻木，單憑著本能勒住繩索。風像刀一樣自縫隙處颳進來，割得他全身疼痛難當，少女也在低聲呻吟，她像是承受不住這痛苦，抱著他的雙臂漸漸有些失力。

狂風像厲鬼一樣呼嘯、尖叫，耳邊復又聽見那少女嬌弱的呻吟。宇文景倫迷糊中下意識運力於右手，仍緊勒住繩索，左臂則伸了出去，用力抱住了身前那柔軟的腰。

少女乍然清醒了些，重將宇文景倫抱緊，忽然大聲在他耳邊呼道：「多謝了！外鄉人！」

風越烈，似有雪濤轟捲而來，自每個縫隙處湧入，眼見就要將土坑填滿。宇文景倫大聲道：「抱緊了！」他手中運力，與少女二人同時將頭埋入一匹馬的馬腹之中。馬兒剛死，馬血尚熱，身軀的冰寒與口鼻處的溫熱，讓二人如在冰與火之間煎熬。但二人都不敢張嘴呼吸，皆知眼下這馬腹內的少量空氣是得以存活的關鍵。只有熬到雪暴捲過，才能重見天日。

迷迷糊糊，冰火交煎，不知過了多久，少女終於憋不住氣，呻吟一聲，大口呼吸。宇文景倫悚然一驚，同時感到地面不再震得厲害，一咬牙，最後的眞氣自丹田湧至四肢百脈，他鬆開手中繩索，身形飛起，頂飛緊壓在身上的馬屍，破雪而出。

白光刺痛了他的雙眸，寒風吹得早已脫力的他站立不穩。雙臂彷似要斷掉，麻木得不像長在他身軀之上。他踉蹌兩步，一頭栽倒在雪暴過後的茫茫雪野之中。

「你醒了？」

宇文景倫瞇了一下眼睛，片刻後，景物逐漸清晰，他笑了笑，「你還活著？」

紫衣少女聞言大笑，「放心吧，我不是僵死鬼，不會拉人墊背的。」她的中原話講得極標準。

宇文景倫掙扎著坐起，四肢仍有些麻木。紫衣少女用枯枝挑了挑火堆，烈焰騰起，照得她的臉紅豔明媚。她斜睨了宇文景倫一眼，「你沒凍死，算是萬幸，可把我累壞了。」

宇文景倫思緒漸漸清晰，忽然醒覺此時竟是夜間，想起先前遭遇雪暴時尚是清晨，難道自己昏迷了一日？他遇事沉穩，縱是擔憂易寒等人，急於回到霍州軍營，卻也知焦急無益，遂又垂目若簾，形神安靜，不多時進入物我兩忘的境界，四肢趨暖。

待氣歸九天，他輕吁一聲，緩緩坐了起來，睜開眼，一雙明眸近在咫尺。

「你是什麼人？」明眸中充滿好奇。

宇文景倫微驚，轉瞬微笑道：「在下元靜，自桓國而來，經營些銅器生意。多謝姑娘救命之恩，敢問姑娘芳名？」紫衣少女冷笑一聲：「我們月戎人的名字，從不告訴說謊的人！」她說著執起一根燃燒著的枯枝，帶起火星擊向宇文景倫前胸。

宇文景倫身形後仰，又向旁側翻，少女撲了上來。過得兩招，宇文景倫便知她武功不高，但提格擊刺間自有一股雄渾的氣勢，使的似是槍招，且是善於馬上作戰的槍術。

少女手中枯枝直取他前胸，他從容側身，微笑道：「在下元靜，此乃本名。」她再橫擊，他空翻落地後仍是微笑，「在下確是商人，不過做的是替人保鏢的生意。」

少女一笑，火枝在空中旋出一道火影，直擊宇文景倫左肩。宇文景倫身形凝然不動，右手一探，擒住她的手腕。少女落地，微微前衝，宇文景倫探手將她扶住，和聲道：「只因此次走鏢所保貨物貴重，有所隱瞞，姑娘莫怪。」

少女鬆開火枝，拍了拍手，笑道：「綺絲麗，我叫綺絲麗。」

「綺絲麗？」宇文景倫輕聲重複。

「是，在你們的話中就是『盛開的雲檀花』的意思。我小的時候，人人都說我像雲檀花一樣美麗，所以就叫這個名字。」綺絲麗展顏一笑，又貼近宇文景倫看了他幾眼，搖頭道：「你雖長得俊，但應該叫元威，而不應該叫元靜。」

宇文景倫用手一摸，才知先前貼上的鬍鬚已然不見，不由苦笑。綺絲麗卻「哎呀」一聲跑回火堆邊，宇文景倫乍聞到了一股焦味。宇文景倫看著綺絲麗解下火堆上架著的馬肉，神情頗有不忍，「可惜了我這匹上好的白雪駒。」

綺絲麗發出笑聲，隱含譏諷地道：「好像是你先殺的牠，藉牠躲過雪暴，我不過讓牠再救你一次，又何必假惺惺地說可惜！」

宇文景倫頓知這綺絲麗性情坦蕩，容不得半絲虛僞，大笑點頭道：「是是是！倒是我矯情了！」

雪仍在下著，宇文景倫一塊烤焦的馬肉下肚，再恢復了幾分內力。

綺絲麗吃得也極快，大塊馬肉不多時不見，吃完她似略嫌油膩，抓起一把雪拿手搓了兩下，卻又面露痛楚，將雪團甩落。宇文景倫瞥見，面色微變，坐了過來。綺絲麗忙將雙手藏於背後，宇文景倫未加思索，雙臂展開，自她腰間環過抓住了她的雙腕。

此時他的雙臂環住了她的腰，她的頭正好抵在他胸前，柔軟而清香的感覺令他一怔，慢慢將她的雙手拉到面前。他低頭看著那被繩索勒得滿是血痕的手，又看了看火堆邊用繩索穿過的大塊馬皮，再環顧四周，輕聲道：「走了多遠？」

綺絲麗抽出雙手，微微一笑，「你太重，我拉得吃力，走不快，估計離先前那裡大概十餘里路吧。」

宇文景倫想起她在暴風雪中並未獨自逃離，而是將昏迷的自己拉到十餘里外有灌木枯枝的地方，生起火堆，自己才撿回了這條性命。他心內感激，正待說話，綺絲麗似知他所想，笑著捏拳捶了一下他的左肩，「你救了我一命，我救回你，互不相欠！」

宇文景倫坐回原處，笑道：「正是，咱們互不相欠了！」

火焰有些黯淡，綺絲麗再丟數根枯枝，宇文景倫望著火堆，陷入沉思之中。

綺絲麗見狀，道：「我是朝南邊走的，雪暴由西向東，你的同伴多半難逃一劫。此刻大雪還在下，你既然沒事了，天一亮，咱們還得往南走，等大雪停了你才能往東邊去。」

宇文景倫心憂易寒等人，卻也只能點點頭。

綺絲麗撫了撫肩頭，又打了個呵欠。宇文景倫忙道：「你睡吧，我來守著。」

「好，你看著點，雪夜會有野狼的。」

綺絲麗旋到馬皮上躺下，宇文景倫解下身上貂領冬袍，蓋在她身上。綺絲麗並不睜眼，伸出左手於空中打了個響指，又做了個手勢，正是草原上馬賊慣用的手語：「小子，多謝了！」

宇文景倫笑著搖搖頭，將火堆再挑旺些，不多時便聽到綺絲麗均勻的呼吸聲。

火焰跳躍，明明暗暗。再過少頃，宇文景倫側頭看了看，綺絲麗已然熟睡，火光映得她雙頰通紅。他注目良久，伸出手將貂領冬袍輕輕向上拉了拉。

雪還在無邊無際地下著，宇文景倫恐綺絲麗凍醒，不停加著枯枝，待晨光微現，綺絲麗忽然躍了起來。她瞇眼看了看天色，道：「只怕還有大風雪要來，這裡不能再待，咱們得趕緊往南走。」

宇文景倫望了望東邊，心頭微歎，忽覺肩頭一暖，正是綺絲麗將貂領外袍披回他的肩頭。二人雖是初識，卻共經生死劫難，又互相守護，都覺如同相識多年，不由同時而笑。

晨光中，綺絲麗笑容明媚，縱是漫天風雪也遮不住她的麗色，宇文景倫不由呼吸微窒。

積雪厚重，寒風勁朔。二人一路向南，行進極慢，綺絲麗內力不足，走得個多時辰，停了下來，手撐腰間大口喘氣。

宇文景倫心知得在天黑前找到能避風雪並有乾柴的地方，不然二人便會斃命於雪野中。見綺絲麗面色發白，站立不穩，他步子一橫，在她身前蹲下。

「抱穩了。」綺絲麗尚未反應過來，宇文景倫已將她負起。

綺絲麗喘氣道：「這樣下去，你也會走不動的。」

宇文景倫並不說話，踏雪而行。走得十餘里，他步伐漸緩，綺絲麗微微掙扎了一下欲落地，宇文景倫雙腕用力，令她動彈不得。

綺絲麗凝目望著他的側面，忽然抱緊幾分，貼在他耳邊輕聲道：「我小時候，父……阿爸喜歡揹著我這樣走來走去，然後叫我唱歌給他聽。」宇文景倫喘氣笑道：「那你唱來聽聽，不過我可沒你阿爸年紀大。」綺絲麗微啐一聲，面頰飛紅，又過了片刻，起喉而歌。歌聲如同四月的春光，驅散了漫天風雪。

這般在歌聲中走走停停，黃昏時還未找到能避風且有乾柴的地方，而雪仍不停息，二人都略感不安。

綺絲麗看了看四周，道：「我記得以前這裡有個草圍子的，應該有人住著，怎麼不見了？」

「只怕是見有大雪，搬到別處去了。」宇文景倫喘氣道，話罷忽而面色微變，聽了一會兒又道：「你聽！」

綺絲麗聽了聽，忙從他後背跳下，二人循著那微弱至極的聲音折向西面，走出數百步，終看到一頂倒塌於積雪下的氈帳。

二人奔過去，宇文景倫撥開積雪，拔出靴間匕首，「嘶」地劃破氈帳，嬰兒的啼哭聲越發清晰。

一名月戎女子被帳氈的木柱壓住，身體僵硬，但她身形卻似極力弓起，顯是要護住什麼。宇文景倫蹲下用力將這女子屍身翻開，一名用毛氈包裹的嬰兒正發出微弱低啼，如同即將死去的幼獸。想是大雪壓倒氈帳，做母親的只來得及護住孩子，自己卻命喪黃泉。

綺絲麗「哎呀」一聲，急速將嬰兒抱起，宇文景倫掏出火摺子，尚未生火，綺絲麗見嬰兒凍得奄奄一息，情急下解開自己的衣衫，將嬰兒緊貼在胸前。待火生旺，綺絲麗坐於火堆邊，仍將嬰兒緊捂於胸口，又急道：「快，找找看有沒有羊乳。」

宇文景倫在被積雪壓倒的氈帳中找出一罐結了冰的羊乳，架在火堆上，回頭道：「得等等才……」

綺絲麗懷中，那嬰兒無力地張著小嘴，尋找著、吸吮著，許是找不到母親的味道，啼得更急。綺絲麗抬頭急道：「快點……」見宇文景倫的目光停在自己胸前，她話語一頓，雙頰通紅。

宇文景倫「啊」的一聲，慌忙轉過身去。他雖未娶正妃，府中卻早有姬妾數名，只是他一心撲在軍國大事之上，於男女之事上極淡，卻非不通情事之人。但此刻，他忽生緊張，又似神遊天外，眼前閃現的總是綺絲麗胸前那一抹豔麗。

待瓦罐中的羊乳騰騰而沸，他才悚然驚醒。綺絲麗也抬起頭，面頰依然彤紅，嬌嗔道：「這麼燙，他怎麼喝！」宇文景倫慌忙提下瓦罐，深埋於積雪中，再從氈帳中尋來碗匙倒了羊乳，不停吹氣，又用嘴唇抿了抿，覺不再滾燙，將湯匙遞至綺絲麗胸前。

那嬰兒早已哭得沒了聲息，羊乳滴入他口中，他也只是微嚅雙唇，許久才喝完一湯匙。待幾匙羊乳餵罷，嬰兒氣息漸穩。綺絲麗鬆了口氣，抬頭笑道：「雪神保佑！」卻見宇文景倫滿頭大汗，七尺男兒握著小湯匙，戰戰兢兢如臨大敵，甚是滑稽，她不由哈哈大笑。

她笑時身形抖動，湯匙中的羊乳便滴在嬰兒面上，嬰兒不適大哭，宇文景倫忙用左手去拭，恰好綺絲麗一動，他的手便觸到了她的胸脯。宇文景倫急速收回左手，「蹬蹬」退後幾步。綺絲麗先是「啊」了一聲，轉而見宇文景倫一副手足無措的模樣，不由抿嘴而笑，將嬰兒往宇文景倫懷中一遞，「你抱著，我來餵。」

宇文景倫茫茫然接過嬰兒，綺絲麗迅速掩好衣襟，接過湯匙，舀了羊乳慢慢餵著，嬰兒再喝數匙，閉上雙眸。綺絲麗從宇文景倫懷中抱起嬰兒，輕聲哼著，嬰兒俄頃後沉沉睡去，她心中喜悅，抬頭向宇文景倫微笑。火堆照得她的紅唇嬌豔欲滴，美豔奪目。宇文景倫不時強迫自己轉頭，但過得一會兒他又回頭，望著綺絲麗，望向她懷中的嬰兒。

綺絲麗輕拍著嬰兒，抬頭看了看天色，道：「今晚就歇在這裡吧，此處避風，又有枯柴。」

宇文景倫將馬肉烤好，又從氈帳中找到一囊酒，剛舉囊待飲，綺絲麗一把搶過，仰頭喝了一口，又擲回給他。他探手接過，見綺絲麗並無避諱，也仰頭而飲。二人吃著羊肉，喝著烈酒，綺絲麗不時拍著懷中嬰兒，偶爾輕笑，如草原駝鈴。

「綺絲麗。」酒飲數輪，他終喚出她的名字。

「元——靜。」她與他對望，眸中似有兩團小火苗在跳躍。

他問道：「沙羅王爲何要追捕你？」

綺絲麗微愣，低下頭，再抬頭爽朗而笑，「我偷了他的寶貝，他自然要抓我回去，好尋回寶貝。」

「你是馬賊？」想起她之前的手勢，宇文景倫微笑道。

綺絲麗笑得前仰後合，「是，我是碩風部的。我們碩風部的馬賊，連沙羅王也不怕。」

宇文景倫知碩風部是月戎八部中最善騎術的一部，也多出馬賊，見綺絲麗笑得無拘，脫口而出：「不知你們碩風部的馬賊，是不是個個都有你這麼美麗？」

綺絲麗笑聲漸止，與他靜靜對望。火堆傳出「劈啪」之聲，她忽然微笑，「我美麼？」

「美。」宇文景倫也不知素來威肅的自己此刻爲何如同稚嫩的少年。

「我什麼樣子最美？」她盯著他。

宇文景倫嘴唇微張，尚未成言，遠處黑暗中傳來一聲淒厲嗥叫。暗夜裡迎著風雪的嗥叫，先是悠長的一聲，而後是數十聲，再後來，茫茫雪野，唯有這淒厲的嗥叫聲在不停迴響。

幽綠的光點由遠而近，宇文景倫霍然起身，綺絲麗也眉間凝寒，「是狼群！」

幽綠的眼眸成群逼近，宇文景倫見圍攏來的竟有三十餘隻之多，倒吸了口涼氣。他即將匕首急揮，斬斷氈帳的木柱架於火堆上，火勢大盛，狼群微微後退。這是一群灰褐色的野狼，頭狼尤其高大，牠耳朵直立向前、尾部橫直，幽綠眼眸盯著火堆邊的二人，似只待火堆稍暗便要撲上，將獵物撕成粉碎。

宇文景倫將綺絲麗拉得靠近火堆一些，又護在她的前方，可狼群逐漸散開，將二人及火堆圍住。宇文景倫眼神凌厲，緊盯著爲首的頭狼，恨恨道：「可惜沒有弓箭！」

爲首的頭狼也緊盯著火堆邊的二人，眼見牠慢慢揚身低頭，宇文景倫凝神靜氣，刃橫胸前，隨時準備對抗這凶狠不下雪豹的野狼王。

火光稍有黯淡，頭狼喉間嗚嗚數聲，狼群逐漸逼近。

綺絲麗眼角瞥見腳邊的酒囊，急忙俯身將酒囊內的殘酒倒向火堆，烈焰騰空，狼群受驚嚇退了開去。宇文景倫趁這工夫，往火堆中加了乾柴，狼群卻不甘心，頭狼數聲嚎叫，又慢慢圍了過來。綺絲麗懷中嬰兒被狼叫聲驚醒，連聲啼哭。

僵持一陣，宇文景倫環顧四周，眉頭微皺道：「這樣下去不是辦法，不夠柴燒，我得把那爲首的畜生斬了才行。你留在這處，多加小心。」

綺絲麗點頭，「好。」又道：「小心點，這是阿息山的野狼，很凶狠的。」

宇文景倫傲氣勃發，朗笑應道：「我若怕了一隻野狼，日後何以面對天下人！」

綺絲麗微微仰頭，火光將他的側面映得有層金色光芒，她心中一動，他已拔身而起，如閃電般攻向頭狼。血光四濺，嗥聲淒厲。宇文景倫隻手持刃，數個起落間斬殺三頭野狼，可那頭狼卻忽不見。十餘隻野狼將他圍住，斬鬥間他忽知中了頭狼調虎離山之計，心中一沉，也不顧有一頭野狼縱起咬向自己左臂，短刃自擋在前面的野狼喉間劃過，腰急擰，撲向火堆。但他剛騰起身，又有數頭野狼撲向他，血光和著嗷叫，再有野狼斃於刃下，但他真氣受阻，落於地面。

火堆邊，頭狼已距綺絲麗不過數尺。綺絲麗懷抱嬰兒，嬰兒哭得極大聲，綺絲麗本能下低頭拍了拍他，火焰恰於此時微暗下來，頭狼瞅準時機撲向綺絲麗。綺絲麗一個翻滾，急速避過這一撲，正好滾到火堆邊，火苗捲上了她的裙擺。頭狼懼火，只能退開來，但猶自露出森寒的狼牙，緊盯著綺絲麗。

宇文景倫這時也撲了回來，見她無恙，鬆了口氣，正待再撲向頭狼。綺絲麗忽然靈機一動，將外衫連著外裙脫了下來。

她將衣衫點燃，那衣衫極爲助火，火苗轟然騰起，綺絲麗此時只著內衫，左手抱著嬰兒，右手揮舞著著火的衣衫，向宇文景倫笑道：「咱們合作一下，如何？」宇文景倫喝聲：「好！」

雪地中，一人揮舞著著火的衣衫，如烈焰在夜色下起舞；一人刃起寒光，追逐著因懼怕火光而稍有躲避的狼群，狼血四濺。待衣衫將要燃盡，宇文景倫左手環上綺絲麗腰間，長喝一聲，震得狼群不敢進攻，他已閃回火堆邊。此時，已有十餘頭野狼斃於刃下。

二人這番配合，極為痛快，不由喘氣相視而笑。說也奇怪，綺絲麗懷中的嬰兒登時止了啼哭，睜大一雙眼睛看著二人。

眼見狼群仍未散去，頭狼眼中綠光越發幽森，宇文景倫脫下自己外袍，遞給綺絲麗，道：「再來！」待最後一匹狼嗚咽抽搐著死去，綺絲麗已近脫力，癱坐於雪地之中。格殺野狼不比與高手過招輕鬆，宇文景倫內力同樣消耗極巨，他轉過身，看著癱坐於地上的綺絲麗，喘氣笑著向她走來。

一陣寒風吹過，綺絲麗外衫已去，瑟瑟發抖。宇文景倫俯下身，運力將她抱起，大步走回火堆邊。待走到火堆邊，他雙膝一軟跪於地上，綺絲麗同樣無半分力氣，只能倚在他懷中。

雪，仍在下著。宇文景倫慢慢將綺絲麗抱緊，縱是寒風呼嘯，二人仍能聽到對方劇烈的心跳聲。此般相依，風雪雖烈，二人卻不覺寒冷。急速跳動的心相隔如此之近，沐於對方身上氣息中人欲醉，一時都不知身在何方。

宇文景倫暫時忘卻數萬大軍、艱難重任，唯聞滿懷溫香，綺絲麗亦覺便是此時再有狼群也絲毫無懼。輕哼聲將二人驚醒，同時低頭，只見那嬰兒正睜大眼睛，似是好奇地盯著二人，看得一陣，許是覺得不是母親，小嘴便張開欲哭。綺絲麗忙輕拍哄著，宇文景倫又去熱了羊乳，待嬰兒喝飽睡去，二人同時抬頭，對望片刻，又同時壓低聲音大笑。

直至此時，緊繃了半夜的神經終得以舒緩。二人笑罷，在一塊木板上並肩坐下，宇文景倫稍稍猶豫，拍了拍左肩，綺絲麗臉頰微紅，仍輕輕靠上了他的左肩。

過得一會兒，綺絲麗忽然好奇心起，低頭看著嬰兒，道：「你猜，這是男孩還是女孩？」

「男孩。」宇文景倫看了看，微笑道：「長大了是個勇士。」
「我覺得是個女孩，咱們碩風部的女子，並不比男兒差。」
二人復對望片刻，宇文景倫笑道：「要不，咱們打個賭？」
「賭什麼？」
「輸了的講笑話，直到把贏了的逗笑為止。如果沒有逗笑，就罰唱歌。」
「好。」綺絲麗頗覺有趣，忙應了，又去解嬰兒的襁褓。可剛解開一根束帶，便停了下來。
宇文景倫見她停下，問道：「怎麼了？」綺絲麗不答，他側頭一看，只見她面頰暈紅。他省悟過來，本能下想大笑，強自忍住。
綺絲麗和碩風部的大嫂大嬸們相處極佳，曾幫她們帶過孩子，並非沒有見過男嬰與女嬰的區別。可此時，要她當著一個年輕男子的面去分辨男嬰女嬰，縱是性情豪爽如她，也覺有些羞窘。乍聽到宇文景倫壓在喉間的笑聲，她性子受激，嗔道：「有甚好笑的？」轉過身去，解開了襁褓。她低下頭，雙肩微微僵硬，俄頃後又繫好襁褓，轉過來笑道：「我贏了，是個女孩！」
宇文景倫視線不曾離開她片刻，看得清楚，哈哈一笑，右手忽然擊出。綺絲麗上背後仰，手中一空，宇文景倫已將嬰兒抱了過去。
綺絲麗大窘，宇文景倫解開襁褓一看，大笑道：「原來碩風部的馬賊，不但長得美，還會耍賴，哈哈……」他未笑完，懷中嬰兒忽然大哭，伴著哭聲的是一泡急尿，濺得極高，悉數射在宇文景倫胸前。
宇文景倫笑聲頓住，高高舉起男嬰，望著胸前濕漉漉的一大片，極是狼狽。綺絲麗指著他，笑得前仰後合，險些岔氣，半天方才稍稍止住。見男嬰還在大哭，她忙接過，可視線掠過宇文景倫胸前又再度大笑，宇文景倫不由也是苦笑。

綺絲麗此時雙眸彎彎，頰染瑰紅，宇文景倫看得癡了，忽覺若能每日看到這般笑顏，便是被多淋幾泡童子尿，那也無妨。

綺絲麗漸漸笑得略喘不過氣來，她先前與狼格鬥，本有些脫力，笑著笑著身子一低，倚在了宇文景倫胸前。宇文景倫忽覺心跳一陣加快，片刻後嘴角漸湧微笑，雙臂慢慢展開正待將她擁住，卻聽得一串急響，臭氣薰鼻。二人急速分開，只見男嬰小臉漲得通紅，自是拉出了大便。

這個夜晚，二人手忙腳亂，男嬰餓了、拉了都是大哭，宇文景倫一時熱羊乳，一時到氈帳中尋找乾淨的尿布烘熱，還要顧著火堆不滅，又怕綺絲麗和男嬰不抗風雪，重新架起氈帳，竟覺比指揮一場大戰猶感吃力。

二人只能趁男嬰睡著的間隙輪流打個盹，綺絲麗有些支撐不住，又不肯獨自酣睡，宇文景倫索性拂了她的睡穴，左手抱著男嬰，右臂將她攬於肩頭。篝火跳躍，風雪呼嘯，他聽著身邊之人的呼吸聲，忽然想起幼時承歡母妃膝下的日子，只覺心頭某處變得很軟很軟，從未有過的柔軟。

次日清晨，宇文景倫到帳中找出幾件舊外衫，二人穿上，又在附近查看了一番，未見其他牧民，無法找到這名男嬰的親人。此處乾柴不足，且有野狼出沒，二人只得將那女屍埋於雪地，抱上男嬰繼續南行。

風雪仍是很大，又要顧著嬰兒，這番行進更慢。到了午時，二人在大雪中迷失方向，所幸誤打誤著，找到一處被牧民遺棄了的草圍子，方才略喘了口氣。宇文景倫縱是內力高深，這三日下來也覺支撐不住，綺絲麗尤是面色發白，見這破草圍子避風極佳，乾柴又足，二人乾脆不再南行，在草圍子住下。

到了晚間，綺絲麗出現受風寒的跡象，宇文景倫找來乾草鋪上，將她強按著睡下，抱著男嬰守於她身邊。

翌日清晨，綺絲麗醒轉，一縷陽光從草圍子外透進來，她眼睛微瞇了一下，喜得坐起，道：「雪停了。」她一轉頭，只見宇文景倫正抱著男嬰斜靠在木柱上，睡得極香。

陽光熹微，她長久望著他的眉眼，目光不曾挪開半分。他的呼吸很均勻，縱是熟睡，仍予人一種沉穩威肅的感覺。綺絲麗慢慢伸出手去，卻不敢碰觸他的面頰，只在空中虛畫著他的眉眼，少頃後搖了搖頭，低聲道：「睡覺也這麼嚴肅，你還是笑的時候俊一些。」宇文景倫懷中的男嬰忽然睜開雙眼，輕聲哼哼，似表贊同。綺絲麗吐舌一笑，又將食指豎於唇前，「別吵醒他。」男嬰極是配合，咂了咂嘴又闔上眼睛。

綺絲麗鬆了口氣，抬起頭，正對上宇文景倫微含笑意的雙眸。她覺自己心跳彷彿停了一下，偏身子僵住，不能移動。她與他就這麼對望著，都覺似有話要說，又似是想避開對方的目光，可直到男嬰再度啼哭，才都慌慌然收回目光。

男嬰已近半歲的樣子，吃飽喝足了便精神十足，一時望著宇文景倫嬉笑，一時又伸手去拽綺絲麗的長髮。陽光燦爛，寒風漸息，這一日，二人與男嬰玩耍著，誰也沒提出一個「走」字。待到夜色降臨，綺絲麗望著熟睡的男嬰，輕聲道：「元靜。」

宇文景倫拍了拍左肩，綺絲麗抿嘴一笑，靠上他肩頭，道：「得給他取個名字。」

宇文景倫想了想，道：「他是我們在風雪中撿到的，你們碩風部男子多姓跋野，叫他跋野風吧。」

「跋野風？」綺絲麗念了一遍，點頭道：「好。」

她心中有話，便覺當說出來，縱是頗感害羞，也只遲疑少許，終抬頭看著宇文景倫，道：「他已經沒有親人，我得把他帶在身邊。你若是回了桓國，以後還會來看他麼？」

她的目光熱烈得如同身邊的火焰，宇文景倫熱血上湧，脫口而出：「會！」

綺絲麗呼吸稍稍急促，正待說話，夜風中隱隱傳來馬兒嘶鳴聲。不一會兒，馬蹄震響，狀似有上百騎正往此處而來，宇文景倫倏然清醒，忙踢滅火堆，將綺絲麗一拉隱於角落。

馬蹄聲趨近，還有人在高呼，綺絲麗側耳聽了一下，大喜呼著奔了出去。

宇文景倫不及拉住她，聽她用月戎話相呼，竟是「思結舅舅」。他對月戎情況進行過瞭解，覺得「思結」這名字似曾聽過，仔細一想，記起這思結正是碩風部有名的馬賊，統領上千騎在月戎草原南部來去如風，還曾與沙羅王有些過節，沙羅王也拿他沒轍。

宇文景倫遂放下心來，抱著跋野風走出草圍子。

一名貂帽灰裘，四十多歲的粗豪大漢坐於馬鞍上。綺絲麗奔近，大漢手中馬鞭「啪」地一響，擊向綺絲麗面容。

宇文景倫在後看得清楚，面色一變，身形急閃，在馬鞭要擊上綺絲麗面容時拽住馬鞭，怒道：「住手！」大漢微驚，手中用勁，宇文景倫運起內力，待運至七成，大漢頂不住，眼見就要被從馬鞍上扯落。綺絲麗哈哈大笑，「思結舅舅，以後看您怎麼吹牛皮，再吹牛皮，我就拔了您的鬍子。」

宇文景倫忙收回內力，鬆開馬鞭。思結在馬鞍上搖晃了一下，方才穩住身形，他斜睨著宇文景倫，冷冷道：「這小子是什麼人？」綺絲麗笑著奔近，拉住他的衣袖，道：「您怎麼知道我在這裡？」

思結瞪了她一眼，道：「你把大家急死了，還好意思笑，回去我非得抽你幾鞭子不可！」

綺絲麗嘻嘻笑了笑，轉身拉過宇文景倫，笑道：「是他救了我。」

思結面上仍有氣，但目光柔和了許多，淡淡道：「走吧。」

有手下牽過駿馬，綺絲麗踏蹬上馬，宇文景倫猶豫片刻，將跋野風遞給了她。綺絲麗笑容微僵，宇文景倫縱是萬般不捨，仍輕聲道：「你既與親人重聚，我們……」話未說完，思結策馬過來，俯身抓住宇文景倫右肩，怒道：「囉嗦什麼，上馬吧。」

宇文景倫不便相抗，本就捨不得作別，遂坐於思結背後，目光不時望向前方的綺絲麗，心中卻百般安慰自己道：「並非不顧軍國大事，只是風雪甫息，又是深夜，索性去碩風部歇上一晚，待明日借得馬匹再回霍州不遲。」

奔得半夜，已可見前方篝火點點，自是早有人回去報信，歡呼聲陣陣，馬蹄急急，許多人迎了出來。

綺絲麗極爲興奮，呼聲口哨，又大叫道：「我回來了，綺絲麗回來了！」火光將她的臉映得通紅，她策騎奔向迎接的人群，同時揮舞著馬鞭，她的黑髮在風中起舞宛如火焰。

思結大笑著回頭，拍了拍宇文景倫的肩膀，道：「她美不美？」

「美。」宇文景倫望著綺絲麗的身影，輕聲道。

思結笑得極爲驕傲，又歎道：「可惜偏偏脾氣大了點，動不動就要拔我的鬍子。」

是夜，雪原上歌聲悠揚，篝火燦爛，慶祝綺絲麗躲過雪暴，平安歸來。

思結知宇文景倫身手高強，又救了綺絲麗一命，對他極爲和悅，請他坐於自己身邊，還命人取出了月戎人最喜喝的烈酒。

不多時，人們便圍著篝火起舞，熱烈的氣氛將暴風雪帶來的陰霾一掃而空，也讓宇文景倫想起了幾天前疏勒府篝火大會的情景。他微微而笑，飲下一碗烈酒，又看見一抹熟悉的身影，正是那日和綺絲麗一塊兒出現在篝火大會上，與默懷義一曲定情的少女阿麗莎。

他知篝火大會次日清晨，是阿麗莎和綺絲麗對換衣衫，將守城士兵引開去，綺絲麗才藉機躲在自己馬隊中出了城。也不知這阿麗莎是如何擺脫沙羅王的追捕回到碩風部的。

他正想著，那邊綺絲麗和阿麗莎笑著咬了會耳朵，阿麗莎奔向場邊。不多時，腰鼓陣陣，琴聲連撥，宇文景倫本是低頭飲酒，聽得音樂有些熟悉，心頭一陣劇跳，抬起頭來。

篝火燦爛，他的眼中卻只有那比火焰還要熱烈舞動著的身影。

「咚咚咚咚咚，咚咚咚咚咚！」「叮叮叮！」

她如世間最自由無拘的靈魂，在烈焰邊起舞，旋舞間，她的目光始終與他膠著。她彷似在展翅高飛，歌聲也在雪野上空盤旋。

「阿息山有多高？雪神她住在哪裡？雪蓮花盛開在何處？聰明的勇士啊，誰能告訴我？

花子海有多深？海神他住在哪裡？金鱗龍游翔在何處？智慧的勇士啊，誰能告訴我？」

綺絲麗唱著舞著，在宇文景倫面前停住腳步，她的胸微微起伏，嘴角含笑，目光無比溫柔，靜靜地望著他。

宇文景倫恍如置身夢中，這一刻，他忘記了自己的身分和重任，他無法抗拒這火焰般的激情，緩緩站起來。

男兒清亮的歌聲在雪野上遠遠傳開去。

「阿息山是世間最高的山，雪神她無處不在，雪蓮花盛開在人們心中。美麗的姑娘啊，你就像雪蓮花一般美麗，我要一生守護著你。

花子海是世間最深的海，海神是水之靈魂，金鱗龍在每一滴水中游翔。美麗的姑娘啊，你就像水一般溫柔，我要做那金鱗龍，永遠不離你的身邊！」

綺絲麗眼底似有波光在閃，她輕輕擲出手裡的雲檀花種子，人們見部落中最受寵愛的姑娘終於找到情郎，震天歡呼。思結更是不停摸著面上髫鬚，哈哈大笑。

笑聲中，綺絲麗牽住宇文景倫的手，帶著他離開人群，向遠處的帳篷走去。

宇文景倫不知自己是飲酒醉了還是心醉了，一路走來腳步輕飄，宛如走在雲端之中。

歌聲、笑聲越來越遠，帳篷中，他慢慢擁住她，低下頭，吻上了她嬌豔的紅唇。她的唇，飽含少女的清香，柔軟得像早晨帶著露珠的花瓣。他心中似被什麼裝得滿滿當當，從未有過的喜樂在體內膨脹，彷彿就要炸裂開來。

他將她輕柔地放在氈毯上，纏綿地吻上她的肌膚，她羞澀而熱烈地回應著，小鹿般的長腿盤上他的身軀。

他再也無法控制體內的激情，除盡衣衫，再將她最後一件衣裳用力扯去，丟於一邊。

她緊閉著雙眸，面頰紅得那般動人，他心醉神迷，覆上她的身軀。

「元靜……」她喃喃輕呼著他的名字。

他身子微僵，愧意一閃而過，低下頭封住了她的雙唇。

「哇……」急促的啼哭聲響起，讓正要一力而下的他停住了動作。

宇文景倫眉頭微蹙，欲待不理，可帳內一角的跋野風堅持不懈地放聲嚎哭。

他恨恨地哼了聲，跋野風哭得越發大聲。綺絲麗也清醒了些，偷眼看了看宇文景倫的神色，低聲道：「我忘了他在這裡。」宇文景倫只得起身披好衣衫，綺絲麗紅著臉將跋野風抱過來，他忍不住輕擰了一下跋野風的面頰，跋野風自是哭得更加厲害。

綺絲麗又害羞又覺好笑，只得將他一推，「快拿羊乳過來，他定是餓了。」

待這壞了好事的小子再度熟睡，宇文景倫也平靜下來，再想起自己對綺絲麗這般隱瞞，倒又有慶幸未草率行事，玷污她這份純淨的感情。看來只有收服月戎以後，再求得她的諒解，納她爲妃，方不負這一番情意與此生死相交之心。

這般想著，他將綺絲麗抱在懷中，撫著她如絹布似的黑髮，在她耳邊輕聲喚道：「綺絲麗。」

「嗯。」

「等我。」

她略生驚慌，緊攥住他的手，「你要走麼？」

「我還有未做完之事，這是我的責任，我要去完成。但這件事了，我必回來找你，我想正正式式娶你。」

綺絲麗抬頭望著他堅毅的神色、溫柔的目光，終輕輕地點了點頭。

這一夜是這麼短，二人靜靜依偎，不知不覺便迎來旭日。

怕驚動思結，綺絲麗悄悄牽出一匹駿馬，領著宇文景倫出了部落。晨光中，二人慢慢走著，他捨不得上馬，她也說不出一個字。

再走數里，宇文景倫終狠下心，用力抱了抱她，道：「綺絲麗，你等我。」

綺絲麗緊抱住他的腰，輕聲道：「可我還欠著你一個笑話沒說，怎麼辦？」

「以後說吧，日子長著。」

「不，我現下要說。」她仰頭看著他。

「好，你說，我聽著。」

她抱著他，說著笑話，可說著說著，她卻落下淚來。宇文景倫心中酸楚，忙伸手替她拭淚。綺絲麗卻忽將他一推，「上馬！」

他踏蹬上馬，她已擦乾淚水，仰面燦然而笑，「我不會說笑話，還是唱歌吧。」宇文景倫未及說話，她已用力拍上馬臀，駿馬一聲長嘶，揚蹄而奔。

馬蹄踏破滿野白雪，宇文景倫策騎而奔，十餘里過去，他耳邊仍縈繞著她的歌聲：「天上的雄鷹飛得再高，牠也要回到崖洞中休息。遠行的人兒啊，你走得再遠，也要記得這裡有人在等你……」

宇文景倫心中酸楚，強自抑住，急急打馬而行。

雪後初晴，坐騎又是千裡挑一的駿馬，行得一日便趕到了兩國交界處。眼見天色漸黑，前方又是阿息山，正猶豫要不要黑夜過山時，忽見前方有幾騎過來，他忙將氈帽拉下些，緩緩而行。

那幾匹馬奔得很急，宇文景倫面向另一側，可當其中一人策騎而過時，他眼神掠過，急忙咳嗽。那人身子一震，勒馬回頭，宇文景倫將氈帽除下，望著對方微微而笑。

馬上那人正是明飛，他乍見宇文景倫，大喜不已，但此處尚是兩國邊境，不便行禮，只向他點了點頭，又招呼前面幾名飛狼衛回轉。眾人心中狂喜，急忙擁著宇文景倫回轉霍州軍營。

一路上明飛細稟，宇文景倫才知那場雪暴，除了自己得以倖存，就只易寒仗著武功高強、明飛熟悉地形而逃過一劫，其餘飛狼衛均已在雪暴中失蹤。

明飛避過雪暴，便四處尋找宇文景倫，未果後回轉霍州。滕瑞得稟，急派飛狼衛喬裝打扮，冒著暴雪入月戎尋找宇文景倫。但眾人一直在當日那處附近尋找，兩日後找到被飛石擊中而受了輕傷的易寒，卻始終未能找到宇文景倫。

滕瑞不能大規模尋人，又不能露了大軍行蹤，數日來急得頭髮都白了許多。這夜見宇文景倫無恙歸來，實是狂喜，他素來持重，只是例常見禮，但眼眶未免隱生濕潤。

待宇文景倫用過晚飯，滕瑞知不能再拖，屏退眾將，走近道：「王爺，您既歸來，今夜是最佳突襲時機。」

宇文景倫卻望著案几沉思，許久不言。滕瑞疑道：「王爺？」

宇文景倫抬頭道：「先生，景倫心中有些猶豫。」

「願聞其詳。」

宇文景倫站起慢慢踱著，歎了口氣，道：「不瞞先生，景倫此次去月戎，感受頗深。沙羅王雖然暴虐，但月戎邊境民眾尚是安居樂業，生活自得其樂，我們如若攻打，勢必要破壞現下這份安寧。這一仗……到底該不該打？」

滕瑞未料宇文景倫歸來後會說出這樣一番話，不由愣住，想起了當日在鎮波橋上崔亮的話。他當日雖拒絕離開宇文景倫，但這數月來時時想起崔亮所言，再加上目睹寧平王、毅平王所造殺孽，後又因此而戰敗，內心無時不在煎熬之中。深夜獨坐燈下，他也不時拷問自己，而此刻聽宇文景倫之言，不禁長長歎了口氣。

宇文景倫望著他，道：「先生。」

滕瑞收起愧意，靜靜問道：「敢問王爺，前朝燕國是如何滅亡？」

「帝弱，爲權臣挾制，軍閥各據一方，內亂頻仍，最後爲南梁所滅。」

「再敢問王爺，王爺此番若不征月戎，藉機掌控西邊二十六州，而是回上京交回兵權，以後可能夠登上帝位？」

宇文景倫搖了搖頭，「希望渺茫。」

「太子背後是何勢力？」

宇文景倫眉宇黯然，滕瑞微歎：「太子若是登基，其背後支持的各部貴族便會趁機坐大，太子長期受他們挾制，自會分權給他們。屆時皇權進一步被削弱，各部必會爲了疆土草場爭奪不休，先燕之亂只怕就會重演，到頭來受苦的可是桓國萬萬百姓。」

宇文景倫不言，滕瑞續道：「何況，這些貴族只知爲本部落爭利，對皇上和王爺的漢化改革諸多不滿，若讓他們掌權，皇上的一片苦心經營加上王爺的一番雄心壯志，只怕都會付諸東流。眼下，只要我們火速拿取月戎，且將傷亡降到最低，就可控制西部大權，到時您上位是水到渠成，奪回權柄，一統北疆，就……」

宇文景倫擺了擺手，道：「知道了，先生，是景倫一時心軟。」

滕瑞躬腰道：「請王爺相信滕瑞，我已擬好作戰策略，只要能突襲拿下沙羅王，必可以最小傷亡收服月戎。王爺若是憐惜月戎百姓，日後多施惠政便是。」

那火焰般的影子在心頭掠過，宇文景倫毅然決斷，道：「好，一切就依先生安排！」頓了頓，他又道：「此戰以拿下沙羅王爲要，其餘月戎各部，特別是南面的碩風部，先莫去動他們！」

桓天景三年十一月初六，夜。

桓宣王率大軍突襲月戎，在軍師滕瑞的布置下，一萬人攻昆陸府，一萬人攻燕然道，五千輕騎箭兵布於阿布利峽谷，正面則以飛狼營和先鋒營三萬騎兵閃電奔襲，直取疏勒府沙羅王大營。

這三萬人是桓軍最精銳的騎兵，雪夜如閃電奔行，於後半夜包圍了疏勒府阿克沁大營。火箭將大營燒得烈焰沖天，桓軍騎兵像流水般衝踏，沙羅兵死傷無數。

沙羅王從夢中驚醒，率部倉卒應戰，無奈陣腳已亂，近兩萬精兵被桓軍上百支分隊切割開來，沙羅軍如同羊群遭遇野狼，血染阿克沁大營。

沙羅王陣前被宇文景倫一刀砍中左腿，只得在數千名死衛拱護下殺出一條血路，向西南奔逃。未及百里，至阿布利峽谷。易寒率五千桓軍發箭如雨，殺聲震動雪野。赤雪馬雖神勇，亦無法救主逃離。沙羅王誓死不降，拚至最後一刻，最終力竭而死於易寒劍下，但其死後仍拄刀立於雪野中，巍然不倒，只是雙目圓睜似在遙望南方。

桓軍拿下疏勒府、昆陸府、燕然道三處後，兵不卸甲、馬不落鞍的一路向西，如烈火燎原席捲月戎大部分疆土，並於十一月十五日包圍了月戎王都——阿什城。

宇文景倫採納滕瑞之言，爲減少平民傷亡，並不發起攻城戰，而是包圍阿什城，切斷其水源，且不斷派人城下喊話以勸降月戎可汗。月戎可汗與沙羅王兄弟情深，沙羅王戰死後他便病重，阿什城兵力不強，派出去請求各部馳援的信兵悉數遭斬，月戎可汗仍不投降。

兵圍七日後，城中百姓斷水斷糧，死傷慘重。就在宇文景倫猶豫是否要發動攻城戰之時，十一月二十三夜，月戎可汗率三千衛兵攻出城門，同時，阿什城內火光沖天。

月戎可汗率部衝向桓軍，個個勇猛無當、悍不畏死，桓軍一時陣形散亂，城中再衝出上千騎，從包圍圈缺口處疾速逃逸。

桓軍重新集結，將月戎可汗所率三千人逐一剿殺，最後剩可汗孤身立於上萬人包圍圈中，刀橫胸前，痛罵桓賊後吐血而亡。月戎可汗一死，阿什城不攻自破，桓軍入城。宇文景倫急調人手撲滅大火，又迅速調集水糧分發給城內百姓。

待稍得喘息，宇文景倫踏入了月戎王宮。他在王宮內負手慢慢走著，看著大火後殘敗的景象，心中勝利的喜悅黯然消退，濃麗笑顏浮現眼前，不由輕輕歎了口氣。

明飛押著一人過來，道：「王爺，默公子請來了。」

宇文景倫緩緩轉身，將手中鬍鬚貼上。默懷義看得分明，驚呼出聲。他做夢也未想到，率領大軍攻破家國的桓國宣王，即是當日篝火大會上偶遇的商人「元靜」。

宇文景倫卻是當日與默懷義一番交談後便上了心。他知明飛暗探出身，並無治國之能，只能用其忠心，要想治理好月戎，卻需另尋良才。默懷義飽讀中原詩書經略，又存經國濟世之志，堪稱治國良才。攻下疏勒府之時，他便下令將默懷義拿住，一路隨軍帶往阿什城。

見默懷義驚訝後是長久的沉默，宇文景倫又撕下鬍鬚，微笑道：「默公子，你是個聰明人。」

默懷義不言，宇文景倫又道：「令尊也在本王手中，本王會將他放了，只請默公子助本王一臂之力。」

默懷義扭過頭去，冷冷道：「你們殺我族人、占我國土，我與你不共戴天，我阿爸更非貪生怕死之徒，休得多言！」

宇文景倫一笑，道：「默公子，今日本王既已站在此處，月戎大勢已去。只是本王有一言想勸公子，還請公子以月戎百姓為重。」

默懷義身軀微震，不再說話。

「默公子，眼下已是嚴冬，又逢大戰，倘不能妥善安置流離的牧民，到時亡的可遠不止於戰爭中喪命之數。默公子一死容易，只是你若死了，本王覓不得合適的人來主理救助之事，月戎百姓怎麼辦？」

默懷義雙唇抿緊，宇文景倫卻從對方倔強眼神中窺出了一絲鬆動，微笑道：「死有輕重之分。本王與懷義你一見如故，知道懷義乃悲天憫人的大義之人。本王已急調糧草前來賑濟，這救助牧民、安撫民心之事，本王就全權託付懷義了。」

此時又下起了大雪，大片雪花揚揚而下，落在默懷義的髮梢肩頭。他與宇文景倫對立著，兩人眼神交鋒，宇文景倫意態平靜，面帶微笑，負手而立，默懷義堅持良久，眼神痛苦，面容不斷扭曲變換，顯是內心極度掙扎，直至雙腳發麻，終輕輕點了點頭。

不多時，派出去追剿那一千餘眾的將領回轉，一臉沮喪。又有將領來報，未在城中找到月戎可汗十五歲的幼子阿史那，宇文景倫與滕瑞都覺事情不妙。

果如所料，可汗幼子阿史那在一千死士的護衛下千里逃亡，直奔南邊，尋到其堂姐——沙羅王的女兒黛眞公主。黛眞公主急發可汗血詔，召集月戎南部屈射、同羅、碩風三部約兩萬人馬，奉阿史那爲新可汗，發兵北攻，與桓軍展開了殊死激戰。

黛眞公主以往罕於人前露面，此番臨危輔佐年少的新可汗，卻表現出了不凡智慧與才能，她用兵得當，擅使突襲戰法。桓軍攻下阿什城後略有鬆懈，被打了個措手不及，竟在半個月內被黛眞公主率軍連續收復三城。

聽聞黛眞公主率軍收復國土，月戎百姓一呼百應，紛紛南下投軍。阿什城內也漸有騷亂發生。

宇文景倫與滕瑞知形勢不妙，急調駐防在兩國邊境的三萬人馬前來支援。滕瑞迭施計謀，採取誘敵和分片切割戰術，方將黛眞公主所率人馬阻於斡爾河。

兩軍於斡爾河對峙，其時河面冰封，滕瑞再施妙計，他製出可讓人躲於冰下河水中的皮靠，命人於暗夜鑿鬆了河面堅冰。

翌日桓軍誘攻，黛眞公主不察，率兵攻過斡爾河，浮冰鬆動，其所率人馬紛紛掉入冰河之中，死傷無數。黛眞公主見中計，急命撤退。滕瑞再命人搭起木浮橋，桓軍氣勢如虹攻過斡爾河，追擊月戎殘部。

這一日已是十二月二十八日，月戎軍大敗，卻不屈服，雪野中赤血僵屍觸目驚心。待宇文景倫率主力進行最後一輪衝擊，已是黃昏時分。

阿史那王旗潰退，宇文景倫率兵追襲，待至一處小山丘，月戎兵不過幾百之眾。宇文景倫此時放下心來，另有打算，便不急著拿下這數百人，僅命人將他們圍困在小山丘上。

夜色深沉，宇文景倫立於王旗下，向滕瑞笑道：「月戎女子倒是不容小覷，這位黛眞公主，可比沙羅王還棘手。幸得先生妙計，不然大局難定。」

滕瑞微笑道：「這個黛眞公主，採用的竟是馬賊戰術，打了我們一個措手不及，但她畢竟是草原女子，不善兵法，兵敗乃遲早之事。可是王爺，眼下咱們不能殺她和阿史那，唯能勸降。」

宇文景倫正是這個打算，自黛眞公主率軍反擊，月戎民眾反抗情緒高漲，若不能勸降阿史那和黛眞，只怕後患無窮。他欲待開口，易寒急匆匆奔來道：「王爺，慕容將軍回報，他去追另一隊逃走的人，發現有幾千月戎兵接應他們。慕容將軍已經帶兵緊追著。」

滕瑞馬上明白中計，道：「山丘上的不是阿史那，咱們中了調虎離山之計！」忙命易寒帶一萬人前去與慕容光會合追擊。

大軍調動間，忽有殺喊聲傳來，宇文景倫抬首見小山丘上火光點點，那數百人顯是見桓軍調動離開，知被看破，意圖衝下山丘拖住桓軍。

宇文景倫看著這群人不畏死地衝下來，皺眉道：「這些都是死士，成全他們吧。」

滕瑞舉起令旗，大喝道：「箭兵準備！」
箭矢寒光幽幽森森，上千箭兵列於陣前，拉弓搭箭，對準了從山丘上衝下來的月戎兵。
此時火把將四周照得通明，月戎兵越衝越近。滕瑞高舉起令旗，待月戎兵再衝近些，即要下令萬箭齊發。
殺聲中，宇文景倫微眯起眼睛，但見衝在月戎兵最前頭的是一道紅色身影。那身影越衝越近，火光下，宇文景倫終看清了那張令自己魂牽夢繞的面容。
滕瑞手動了動，就要揮下令旗，宇文景倫失聲道：「別放箭！」滕瑞急智，雖不明宇文景倫為何不許射箭，令旗一變，箭兵退後，鐵甲兵攻前。
宇文景倫早打馬衝了上去。
那道紅色身影手持彎刀，在包圍中左衝右突，鮮血早已染紅她的裙裾，她口中咬著髮辮，拚死博殺。無奈她武功不高，衝得一陣便腳步踉蹌，眼見一名桓兵大刀就要砍上她的右肩，大喝聲傳來，宇文景倫及時趕到架住了這一刀。
見王爺親抵，桓軍忙護擁上來。風聲響起，宇文景倫反手運力握住刀背，緩緩轉身，望著呆愣在原地的綺絲麗，輕聲喚道：「綺絲麗。」
綺絲麗如遭雷擊，她本力戰多日已近虛脫，又在這生死陣前猛然見到思念多時的心上人，再也支撐不住，彎刀鏗然落地，身子一軟倒在了宇文景倫懷中。
燭火下，宇文景倫望著氈毯上昏迷不醒的綺絲麗，眉頭緊蹙。
兩個月來，除去緊張的戰事，他時時思念著她。他少年喪母，又志向遠大，一直以耽於男女情事為戒，埋頭於軍國大事。直至遇到綺絲麗，二人在暴風雪中互相扶持、救護嬰兒、抵抗惡狼，又獨處數夜，這美麗奔放的女子令他傾倒，不知不覺間情根深種。

他本想著，征服月戎後便親去碩風部，向她坦承身分，並納她爲妃。他本就有心要治理好月戎，納一名月戎女子爲側妃，倒也於大業有益。至於早已親自求婚的滕家小姐，仍可爲正妃，屆時自己多寵愛綺絲麗便是。

他萬萬沒有想到，竟會在這陣前重會綺絲麗，她爲何會出現在此間？

滕瑞掀簾進帳，看著宇文景倫的神情，壓下心中疑雲，稟道：「幾百人無一人投降，除擒住數人外，悉數被斬。」

宇文景倫頗有不忍，滕瑞又道：「這名女子，據被擒之人所言，她就是黛眞公主。」

宇文景倫猛然抬頭，失聲道：「不可能！」

氈毯上的綺絲麗卻已醒轉，她聽到二人對答，緩緩坐起，眼神冰冷地緊盯著宇文景倫。宇文景倫心中一痛，揮了揮手，滕瑞退了出去。

宇文景倫望著綺絲麗，慢慢伸出手，「綺絲麗……」

綺絲麗猛然拍開他的手，聲音發顫，「你……究竟是什麼人？」

宇文景倫不敢看她，微微側頭，半晌方輕聲道：「我，本名宇文景倫。」

綺絲麗面上血色盡失，身形晃了晃，宇文景倫忙將她扶住，卻見寒光一閃，本能下身形急速後仰，才避過綺絲麗手中的短刃。

綺絲麗雙眸含淚，撲將上來。宇文景倫心中絞痛，避過她數招，卻不還手。綺絲麗知自己武功與他相差太多，一咬牙，短刃回割自己咽喉。

宇文景倫大駭，和身撲來，奪下她手中短刃，綺絲麗拚力掙扎，他萬般無奈，只得點上她的穴道。

這短短數招，他竟覺渾身無力，雙腿一軟，抱著她坐於氈毯上，良久方輕聲道：「綺絲麗，我不是有心騙你。我身分敏感，不能輕易洩露。攻打月戎，乃形勢所逼，我也有心治理……」

綺絲麗眼神中透著絕望，仰頭冷笑，「你殺我父王，殺我可汗，屠我族人，滅我家國。今日，就將我黛眞也殺了吧！」

宇文景倫喃喃道：「你眞是黛眞公主？」

「是。」

「那爲何沙羅王要追捕你？你爲何又叫綺絲麗？爲何在碩風部？」

綺絲麗想起與他共處的風雪之夜，想起二人共度危難、同生共死的情形，心中一酸又落下淚來，許久才低聲道：「我的阿母，本是碩風部的馬賊。她是草原上最美麗的馬賊，父王看上了她，便將她搶回阿什城。思結舅舅不服，和父王打了幾架，可打不贏，阿母爲了救思結舅舅，便答應留在父王身邊。」

她聲音漸低，宇文景倫將她用力抱住，又往她體內輸入眞氣。綺絲麗穴道被點，無法掙脫，只得冷冷看著宇文景倫，道：「阿母因生我難產而死，臨終前求父王把我送回碩風部。父王捨不得，可我越長越像母親，他看著傷心，終將我送回思結舅舅身邊。」

「所以……」

「是，所以我在阿什城叫黛眞，到了碩風，我就是綺絲麗。那日篝火大會，我是去探望父王的，但他逼我嫁給一個我不喜歡的人，我當然得逃走，卻不料會遇見你。」

宇文景倫只覺造化弄人，他將臉埋在綺絲麗的秀髮中，喃喃道：「對不起，綺絲麗。你原諒我，我是眞心喜歡你。你忘掉這些，以後我會……」

綺絲麗卻渾身顫慄，聲音冰冷得不像從她喉內發出，「我不認識你！我愛的是元靜，是那個勇猛威嚴、情深義重的元靜，而不是你這個發動戰爭、沾滿了我親人族人鮮血的桓賊！」

宇文景倫還待再說，聽到滕瑞在外相喚且聲音急切，只得放下綺絲麗，走了出去。

滕瑞道：「追上阿史那了，他們大約三千人，易堂主率軍包圍在赫蘭臺。喊過話，說是誓死不降。」

宇文景倫頗覺棘手。滕瑞心中有了打算，道：「王爺，我倒有個主張。」

「說說。」

「殺盡這三千人倒非難事，可這樣一來，只怕會掀起腥風血雨，激起月戎百姓更激烈的反抗。殺之不宜，只能勸降。」

「可月戎人血性剛烈，勸降只怕有些困難。」

滕瑞望著帳內，微笑不語。宇文景倫明白過來，道：「這……」

「王爺，這位既是黛眞公主，又與王爺是舊識，王爺何不帶她去陣前，讓她勸阿史那投降？」

宇文景倫搖頭道：「她的性子，只怕不肯勸降。」

滕瑞微愣，想了想，便道：「她如不願勸降，那我們就逼降。」

「逼降？」

「是，黛眞公主威望極高，阿史那又全仰仗於她。我們將她押到陣前，逼阿史那投降，否則便殺了她。」

宇文景倫脫口而出：「不行！」

滕瑞忙道：「王爺放心，不是眞殺，只是做做樣子而已。倘可成功逼降阿史那，減少傷亡，也是造福月戎百姓之舉不是？」

宇文景倫尚有猶豫，滕瑞勸道：「王爺，戰事不可拖得太久，一旦激起民變則難以平定。」

宇文景倫回到大帳中，只見綺絲麗睜大眼睛望著帳頂，似是在哭又似在笑。他將她扶起，卻不敢解開她的穴道，只抱著她，不停摩挲著她的秀髮。

綺絲麗卻忽開口：「我去勸降。」

宇文景倫急忙鬆開她，低頭看著那顯得略略麻木的面容，道：「綺絲麗，你……」

綺絲麗面無表情，道：「我不想阿史那死，他是我最疼愛的阿弟。我去勸降，你答應我，從今以後不再殺我族人，善待我月戎百姓。」

宇文景倫再度抱緊她，滿懷失而復得的喜悅，連聲道：「好，好，我都答應你。」

赫蘭臺是月戎屈射部祭天的土城，易寒率三萬人馬將赫蘭臺團團圍住。阿史那則率三千殘部堅守土城中，拒不投降。

待宇文景倫帶著綺絲麗趕到，已是日落時分。這日風颳得很大，巨大的紫色麒麟王旗下，宇文景倫看著綺絲麗，輕聲道：「綺絲麗。」綺絲麗靜靜回望著他，喊聲：「元靜。」

宇文景倫喉間低應一聲，綺絲麗嘴角浮起蔑視的笑容，淡淡道：「我說得沒錯，你真的不應該叫元靜。」說完她不再看他，轉身走向土城。

滕瑞將手一揮，數名飛狼衛持劍跟上，綺絲麗在距赫蘭臺不遠處停下腳步。

「阿史那！」她放聲高呼。

「是黛眞公主！是公主！」赫蘭臺上一陣喧亂。不多時有一名少年出現在土城上，他看清城下情形，語調中隱帶悲泣，呼道：「黛眞姐姐！」

綺絲麗落下淚來，大聲呼道：「阿史那，月戎人最崇拜的是什麼？」

阿史那愴然回道：「是月戎草原上的雄鷹！是不屈的勇士！」

綺絲麗欣慰而笑，呼道：「是！阿史那，月戎的英雄們，你們要做高高飛翔的雄鷹，要做不屈的勇士！」

她抬手指向背後數萬桓軍，再呼道：「阿史那，這些屠我族人、背信棄義的桓賊，你絕不能向他們屈服！」

高臺上，阿史那眼睛一片模糊，拚命點頭。高臺下，綺絲麗轉過身去。

綺絲麗說出要阿史那做「不屈的勇士」，宇文景倫便覺不妙，急忙踏前。

綺絲麗走得幾步，忽然伸手奪過一名飛狼衛手中長劍，紅影急奔，挺劍刺向大步走過來的宇文景倫。

易寒和飛狼衛們一驚，急忙護在了宇文景倫身前。綺絲麗一路衝來，與相阻的飛狼衛激鬥，宇文景倫急呼：「莫傷她！」

飛狼衛們不敢違令，招式受束，便讓綺絲麗再衝前數步。易寒眉頭微皺，閃身上前，不過兩招便震飛了綺絲麗手中長劍，他劍尖也指在了綺絲麗胸前。

宇文景倫忙走向綺絲麗，道：「綺絲麗……」他話尚在嘴邊，綺絲麗轉頭回視他，冷笑一聲，縱身前撲。

易寒不及提防，綺絲麗已前撲，他手中長劍便穿透了她的胸膛。

宇文景倫正被綺絲麗那一眼看得微現恍惚，忽見綺絲麗自盡於易寒劍下，駭得心弦一震，不能動彈。

高臺上，少年可汗阿史那將這一幕看得清楚，大聲痛哭：「黛眞姐姐！」月戎兵見族內最高貴美麗、善良勇敢的女子不屈死去，血性上湧，誰都無法控制體內洶湧的仇恨，怒喝道：「衝出去，和桓賊拚了！」

阿史那擦去眼淚，握起長槍，呼道：「月戎的勇士們，我們就是流盡最後一滴血，也要殺光桓賊，爲族人報仇！爲黛眞姐姐報仇！」

「殺光桓賊，爲族人報仇！」三千人的怒喝聲如巨風一般，自赫蘭高臺湧出，帶著無畏的勇氣、不屈的靈魂，衝向桓國數萬大軍。

宇文景倫呆立在原地，望著倒於血泊之中的綺絲麗，彷彿聽不到震天的殺伐聲，看不清她美麗的面容。

滕瑞同被綺絲麗自盡之舉驚得呆了，心中說不清是何滋味，及至阿史那率軍攻出赫蘭臺，他才回過神，舉

體，豈非本王之過？我也要歸府歇息，正好和滕軍師一道走。」兩人這才作罷。

宇文景倫和滕瑞騎著馬邊走邊談，此時，天空忽然下起了雨，宇文景倫笑道：「前面就是先生府上，可否讓景倫進去避避雨再走？」

滕瑞忙道：「王爺說哪裡話？王爺屈尊，寒舍蓬蓽生輝。」兩人打馬直奔滕府而去。

宇文景倫和滕瑞進了騰府客廳，只見陳設簡陋，廳中擺著幾張舊椅子和几案，四壁蕭條，只有堂屋正中的牆壁上掛著一幅中堂畫。宇文景倫歎息道：「先生也未免素儉太過了。」

滕瑞淡淡一笑，讓座時道：「寒舍簡陋，還望王爺莫見笑。騰某人追隨王爺，求的是能舒展抱負，成就千秋功業，並非爲求一己之富貴。王爺請坐。」

宇文景倫一邊落坐，一邊笑道：「先生胸有大志，景倫佩服。能得先生相助，實是景倫之福啊。」

滕瑞肅容道：「王爺明鑒，騰某人這條命已屬王爺的了，還請王爺以後莫再說這些客套話了。」

宇文景倫大笑道：「好，倒是我矯情了，以後我們就別來這套虛的了。」

家僕奉上清茶，宇文景倫接過呷了一口，不禁讚道：「好茶，入口甘美，沁人心脾，中原的茶果然不同凡響。」

滕瑞微笑道：「這是我江南家鄉的青螺茶，此地沒有，我是託相熟的商隊從華朝帶過來的。小女自己用從梅花上收集來的雪水泡製。」

宇文景倫笑笑，似漫不經心地說道：「對了，先生歸返以後尚未回府見過小姐吧？先生不必陪小王了，先去見見小姐吧，離家這麼長時間了，家裡肯定惦記得緊。」

滕瑞忙道：「這怎麼可以？於禮不合……」

宇文景倫擺擺手，笑道：「先生方才還說讓小王莫拘禮，怎麼自己倒拘泥起來了？上次和先生所言之事，不知先生可曾和小姐提過？小姐意下如何？」

滕瑞猶豫一下，道：「回京前我曾於家書提及此事，然尚未收到小女回音，我便隨王爺凱旋返京了。」

宇文景倫「哦」了一聲，沉吟一下方道：「既已來到府上，可否請先生現下前去探詢小姐的意思？景倫希望能得到個准信。」說罷，目光炯炯地望著滕瑞。滕瑞心中甚是爲難，面露難色。宇文景倫微微一笑，道：「先生放心，景倫並非那等仗勢欺人之人，如若這門親事非小姐所願，景倫絕不會苦苦相逼。」

滕瑞也自沉吟，亦知始終須做個決斷，他站起身一揖，道：「既如此，那就請王爺稍等片刻。」告罪後，便走入後堂。

俄頃，宇文景倫聽見後頭傳來動靜，隱隱聞見有女子輕輕的驚呼聲、說話聲和笑聲。雖然聲音壓得甚低，聽不清楚說什麼，宇文景倫卻可聽出其中掩飾不住的喜悅和歡快。

他微微一笑，站起身來，在廳中徐徐踱步。他曾訪過滕家幾次，但每次均是直接進了滕瑞那間書籍盈架的書房，罕於客廳逗留。此時他不由仔細打量起這間不大的客廳，見其陳設雖稱簡樸，卻窗明几淨，一塵不染。他坐著的八仙椅前放著一個小火爐，爐中炭火紅透，給這個小小的客廳平添了幾分暖意，几案上供著一瓶臘梅，不起眼的黃花飄傳來陣陣若有若無的清淡香氣，在這個春寒料峭的傍晚，讓人感受到一絲正萌生的暖意。

他在那幅中堂畫前面停下來。那是一幅潑墨寫意山水，一派迷濛煙雨，蕭疏山石，漠漠平林，上書《溪山煙雨圖》。宇文景倫在書畫上平平，但也看出作畫者筆鋒脫略，墨骨瀟灑。畫上題著兩行詩句：「故國無非心安處，家園本是夢來鄉」，宇文景倫認出爲滕瑞筆跡，便知畫中是他江南家鄉的風光。

中堂畫前面的几案上放著一部書冊，宇文景倫拿起，見是一本《兵策》。這書他早讀得滾瓜爛熟，也不爲意，只是等得無聊而隨手翻開，卻見書中謄寫字跡秀雅端莊，每篇下面還用密密的蠅頭小楷作批注。其中不少觀點，宇文景倫竟是前所未見，不禁好奇心起，坐下細細閱讀起來。

那些評論，有些十分簡短，如「腐儒之見」、「蠢」、「妙哉妙哉」、「於吾心有戚戚然」、「不知此腐儒當此時節，亦這般囉嗦聒吵不成，好笑好笑」或「如見作者，當與之浮一大白」等等，有些卻是長篇大論，並時有驚人之句。看到有趣精妙之處，宇文景倫也不禁暗暗叫絕。他竟覺眼前似見一頑皮少女手捧書卷，一會兒皺眉撇嘴，一會兒嘟嘟囔囔，一會兒又拍掌大笑，他自己也不禁莞爾微笑。

不知不覺間，書已閱完，宇文景倫才驚覺時間已過去大半個時辰，滕瑞竟還未出來。他伸伸懶腰，隨手把書放回桌上，忽然發覺書冊封底右下角有個小小的「綺」字。宇文景倫忽生忐忑，數九寒天，他手心竟微微滲出汗水，坐在這小小的客廳裡，竟讓他比大戰前夕更要緊張。

又過了一會兒，滕瑞方從後堂匆匆走出。他向宇文深深一揖，「滕瑞失禮，怠慢王爺。請王爺恕罪。」

宇文景倫大笑，「無妨無妨，本王正好拜讀了令千金的高論，眞是別開生面。」

滕瑞忙道：「小女獻醜，讓王爺見笑。」

宇文景倫笑道：「那件事情，不知小姐意下如何呢？」

滕瑞面露尷尬之色，欲言又止。

宇文景倫微感失望，強自笑道：「先生直說無妨，想是小姐看不上景倫這等粗魯武夫吧。」

滕瑞忙道：「豈敢、豈敢，非也非也。小女、咳……她、她說，選夫婿得合她的心意，必須要過了她那一關才行。」

宇文景倫大感好奇，道：「哦，那小姐想怎麼考量小王呢？」滕瑞尷尬笑道：「她說，她要出個考題，請王爺回答。若答得合她心意，她便答允婚事。若她認爲答得不合意，那便只能自歎福薄，請王爺另選佳人。」

滕瑞說完，又向宇文景倫拱手告罪：「小女年幼無知，衝撞了王爺，實在罪該萬死。唉，內子去世得早，是我教女無方，驕縱得這丫頭無法無天。我說了半天她就是不肯改變主意，還望王爺看在我的薄面，汪量海涵。」

宇文景倫大笑，道：「好好好！有趣有趣，好久沒被老師考過了。本王願意接受小姐考驗。」

滕瑞還想說什麼，宇文景倫擺擺手，道：「先生勿憂。景倫說過，無論結果如何，都不會影響我們君臣的情分。」

滕瑞想了想，歎了一口氣，「好，請王爺稍等。」轉身入了後堂。少頃，他端著一個托盤上來，送到宇文景倫面前，躬身道：「這就是題目。」

宇文景倫定睛一看，見托盤上放著四樣物事，一只金指環、一枝箭、一幅羊皮手卷、一個小碟子，裡面是一小堆白色晶體。宇文景倫伸出手指蘸了一下那碟子裡的東西，放到嘴裡嘗，訝道：「是鹽？不知小姐這道題要如何作答？」

滕瑞道：「小女請王爺從這四樣東西裡，選取一樣王爺認爲最要緊的物事。」

宇文景倫沉吟一會兒，拿起那枝箭仔細瞧看，又放下，再展開羊皮卷一看，竟然是一幅極詳盡的諸國地形圖。他大喜，忙拿起羊皮卷，剛想說我就選這個，忽又猶豫起來。

宇文景倫左手拿著地圖，右手端起碟子。滕瑞忙搖頭道：「小女說只能選一樣。」

宇文景倫思忖良久，終放下羊皮卷，拿著那碟鹽巴，抬頭對滕瑞說道：「選好了，請小姐裁定吧。」

滕瑞點點頭，轉身返回內堂。宇文景倫反倒有種如釋重負的感覺，索性放開胸懷，安心等待。

俄頃，滕瑞笑容滿面，快步從後堂走出，手中仍然托著那個托盤。宇文景倫一見，心中大喜過望。

滕瑞彎腰施禮，奉上托盤，道：「謝王爺抬愛，給王爺道喜了。」

宇文景倫看見托盤上放著一朵紅絨花，依照桓國習俗，此表示女方接受了男方的求婚。紅絨花旁邊還放著一個荷包，上頭繡著一對鴛鴦，宇文景倫雖不熟悉華朝婚俗，但也大略知曉這是給自己的信物了。他喜孜孜地接過紅絨花和荷包，笑著對滕瑞道：「待我回稟父皇以後，必親到府上提親。」

滕瑞連稱「豈敢」。當下兩人心情舒暢，又坐下談了好一會兒，宇文景倫才告辭離開。

宇文景倫冒雨，打馬趕回宣王府，他摸摸揣在懷裡的紅絨花，揚起頭，闔上眼睛，任大滴大滴的冰冷雨水飄打臉上，疲倦地深深歎了口氣。

宣王宇文景倫向軍師滕瑞之女求婚一事，在桓國京城引起了軒然大波。上自朝中的達官貴人，下至普通百姓，都對此事議論紛紛。本來宣王征服月戎凱旋歸來後，聲望如日中天，京中豪門紛紛打起這位未婚王爺的主意。沒想到，這位往日眼高於頂的王爺不僅不肯在幾家豪門之中選妃，還要選一個華朝女子爲正妃。上京的高門望族俱忿忿不平，同感受到了極大羞辱，朝中反對的摺子如雪片似的投遞皇帝面前。然宣王一意孤行，力排眾議，在皇上和太后面前極口誇讚滕女的賢德聰慧，還說正妃若非滕女，便終身不娶。

上京的百姓在談起這事的時候，尤添油加醋地說，宣王爲迎娶滕小姐，冒著大雨在太后的慈寧宮前跪上一天一夜，終於打動太后，允准了這門親事。人們圍坐在酒肆飯館津津有味地談論之時，都是一臉的興奮，皆感歎說這位戰場上威名赫赫的宣王居然也是個情種。又說，滕軍師爲了桓國打華朝、征月戎出謀畫策，早就是桓國人了，娶他的千金亦無可厚非。大夥心裡更湧出隱隱的幸災樂禍，都覺得宣王這麼做，是在那群平素作威作福的世族豪門臉上刮了一記響亮耳光，對這位本就民望極高的宣王，不由又添幾分好感。

三月十五，黃道吉日，正是宣王宇文景倫的大婚之日。這位聲名動京城的宣王妃，再次教桓國百姓詫異了一回。她帶來的嫁妝，既非金珠寶貝亦非綾羅綢緞，竟是一箱箱的漢文典籍、經史子集、兵策醫書。桓國上上下下又是一陣轟動，一時之間，上京的人們茶餘飯後又多了一項閒談題材。

迎親之時，滕瑞牽著蒙上紅蓋頭的女兒，親自把她送出家門。登上輦車前，新娘忽而轉身跪下，向著父親磕了三個響頭，語帶嗚咽道：「請爹爹善自珍重，女兒走了。」

名聞天下的軍師滕瑞，雙手顫抖著扶起女兒，兩眼通紅，半晌才說出一句：「好孩子，去吧。」他把女兒扶上輦車，然後站在門前目送迎親車隊遠去，直至再看不到車隊影跡，他清瘦孤獨的身影仍久久地佇立門前。

宣王府張燈結綵，賓客盈門，府門外，禁衛軍警衛森嚴。皇帝和太后親自在華堂之上主持婚禮大典。

宣王宇文景倫頭戴金冠，身穿大紅錦緞禮服，上繡祥雲金龍，腰束玉帶。桓國禮服保留了本族騎射狩獵的慣俗，窄袖掐腰，越加顯得他蜂腰猿臂而英姿勃發。

他牽著同樣身穿大紅吉服的新娘，跪在皇帝和太后面前。婚禮未按照桓國傳統延請巫師主持，而是請了上京新建玄曇寺的主持文覺大師來擔當司儀。太子和幾位極力反對皇帝和宣王漢化的大臣們互遞了一下眼神，恨恨地低下頭。

文覺大師念完讚詞，祝頌了一陣，宣王夫婦行禮如儀。皇帝和太后又囑咐勉勵了一番。然後有三個奴僕按照桓國習俗，端著托盤躬身呈上，托盤上分別放著一杯奶子酒、一把纏著彩綢的小弓箭及一碟鹽巴。皇帝拿起酒杯，用手指點了三次，彈向空中，以示敬獻天地諸神和祖先。接著皇太后拿起小弓箭，賜予新婚夫婦，祝福新人早日生一個英武的小騎士。最後，新人用手指蘸一點鹽巴放進嘴裡，寓意今後的生活幸福美滿，夫妻之間甘苦與共。

皇帝滿意地看著自己最寵愛的兒子，頷首微笑，顯見喜悅之情發自內心。太后同是滿面笑容，一臉慈愛。

宇文景倫心下感動欣喜，只覺得抑鬱多日後，今日才陰霾盡掃。但忽然眼角一掃，瞥見那個捧著奶子酒的僕人袖中寒光一閃，他心中一震，大喝一聲：「有刺客！」和身撲上，擋在皇帝前面，一掌劈向那個僕人。

那人獰笑一聲，手腕一翻，一把寒光閃閃的匕首直刺向宇文景倫的喉嚨，喝道：「桓賊受死吧！」此人竟然身懷武藝。

宇文景倫手中並無兵器，只得拿起那把彩綢小弓奮力擋住那人的拚命一擊。未料此人的匕首竟是削鐵如泥的寶物，一擊之下，小弓應聲而斷。宇文景倫忙把斷弓向那人臉上擲去，嘶啦一聲，袍袖已被匕首劃破，幸而他所穿錦袍袖口以厚厚的金線繡成雲海圖案，只是手腕堪堪被割破了一層皮。

事起倉促，文武百官個個被這場突變嚇呆了，不知如何反應。

那人武功並非十分高強，但使出的淨是同歸於盡的招數，宇文景倫一時也無法脫身。

正在此時，灰影一閃，眾人眼前一花，一道高瘦身影飛身而上，劍光一閃，叮叮數聲，大家還看不清他是怎麼出手的，刺客手中匕首即被挑飛，肩膀復中了一掌。原來是一品堂高手易寒救駕來了。

刺客一口鮮血噴出，易寒閃身躲過，刺客趁隙一躍而起，朝著太子這邊衝將來。

太子乍時慌了神，忙向後一躲，然那刺客已撲抵太子身前。這時，太子府侍衛統領白開揮刀直劈，刺客躲閃不及，「噗」的一聲，被長刀穿胸而過。

刺客慘叫一聲，雙目圓睜，舉手指著太子，面露難以置信之色，大喊一聲：「你、你、你竟然殺人滅口……」說罷，倒地氣絕，死不瞑目。

易寒趨前在屍體上翻查了一番，轉頭稟告：「是月戎人，這把匕首乃是以月戎國特有的精鋼製成，別處沒有，且此人手臂上還有月戎國男子紋身。」一邊把匕首呈上給宇文景倫過目。

事發一瞬，蒙著蓋頭的新娘便急撲過去，擋在太后身前，拉著太后閃於旁側。此時太后驚魂甫定，還緊緊拽住新娘的手，忽覺自己手心裡全是冷汗，她感動地拍拍新娘的手，轉頭怒道：「這都是誰做的警戒！如何讓刺客混進王府！」

易寒躬身行禮，「是屬下疏忽，請太后、皇上恕罪。」

宇文景倫厲聲喝道：「易寒，你負責王府警衛，竟然如此大意，險些釀成大禍！如若皇上、太后安危有半點差池，你罪該萬死！我問你，此人是如何混入府中？」

易寒欲言又止，半晌方道：「此人是隨太子府侍從一道來的，臣見他有太子府的腰牌，便未詳加盤查。」

太子聞言大驚，喝道：「易寒，你、你別血口噴人！我府中何時有此一號人物！」

易寒不語，彎腰掀開刺客屍體的衣服，果見腰間繫著一塊腰牌。原來籌備婚禮之初，宣王府人手不足，太子為了向風頭正盛的弟弟示好，便主動提出從太子府撥出一批侍從過來幫忙，沒想到竟在自己這兒出了紕漏。

太子氣急敗壞道：「這、這是栽贓陷害！」

皇帝忙起身向太后告罪道：「讓母后受驚，是孩兒之罪。如今刺客已死，太后請放寬心懷，先到後堂壓壓驚，後事且讓小輩們去操心好了。」說完，便命人先把太后和新嫁娘送入後堂歇息。

太后走後，皇帝盯著太子，沉默半晌方道：「適才那刺客說『殺人滅口』，這是何意？」

太子冷汗涔涔而下，方才他還沒從震驚中反應過來，竟未想起刺客臨死那句話，此刻甫驚覺，這句話乃是殺人不見血的鋼刀。他望著皇帝鷹隼似的目光，一時之間瞠目結舌，不知如何對答才好。

宇文景倫忙上前說道：「父皇，茲事體大，須得慎重調查，還得派人在府裡仔細搜檢，看看刺客有無同黨，這事，他隻身定然做不來的……當然，亦得慎防有小人挑撥，莫冤枉了好人。孩兒覺得，還是交由兵部司去調查為好。」

皇帝沉吟一下，道：「也好，暫且這麼著吧。今日是你的大喜日子，別教這些鼠輩攪了興致。至於查案的人選，你明日讓滕瑞選個合適的人來吧。」宇文景倫忙答應一聲。

事起倉促，太子一方一時也無法可想，只得遵旨。

宇文景倫處置停當，皇帝又道：「今日是你的大婚，不可冷落了新娘子，刺客之事就交給兵部司去辦吧，你不用操心了。快回去看看新娘子，這孩子難得，可別嚇著她啊。我和太后也得回宮了。」

宇文景倫眉毛突地挑了一下，酒意霎時消去大半，他穩定住心神，冷言道：「怎麼，你打算告發我麼？」

她又搖搖頭，垂下眼簾，清亮的眼眸黯了黯，低聲說：「皇上知道的，我還向誰告發呢？」

宇文景倫忿然，「太子，你以爲他又是什麼好人麼，他對我做的事，比這個卑鄙百倍的都有！」

「所以，我不反對你當太子。你來當太子，也不見得是壞事。只不過，」她猶豫了一下，聲音復低下去，停了一瞬，忽又像下定決心似的說道：「我懇請王爺在處理此事的時候，能手下留情。月戎一事殺孽已經太多了，王爺的手，望莫再沾染鮮血。」

宇文景倫驟覺得心中堵得慌，在這個女子面前，他感到自己彷若被剝光了一般赤身露體，無所遁形。被看透的惱怒、深藏心底的傷痛，加上一股他自己也不知從何而生的隱然自傷自憐，全都化成一團莫名怒火，騰地燒了起來，炙得他煩躁不已，卻又不知何可宣洩。他死死地盯著他的新娘，冷笑一聲：「怎麼，你後悔了，嫁給一個雙手沾滿鮮血的凶手？」

她低下頭，絞著自己的雙手，躲避宇文景倫的灼人目光，半晌，方輕輕地搖了搖頭，幽幽歎了口氣道：「父親說，你像一把出鞘的寶劍，鋒利又寒光逼人。可他不知道，寶劍若一味鋒芒畢露，不知收斂精華，含光入鞘，便易折斷。」

宇文景倫冷笑，「一把會殺人的劍，是麼？那，你爲什麼還願意嫁給我？」

她忽然抬起頭，勇敢地迎上他的目光，眼神閃亮又堅定柔和如清波濯石，渾身竟似有光彩在流動，宇文景倫不禁呆住。

她望著丈夫英俊的蜜色臉龐，低語道：「因爲……你選擇了鹽巴。」

宇文景倫怔住。她微微一笑，繼續說道：「桓國地處內陸草原，鹽巴是百姓最重要的生活用品，每年爲了保證供應給百姓的鹽巴，朝廷都煞費苦心。爲了爭奪鹽巴，邊境上發生的零星戰爭更是從來都未斷過。你拿起了地圖，說明你有爭霸天下之大志，是個雄才大略的英主。但你最終選擇了鹽巴，這證明你不僅有雄心壯志，更存仁愛之心。民爲一國之根本，就像鹽巴，雖然看起來不値錢，卻是萬萬缺少不得。英主固然難得，但勇而仁兼智而義的君主，尤是難得。這是桓國百姓之福，也是我的福氣，有仁慈之心的男子，難道不是値得我託付終身的良人麼？眼下，你所缺的只是一把劍鞘。或許，上天讓我嫁給你，就是讓我來管住你、督促你，讓你莫浪費了這份天賦。我、我又怎能違抗天命呢，又怎能違背自己、自己的心呢……」說到最後幾句，她已羞得滿臉通紅，聲音越來越低，幾不可聞。

宇文景倫低下頭，久久說不出話。洞房裡寂然無聲，他只聽見自己急促粗重的呼吸聲，還有錦帳上掛鉤被風吹起而互相撞擊發出的輕響。剎那間，他突想起了諸多往事，久遠的和不久遠的，但又似乎，什麼也沒想。他只覺胸中似有什麼在不斷地湧動，一股熱呼呼的暖流逐漸沖上了他鼻眼，心中吐不出似的既感激又難受。

過了好久，他才抬起頭來，注視著他的新娘，臉上漸漸露出笑容，發自內心的眞正笑顏。

「滕綺，」他第一次喚她的名字，「今後，就請你來當我的劍鞘，好麼？」

五十五　凱歌高奏

這日辰時，成郡鼓樂喧天，歡呼沖霄。如雲旌旗、萬千鐵騎，擁著劍鼎侯裴琰自成郡北門入城。

裴琰端坐馬上，鎧甲及戰袍上猶可見隱隱血跡，但他笑容俊雅，意氣風發，一路行來，這位勝利者的笑容比頭頂那一輪朝陽還要和煦燦爛幾分。

兵戈殺氣徹底斂去，中土大地，也終於重見安寧。

百姓們不知如何才能表達對劍鼎侯及長風騎的感激之情，只一路隨著入城的將士們歡呼，將街道擠得水泄不通。由北門至郡守府的直衢大街，裴琰帶著長風衛們足足走了一個時辰。

進得郡守府，陳安鬆了口氣，笑道：「我看，這百姓比桓軍還可怕，桓軍擁過來，咱二話不說，拔刀就是。可這麼多百姓圍上來，我……」

寧劍瑜踢了他一下，「怎麼說話的你。」

童敏大笑，「我看，你是被那些年輕姑娘們看怕了，怕她們明天追到軍營裡來吧。」

眾人大笑，陳安惱了，按住童敏道：「你別笑我。你老實交代，你和那『回春堂』的李大小姐是怎麼個回事？」

童敏大窘，恨不得將他的嘴縫上。兩人廝鬧間，裴琰回頭笑道：「明日請凌叔幫你去提親，過幾天擇個良辰吉日將人娶回來，讓弟兄們也熱鬧熱鬧。」眾人頓時大笑著起鬨，童敏面上通紅，心中暗喜，只是禁不住陳安等人的笑鬧，藉口布防，帶著長風衛躲了出去。

滿座歡聲笑語，裴琰卻忽想起安澄，轉而另一張秀麗的面容復湧上心頭，一時略顯怔忡。崔亮進來，笑道：「相爺，都安排好了。」裴琰回過神，微笑道：「子明辛苦了。」

寧劍瑜趨近攀住崔亮的左肩，笑道：「侯爺，子明立了大功，侯爺得給他也找一房如花美眷才行。」崔亮一怔，某道鵝黃色的身影悄然浮現心底，他心中輕歎，眼中閃過一絲悵然，一時竟愣愣無語。寧劍瑜笑著拍了拍他的肩，「瞧子明，高興得傻了。」崔亮省悟，忙道：「別，我天生性子散漫，只想著周遊天下、四海爲家，千萬別誤了人家姑娘的終身。」

裴琰眉頭微蹙一下，低頭呷了口茶，岔開話題道：「宇文景倫眞不愧當世梟雄，虧他想得出來。」崔亮微笑道：「相爺，如果您處在他那般境況，估計也會和他一樣的想法。」裴琰大笑而應：「還是子明瞭解我。」

童敏急匆地進來，在裴琰耳邊輕聲說了句話。裴琰心頭一喜，急忙站起，往內堂走去。

郡守府內堂西偏院的軒窗下栽了一排修竹，因是初冬，只餘蕭疏的竹枝。

裴琰入院，衛昭轉過身來，笑容如身邊修竹般清淡，「恭喜少君。」初冬的陽光灑在衛昭白袍上，襯得他整個人透出特別的感覺。

裴琰正自思忖眼前之人與從前有何殊異，江慈從屋內走出，微笑道：「恭喜相爺，大戰得勝，收回成郡。」衛昭回頭向江慈笑了笑。裴琰站在廊下，險些提不動腳步。

她也似與往昔稍顯不同，雖著的是男裝，但望著衛昭時，眉梢眼角淨透出溫孌靜婉之意。縱是認為自己能夠放下，裴琰此時仍覺胸口悶痛，他強自鎮定地笑道：「三郎總算趕回來了。」

江慈卻惦記著崔亮，向裴琰道：「相爺，崔大哥在哪兒？」

「他在正堂。」

江慈仰頭看向衛昭。衛昭目光柔軟，輕聲道：「去吧。」江慈唇角含笑，自裴琰身邊奔過。她的步伐很輕快，帶起之風讓裴琰的戰袍輕輕揚起，裴琰強迫自己不回首看她身影，微笑著走向衛昭。

二人入屋，衛昭邊走邊道：「族內事務多了些，來遲幾日，讓少君久等了。」

天空中雲層厚重，到了申時末，伴著一陣陣冷風，大雨直落下來。

這日是靜王生母文貴妃的壽辰，高貴妃薨逝後，六宮即由文貴妃掌管，長風騎前線捷報頻傳，成郡收復在望，靜王在朝中自是水漲船高。太子也極尊敬文貴妃，命太子妃親入正華宮為貴妃祝壽。

朝中三品以上命婦自辰時便按品級妝扮，入宮向文貴妃祝壽。壽宴過後，太子妃離去，文貴妃隨口說了句欲替靜王擇側妃，眾命婦遂皆不願告退，圍著貴妃娘娘，一屋子珠環翠繞，鶯聲燕語，話題自然離不了各世家小姐的品性容貌。

直說笑到申時，文貴妃目光掠過靜默坐於一旁的容國夫人，不由笑指道：「各位夫人說的都好，就怕容國夫人有心和我搶媳婦。」此言一出，屋內諸命婦頓時打起了小算盤，只是裴琰屢拒世家提親的名聲在外，眾人未敢貿然開口。裴夫人款款顧盼，含笑道：「我家琰兒也到該成親的時候了，還請各位夫人看著有合適的人選，幫襯留意一下。」

殿內諸命婦頓時恨不得即刻請媒人上相府提親，各人都在自個兒心中打著如意算盤。

文貴妃看了看扉外天色，道：「怕是要下大雨了。」諸婦忙即告退，獨裴夫人留下來，再和文貴妃說了會兒話方出了正華宮。

禁衛軍指揮使、暫理光明司指揮使姜遠在皇城巡視一圈，酉時出了乾清門，已是大雨滂沱。有光明司過來替他披上蓑衣，他再叮囑了幾句，打馬回府。由皇城回姜宅須經過嘉樂門，姜遠沐雨策馬前行，瞥見嘉樂門前停著一輛紫簾騈車，心中一動，下意識地勒住了坐騎。

傾盆大雨中，內侍們打著大傘，將兩名女子送出嘉樂門。其中一人裹於雨蓑內，看不清面目，雨中行來不緩不疾，唯見她淡紫色長裙的下襬如同荷葉輕舞，在侍女攙扶下婀娜登上紫簾騈車。

車簾放落的一瞬，她正回轉身，姜遠眼前一亮，彷似於漫天雨簾中乍見一彎皎月，他再一眨眼，月華已隱入車簾後。

眼見紫簾騈車在雨中遠去，姜遠回過神，不由自嘲地笑了笑，輕夾馬肚往姜宅行去。

剛行出皇城大街，便見前方那輛紫簾騈車停在了路邊，姜遠本已策騎而過，想了一想又勒轉駿馬，躍下來走近那輛馬車，問道：「怎麼了？」車夫渾身濕透，暴雨打得車夫睜不開眼，大聲道：「卡到溝裡了。」姜遠低頭查看，原來是馬車車輪卡入路邊水溝。他力運雙臂，試著抬了抬，搖頭道：「不行，太重，卡得緊。」

車上，一侍女探頭出來，嬌聲道：「怎麼了？」車夫惶恐道：「小的該死，車輪卡在溝裡了，抬不出。」未久，侍女打著油傘，躍下馬車走近看了看，急道：「怎麼辦是好？老伍，小心大管家揭了你的皮，夫人可趕著回府呢。」

姜遠再運氣，紮了個馬步，雙手握住車軸，勁喝一聲，馬車被抬起數寸，但旋又滑落回溝中。聽到車內隱隱傳來一聲女子的輕呼，那侍女向姜遠怒道：「你是何人？驚擾了我家夫人，擔當得起麼？」

「瀲霞，不得無禮。」車內，姜遠曾於數月前聽過的那個如二八少女的嬌柔嗓音傳來，他心尖忽顫了一下，先前那著淺紫色長裙的女子已步下馬車。

姜遠忙低首退後兩步，恭聲道：「在下姜遠，驚擾容國夫人了。」裴夫人垂眸道：「原來是姜大人，大人伸手相助，感激不盡。」她的聲音在大雨中聽來斷斷續續，卻是輕柔宛轉，彷如在錚錚琴聲中糾結纏繞的一縷簫聲，絲絲入音，說不盡的纏綿悱惻。

姜遠正愣神，侍女瀲霞早將裴夫人扶到簷下避雨，又轉向車夫道：「還不快回府叫人！」老伍慌不迭地應是，往相府方向跑去。

雨，越下越大，挾著寒意，裴夫人與瀲霞站於街邊廊下，皆有些瑟瑟輕抖。

姜遠猶豫半晌，再次蹲在車後，讓真氣在體內轉了幾個周天，猛喝一聲，雙手使力提住車軸，馬車應聲而起。拉車的馬也訓練有素，向前衝了數步，車輪終於離出水溝。

瀲霞大喜，扶住裴夫人過來。裴夫人低首輕聲道：「多謝姜大人。」姜遠忙後退兩步，不敢抬頭，道：「舉手之勞，夫人客氣。」裴夫人未再多言，在瀲霞的攙扶下登上馬車。姜遠也返身上馬，卻見瀲霞愣在車外，顯是她不會趕車，此時又少車夫，主僕二人仍然無法回府。

姜遠不由感歎容國夫人清冷不喜張揚果非虛傳，其子裴琰眼下正是如日中天，她赴宮中祝壽竟僅帶一名車夫和一名侍女。他再度下馬，上前道：「姜某告罪，願為夫人執轡。」

漱霞大喜，不待車內裴夫人發話，將馬轡塞給姜遠後即鑽入馬車。姜遠聽到車內裴夫人隱隱的責備聲，微微一笑，躍上車轅，勁喝一聲，趕著馬車往相府方向行去。

到得相府，雨卻下得更大，縱是披著雨蓑，姜遠亦已渾身濕透。

相府之人見夫人回府，呼啦啦湧出一大幫人，侍女、老媽子們擁著裴夫人入府，姜遠再抬頭，已不見了她的身影。他將馬轡丟給惶恐不安的車夫，正要轉身，相府大管家追上道：「姜大人請留步。」

姜遠停住腳步，問道：「何事？」

初冬的大雨中，裴管家額頭上竟沁出些汗，連連躬腰，「下人無能，竟要勞動大人，實是罪該萬死，夫人已將小的罵了一頓。此刻雨大，大人又無馬，不如請大人進府暫避一陣，待雨轉小，小的再為大人準備一匹馬，親送大人回府。」

姜遠望著鋪天潑地的大雨，尚在猶豫，裴管家哀聲道：「求大人應允，相爺事母至孝，若是回京後得知小人怠慢了大人，小的可活不成了。」姜遠看了看相府大門橫匾上那幾個鎦金大字，心中一動，欣然道：「也好，有勞管家。」裴管家大喜，側著身將姜遠迎入府內。

姜遠素聞裴相府宅子華美精緻，一路行來心中暗讚，再想起自己那位端方嚴肅、儉樸至極的兄長肅海侯，不覺微生感慨。

裴管家帶著姜遠穿堂過院，走了許久才將他帶到一處院子。院內，亭樹樓臺、雕梁靜窗，屋中軟簾輕煙、錦茵繡氈，說不盡的富貴奢華。姜遠微愕，裴管家躬身道：「這是我家相爺約友聯詩對弈的靜閣，大人請在這處稍事歇息。」姜遠釋然。有僕人捧著乾淨衣物進來，又奉上祛寒的薑茶，便齊齊退了出去。

侍眾人退去，姜遠脫下外衣，這才發現相府僕人只送來外袍。他的內衫也已濕透，見屋內再無他人，他索性將濕了的內衫一併脫下，穿上乾淨的青色外袍，喝了幾口薑茶後在屋內細細踱步，聽雨觀畫，倒亦別有一番情趣。

屋子東面牆上掛著一幅《寒山清遠圖》，姜遠出身世家，自是識得此畫乃前代大家吳之道所作，他細細看來，忍不住讚道：「用筆蒼勁，雄渾厚重中卻不失清秀恬淡，絕妙！」

「姜公子好眼力。」輕柔如水的聲音由屏風後傳來，姜遠忙退後幾步，低頭道：「夫人。」

裴夫人款步而出，微笑道：「姜公子不必拘束。我與肅海侯夫人是舊識，多年前曾答應過要爲她尋一方冰絲寒絹，正好前段時日覓著了，現託公子帶回，並代向夫人問好。」說著雙手捧過一只木盒。

姜遠對長嫂極爲尊敬，聽得竟是給嫂子的禮物，忙雙手去接，恭聲道：「多謝夫人。」

他接得很快，裴夫人不及收手，他的右手便覆在了她手背上。裴夫人一聲輕呼，姜遠亦是心中一顫，二人同時收手，木盒頓掉落地上。姜遠心呼失禮，忙俯身去拾。香風輕拂，裴夫人先一步蹲下拾起木盒，她再抬頭，他終於看清了她的面容。他驟然吸了一口涼氣，這初冬的大雨之夜，他卻感覺如有明月當空、清蓮盛開，一時無法言語，也移不開目光。

裴夫人眼波盈盈地望著他，莞爾一笑。姜遠簡直不敢相信，眼前這個看上去三十如許的麗人竟是當朝左相的生母。他忽覺唇乾舌燥，下意識地舔了舔嘴唇。

裴夫人見狀將木盒放下，端過茶盞，輕聲道：「姜公子請喝茶。」

姜遠「啊」了聲，清醒過來，慌不迭地接過茶盞，低頭顫聲道：「失禮了。」他手中仍存留著她手背的柔軟，眼中還是她清麗不可方物的笑容，這茶便喝得心不在焉。

待將盞中之茶飲盡，眼前流雲拂動，裴夫人又站到了他的身前。她身上微微的淡香傳來，姜遠一陣迷糊，先前喝下的薑茶也似生了幾分灼熱，燙得他胸口如有一團火焰。這麼寒冷的雨夜，片刻間，他竟是滿頭大汗。

裴夫人輕「咦」了聲，語帶關切地問道：「姜公子怎麼了？這滿頭大汗的。」她掏出絲巾，輕柔地拭上他的額頭。她袖間逸出一縷縷幽香，姜遠如遭雷擊，「蹬蹬」退後兩步，跌坐在背後的軟榻上。

裴夫人略顯慌亂，過來扶住他的左臂，聲音黏糯輕柔，「可是哪兒不適？」她想是先前淋了些雨，濃密的長髮披散著，彎腰之時長髮垂下，正好落於姜遠胸前。姜遠退無可退，一種無名的慾望在體內賁張，臉漲得通紅。裴夫人卻指尖輕輕，慢慢地將他的外袍拉開，柔聲道：「是不是很熱？」

姜遠迷糊中依稀想起自己未著內衫，卻無法動彈，也無力氣推開她，俊面因萬般忍耐而痛苦扭曲。她解開了他的外袍，手卻停留在他赤裸的胸前，慢慢向下，低聲道：「你好燙，怎會這麼燙？」一團烈火，燒過姜遠的胸口，燒過他的小腹，他正無法控制這團烈火之時，她已俯下身來，他腰一軟，癱倒在了榻上。

大雨下了整夜，子時，於風雨聲中，京城百姓聽到了急速而熱烈的馬蹄聲，聽見先是數人，再是數十人，數百人乃至更多人的歡呼聲：「捷報！成郡大捷！」「成郡收復，桓軍戰敗了！」「長風騎大勝，劍鼎侯收復成郡，將桓軍趕回去了！」

郭城、內城，百姓們顧不得大雨，蜂擁而出。歡呼聲中，數騎戰馬馳過內城大街，馬上之人興奮地揮舞著手中紫旌軍旗，馬蹄踏起銀白色的水花，一路馳向皇宮。

而相府閣內，姜遠喘息著猛然坐起，一隻纖纖玉手搭上他的肩頭。這手，彷若蘊含著無言的魔力，姜遠劇烈喘息著重新倒回榻上。

「別怕，沒人知道的。」

「我……」

「聽到了麼？外面在歡呼，成郡大捷了呢。」

「夫人……」

「也不知皇上能不能儘早醒轉，聽到這個好消息。」

他喘息著，越來越沉淪於從未有過的快感，喃喃道：「只怕皇上是不行了，太子上個月請了高人入宮替皇上診病，不見成效，太子躲在延暉殿連著哭了數夜。」

「眼下就別說這些了……」她如少女般的聲音似有著無窮魔力，讓他徹底瘋狂。

閣外，夜色深沉，雨越下越大，瀟瀟雨聲掩蓋了羅帳裡的雲情雨意、春色無邊。紅燭燭芯越燒越長，嗶剝一聲，爆出個大大的燭花，扭曲了幾下，緩緩熄滅。

韶樂悠揚，琴瑟和鳴，郡守府張燈結綵，花燭高照。

裴琰命田策接過隴州等地的防務，帶兵趕往隴州，童敏則重回長風衛，不再任軍職。裴琰又請了凌軍醫向李大夫提親，借成郡郡守府之地，選了這日替童敏將李大小姐迎娶過門。

當日「回春堂」李大夫帶著家眷前往牛鼻山，出示南宮玨給的令牌後，即投入童敏軍中當軍醫。李大小姐親見戰爭景象，也如江慈一般在醫帳幫父親搶救傷員。一來二去，不知怎的，便與童敏兩情相悅。童敏後來帶兵趕往雁返關，他父女二人也一直跟在軍中。

此番二人終得結爲連理，長風衛上下都替童敏感到由衷欣喜，又正值大戰得勝，婚禮雖辦得倉促了些，卻熱鬧非凡，就連被易寒擊傷後臥床休養已久的衛昭衛大人也出席了婚禮。

凌軍醫親任主婚人，童敏並無親人，便由裴琰充當男方長親。待童敏牽著紅綾將李大小姐帶進喜堂，長風衛們哄然而笑。童敏窘得滿面通紅，嘴卻笑得合不攏來，眼見陳安等人擠眉弄眼，知今晚這群兔崽子定要大鬧洞房，不過這是無可奈何之事，只能樂而受之。

裴琰笑容溫雅如玉，喝過童敏和李大小姐奉上的茶，取出一塊令牌遞給童敏。童敏看清手中令牌，「撲通」

一聲跪在地上，蒙著喜巾的李大小姐忙也跟著跪下。裴琰微笑道：「起來吧。」童敏哽咽難言，半晌方道：「童敏定不負相爺重託，不負安大哥……」

眾人這才知裴琰於這大喜之日，將長風衛正式交給童敏掌管。一眾長風衛想起過世的安澄，再瞧看這滿堂紅燭，頗生感慨，許多人眼睛便有些濕潤。

裴琰彎腰將童敏扶起，笑道：「快起來吧，總不能讓新娘子陪你跪著。」

童敏雙眸通紅，說不出話，裴琰使了個眼色，凌軍醫笑著高唱讚禮：「禮成！送入洞房！」陳安等人一擁而上，笑聲震天，將一對新人擁入後堂。

裴琰看著眾人擁著新人離去，微笑著轉向一旁的衛昭道：「衛大人，咱們……」

衛昭卻未聽到裴琰所言，他正淡淡而笑，目光凝在堂內一角。

裴琰順著衛昭目光看去，笑容漸失，慢慢端起案上的一杯喜酒，放於嘴邊細飲。酒在嘴裡，滋味全無，而他的目光亦挪不開了。

江慈這日換回了女裝，著淺青色對襟夾襖，深青色羅裙，不施粉黛，秀麗面容宛如新月般皎皎動人。她這日梳了唯已婚女子才梳的鷩鵠髻，青絲間未有珠飾，只斜插著那根碧玉髮簪。

她立在堂內一角的紅燭下，嘴角含笑，目光越過喧笑的人群，與衛昭目光膠著在一起。二人似是同時想起了什麼，面頰都泛出微紅。再過片刻，江慈抿嘴一笑，眉眼間散發著無盡的光彩，一雙明眸恍如醉人醇酒。

滿堂笑聲、滿屋賓客彷彿變得遙不可及，裴琰慢慢將一杯酒飲盡，只覺得苦澀難言。他站起來，欠身道：「衛大人，我先失陪了。」

衛昭回過神，心中暗凜，同站起身淡淡道：「我也有些乏了，各位失陪。」他向寧劍瑜和崔亮點點頭，走向後堂。江慈悄悄穿過紛鬧的人群，跟了過去。

裴琰拍了拍寧劍瑜的肩膀，寧劍瑜忙也站了起來，隨裴琰走向郡守府正院的書閣。

江慈將西偏院院門關上，奔入屋中，抿嘴笑道：「可惜新娘子蒙著喜巾，真想看看她是不是傳言中的那麼美。」

衛昭握上她的右手，將她輕輕帶入懷中，撫著她的秀髮，道：「小慈，我……」

江慈知他要說什麼，伸手捂住他的嘴，望著他略帶愧意的面容，柔聲道：「在阿爸和姐姐面前成親，我很喜歡。」衛昭聲音澀滯：「小慈，再過幾日，等太子詔書一到，咱們便得回京。」

江慈面上的笑容慢慢消失，喃喃道：「這麼快？」她猛然用力抱住衛昭的腰，仰頭望著他，語帶哀求：「能不能不回京城？」見衛昭無言以對，江慈逐漸平靜下來，將臉貼在他的胸前，低聲道：「你在哪裡，我便在哪裡罷了。」

「小慈，還得委屈你。」衛昭遲疑一陣，艱難開口：「現下知曉我倆關係的，只有少君和子明。此番回京，我還有數件大事要辦。」

江慈聞言靜默了一陣，輕聲道：「那我悄悄跟在你們後面，一個人上京。」

「不行，我看少君方才情形，只怕他不會放你離開。你一個人走，萬一失蹤了怎麼辦？」

「相爺當日既放我走，應該不會……」

衛昭笑了笑，「他的心思，我最清楚。當日他放你走，讓你來找我，無非是想讓你絆住我罷了。只是你心思單純，這些勾心鬥角、爾虞我詐的事，還是別知道得太多。這世上總要有一個地方，能留幾分乾淨。」

江慈卻忽想起一事，仰面笑道：「不怕。你不是說過我無論走到哪裡，你都能找到我麼？」她輕輕勾著他挺直的鼻梁，「你有著獵豹般的鼻子，我無論逃到哪裡，都逃不出你的手掌心。」

她的話語俏皮而宛轉，他忍不住吻上她的雙唇，待她喘不過氣，他方才低聲道：「你可真傻。」

「怎麼了？」

他歎了口氣，將她抱緊，道：「我那話，是嚇唬你的。」

「那當初我在那客棧逃跑，你怎麼能跑到前面攔截我的？」江慈不解。

他笑了出來，「你以爲你很聰明麼？你倒著往回走的時候，腳印要深許多，我一看就看出來了，找到你藏過身的大樹，自然就能追上你。不過我想看看你能撐多久，所以才放了你一夜的自由。」江慈惱了，用力咬上他的手背。他忍住痛，撫著她的背，哄道：「是我不對，你千萬別一個人走。」

江慈想起當前之事，道：「那明天起，我跟在崔大哥身邊，繼續向他學習醫術，也不會引人懷疑。」

衛昭心中悔意愧意漸濃，前方之路黑雲密布、荊棘叢生，又拿什麼許她將來？他只能用力抱住她，「小慈，是我一時大意，不該帶你到這成郡來。」

江慈仰頭望著他，「不，你答應過我的，再也不丟下我。」

院外，隱約的笑鬧聲傳來，衛昭吻上她的額頭，在她耳畔低聲道：「你就跟著子明吧。到京城後，請子明想個辦法，不讓少君的人跟蹤，到內城西直大街老柳巷最末一間宅子等我，門匙在宅子前柳樹第二個樹杈處的樹洞裡。」

江慈輕「嗯」一聲。衛昭猶豫良久，終道：「你放心，那、那人，現下病重不起……」江慈攬上他的脖子，輕聲道：「你去做你要做的事情，我在那裡等你便是，只是你要記住答應過我的話。」

衛昭撫著她的秀髮，猛然將她抱起，黑亮的眸中有著濃濃的眷戀。江慈將臉埋在他肩頭，輕喃道：「無瑕，我想給你生個孩子……」衛昭腳步踉蹌地將她抱到床上，慢慢取下她的碧玉髮簪，一帳溫柔，滿枕青絲，他不敢再想他們的未來，只將自己沉入到無盡的溫柔纏綿之中去。

院外，隱約飄來哄笑聲，屋內，紅燭輕「啪」，燭花映著帳內朦朧的人影。

他輕撫著她的額頭，替她將細細的汗珠拭去，她的面頰仍透著潮紅，他輕輕一笑，披衣下床。

「你去哪裡？」

他頓了一下，面上有些隱忍的痛楚，再回頭，又是柔和的笑容，「我去辦點事，你先睡。」

寧劍瑜聽著遠處傳來的笑鬧聲，尤以陳安那大嗓門格外清楚。他將書閣的軒窗關上，搖了搖頭，笑罵道：「這幫兔崽子，童敏今晚可有苦頭吃了。」

裴琰坐在棋臺前，也忍不住笑，「要娶寒州第一美人，他自然得吃點苦頭。」

寧劍瑜知他有要緊話和自己說，過來坐下。二人不言不語下完一局，卻是裴琰勝了三手。他慢慢將棋子拾回盒內，輕聲道：「劍瑜，我真捨不得離開成郡。」

「弟兄們也都捨不得侯爺。」

「是啊。」裴琰聲音低沉，略含疲倦，「都是隨著我同生共死過來的弟兄，華桓之戰，我實在愧對他們。回去後，又得過那種勾心鬥角的日子。在這裡，和你們在一塊兒，我才覺得活得光明磊落，活得舒心暢意。」

「侯爺，弟兄們都是誓死追隨侯爺，不管侯爺做何決定。」寧劍瑜沉默片刻，落下一子，緩緩道：「長風騎，之．死．靡．他！」

裴琰大笑，卻只用力道出一字：「好！」

寧劍瑜與他對望，二人均覺胸襟大暢，會心一笑。

「劍瑜，過幾天太子詔書一到，我便得回京。」裴琰道。

寧劍瑜略略遲疑，裴琰明他心意，微笑道：「定得回去。咱們現下只控制了河西以北，南方形勢未明，咱們不能妄動。」

「是，弟兄們在外征戰，但都惦記著家鄉。」

裴琰知道寧劍瑜話中之意，微微苦笑了一下，將心中另一重憂慮拋開，道：「現下皇上病重，朝中形勢也發生了很大的變化，我得回去探明情況，再決定下一步行動。只是北邊，就全靠劍瑜了。」

「侯爺放心，田策守著隴北，我守成郡，許雋鎮著河西，亂不了的。」

裴琰卻微微搖頭，「劍瑜，光不亂還不夠，更重要的是……」他站起，踱步走到窗前，將窗推開，寧劍瑜過來與他並肩而立。裴琰仰望星空，迎著夜風，沉聲道：「劍瑜，我要你助我將這北面半壁江山，變成天下最富饒之地，變成我裴琰雄圖偉業最堅實的後盾，異日一統天下的起點！」

裴琰從未將話說得如此透徹，寧劍瑜只覺一股豪情從胸中凌雲而生，心爲之折，不由退後一步，行了個軍禮，沉聲道：「請侯爺吩咐！」裴琰從袖中取出一本冊子遞給寧劍瑜，道：「這是子明爲我擬的戰後安民施政的提案。」

寧劍瑜展開細看，眼神漸亮，笑道：「侯爺將這麼重的擔子交給我，乾脆讓子明留下來幫我好了。」

裴琰微微搖頭，「子明須隨我回京，各地郡守人選，我都會安排咱們自己的人，你掌控全局便是。我回去後，不管朝中如何變化，你要謹記：文，按子明所擬之案施政，打下異日宏圖大業的基礎；武，則幫我守住北面這半壁江山，使我於朝中能進退自如。」

「侯爺放心。」寧劍瑜恭聲道。

裴琰負手望向窗外遼遠的夜空，「劍瑜，我希望有朝一日，這天下內政清明，百姓安居，各族歸心，四海來朝。但這個目標，絕非短短數年便可以實現。我請你與我裴琰攜手，用畢生精力來創立一個皇權一統的強大國度，立下不世功勛！」

寧劍瑜眼中神光四溢，心底低語：「我身邊之人，渾身散發著懾人的氣勢，他的壯志直破九霄，他的風姿卓然不凡。只有這樣的人，才值得寧劍瑜和長風騎追隨左右、誓死相從。」他忍不住單膝下跪，肅容道：「寧劍瑜願終生追隨侯爺，至死不渝！」裴琰將他挽起，道：「你我兄弟，以後不必如此多禮。」

寧劍瑜正待說話，又是一陣轟笑聲傳來，裴琰忍不住笑道：「要不，咱們也去鬧鬧洞房？」寧劍瑜自是摩拳擦掌而言：「嘿嘿，有侯爺親自鬧洞房，童敏這小子也算是有福。」

二人如同回到了在南安府的少年時光，相視一笑，走到郡守府東北角的清梧院。院內已是笑聲震天，童敏正被陳安等人折磨得狼狽不堪，見裴琰進來如獲大赦，過來行禮道：「相爺！」

裴琰目光掃過陳安等人，將臉一沉，「你們這樣怎麼行？」

陳安正咧開嘴笑，聞言笑容僵住，一眾長風衛悄然安靜下來。童敏頗顯得意，坐於喜床上的李大小姐也悄悄抹了把汗。待室內再無人哄笑，裴琰拿過陳安手中的絲帕，笑道：「你們鬧洞房的功力太差，看侯爺我的。」童敏眼前一黑，陳安哈哈大笑，領頭衝上來將童敏按住，長風衛們一擁而上，屋中頓時炸開了鍋。

待眾人將被絲帕綁住嘴的童敏押到李大小姐面前，忽有長風衛奔進來跪地稟道：「侯爺，城西糧倉著火，值守士兵無一生還。」眾人面色齊變，又有一人奔進來稟道：「侯爺，城外兵營也遭突襲，死了幾十人，被燒了十餘頂軍帳！」寧劍瑜吸了口冷氣，道：「看來桓軍還是不死心啊。」

裴琰眉間生寒，冷聲道：「傳我軍令，從麒麟關調山火、劍金二營過來！」

十一月初二，晴冷，微風。

京城，黃土鋪道，清水潤街。由京城北門至錦石口大營，一路設了竹棚街亭，百姓們傾城而出，立於道旁。文武百官則在太子率領下，漫天旌旗、華蓋金吾，浩浩蕩蕩，辰時初出發前往錦石口，迎接凱旋而歸的「劍鼎侯」左相裴琰及長風騎將士。

裴琰此次凱旋回京只帶了八千將士，其中一部分爲原先京畿六營中北調、在戰爭中倖存的人馬，另一部分便是他的三千親信長風衛。

日出時分，遠處塵土漫天，蹄聲隆隆。太子在將臺上放目眺望，向身邊的裴子放呵呵笑道：「本宮眼力不好，裴卿看看，打頭的是否爲裴相？」

裴子放張目看了片刻，微笑躬腰道：「正是。」

太子聞言，舉步下臺，眾臣忙即跟上。太子緩步前行，眾臣只得按品級隨太子前行。

裴琰紫袍銀甲，策著烏金駒奔近，眼見太子過來，忙翻身下馬，趨近數步。因戰甲未除，他單膝跪在太子身前，朗聲道：「臣裴琰，幸未辱君命，得勝歸來，叩謝我主隆恩。」太子俯身將他扶起，笑容可掬地言道：「裴相辛苦了，裴相救民於危難之中，實乃國之柱石。」

二人再依禮對答幾句，便有內侍奉上水酒。太子執壺親爲裴琰倒酒，裴琰與眾臣舉杯相祝，一飲而盡。

太子笑呵呵地看著，目光掠過站在不遠處的衛昭。衛昭白衣輕裘，翩翩而立，目光與莊王一觸即分，他右手尙握著御賜蟠龍寶劍，便未向太子行禮，太子亦樂呵呵地爲他斟了杯酒，和聲道：「衛卿也辛苦了。」衛昭卻不飲酒，目光帶上了幾分急切，問言：「聖上龍體可康復？」

太子神情黯然，衛昭俊面一寒，道：「太子殿下，臣先失陪了，臣要趕去侍奉聖躬。」說完也不行禮，翻身上馬，勁喝一聲，自眾臣身邊疾馳而過。諸臣都藉與裴琰對飲之際，仰頭掩飾各自唇邊的冷笑。

太子率眾臣象徵性地犒賞過這八千將士，裴琰即帶著三千長風衛與太子儀駕沿黃土大道凱旋回京。冬日陽光照射在長風衛的玄甲鐵衣上，散發著凜冽寒光。雖只三千人，行進間卻如有千軍萬馬縱騎沙場。那噴薄而出的疆場殺氣，將姜遠帶來的禁衛軍襯得黯然無光。

待這浩浩蕩蕩的人馬到得皇宮乾清門，已是午時。裴琰向太子請求入延暉殿向聖上問安，太子神色黯然地歎道：「父皇久寐未醒，這幾日連湯藥都難進，實是讓人憂心忡忡。」

裴琰聞言面色沉重，道：「臣蒙皇恩，感激涕零，值此大勝之際，更要向聖上稟報，盼上天護佑聖體康復。」太子頷首而應：「少君一片忠心，父皇自是體知。既是如此，咱們就先去向父皇請安，再舉行凱旋午宴。」裴琰連聲應是，與太子向延暉殿行去。

因皇帝病重，不能見風，延暉殿內閣窗戶緊閉，又因是冬日，閣內較為昏暗。衛昭輕裘勝雪，坐於龍榻前，緊盯著榻上那張消瘦的面容，雙手控制不住地隱隱顫抖。裴琰進來，正見一線光影自閣頂光窗透入，光影中的灰塵纏繞衛昭身側，襯得他的面容竟有幾分鬱楚之意。

裴琰趨近龍榻邊，凝望著皇帝慘白而消瘦的面容，眼神複雜。他雙膝跪下，低聲道：「皇上，臣凱旋歸來了。」其話語中有著壓抑不住的傷痛，太子也忍不住上前，握住皇帝冰冷的手，哽咽道：「父皇，您快點醒來吧，少君凱旋歸來了。」

裴琰跪前兩步，顫抖著握上皇帝的手，語中悲痛更濃：「皇上，臣出征前，您殷殷囑託，臣未有一刻敢忘。臣今日歸來，祈求皇上快快康復，讓臣得以再聆聖訓。」皇帝雙眸緊閉，氣息微弱，裴琰終於忍不住落下淚來。太子過來將他扶起，歎了口氣，輕聲道：「父皇已聽到了少君的一片忠心，咱們還是先去弘泰殿吧，百官都在等著。」

裴琰應是，轉向衛昭道：「三郎。」

衛昭木然坐著，一言不發。太子扯了扯裴琰的衣袖，裴琰不再說話，二人出了內閣。

裴琰踏過門檻時，回頭望了望，只見衛昭仍是木然坐著，彷似在此昏暗之中要那麼坐下去，直至天地老去。他再行數步，隱隱聽到背後閣內，傳來衛昭一聲低喚：「皇上！」這聲低呼，猶如浸滿了傷痛，卻又似摻雜了點別的什麼。裴琰不及細想，太子便笑著開口詢問前線情形，二人邊走邊說，離了延暉殿。

「此次與桓軍對戰，取勝的一大關鍵，在於民心。」裴琰道：「孩兒爲取勝，打出『驅除桓賊、復我河山、爲國盡忠』的旗號來激勵士氣、鼓舞民心，這才將桓軍趕了回去。得民心者方能得天下，若不擇於瓜熟蒂落、水到渠成之時舉事，時局恐將不可收拾，咱們多年的努力便會功虧一簣。到頭來可能還要負上叛臣賊子或篡國奸人的污名。」

「是啊。」裴子放慢慢道：「眼下正是天下重獲安寧的時候，百姓還在一力頌揚你精忠報國的功績，如果現今取謝氏而代之，便是自掌嘴巴，亦難得民心。」

裴夫人笑了笑，「倒是，眼下拿不拿得到寶座也無所謂，只要寶座上那個人聽咱們的話就行，待往後再慢慢將他拉下來。」

裴子放手指輕敲著案几，沉吟良久才道：「琰兒，那太子和靜王，你覺得哪個合適？」

裴琰道：「論性格，太子好掌控些，且他身子板較弱，萬一以後有個什麼三長兩短，也無人疑心。但太子後面的人，可頗棘手。」

「嗯，董方是個老狐狸，再說故皇后一族，清流一派個個皆非省油之燈。將來眞的要走那一步，只怕會遭到口誅筆伐、天下共討，故得先把這幫子人弄下去不可。」

「那便選靜王？只不過我瞧他略顯不安分。」

「就靜王本身而言，是比太子強。他根基不深，外戚微薄，以往幾全倚靠著咱們，咱們只需要對付他一人即可。」裴琰道。

「嗯，皇上病重，太子倘出意外，而此意外又是莊王造成的，則順理成章便由靜王上位了。」

「那就這樣定了？」裴夫人微笑道。

裴子放望向裴琰，「衛三郎那裡，靠不靠得住？」

「他打的是什麼主意，還不敢確定，孩兒總會想法子逼他就範。」裴琰微笑道。

「嗯，咱們的人加上衛三郎的光明司，還有姜遠的禁衛軍，等肅海侯的人馬回蒼平府，再想法子穩住京畿那幾個營，也就差不多了。」

裴琰微愣道：「姜遠？」裴夫人一笑而應：「他看上了你二表妹，雖說他保不定會跟著咱們行事，但總不致壞事。」裴琰喜言：「那就好，我正拿不准他是哪方的人，他少年英武，配二表妹倒也對得起舅父大人。」

裴子放滿意地笑了笑。

裴夫人不再多說，見他叔姪二人對酌，微微展笑，取過一旁的琵琶，輕聲道：「我爲你爺倆助助酒興吧。」她面容靜斂，輕撫琴首，琴音先是低沉舒緩、連綿不斷。起段過後，她手指如長輪勁轉，撥撥數聲，琴音滾滾，豪情頓出、殺機隱現，如有千軍萬馬暗夜行軍般風起雲湧。

琴音漸轉振奮磅礴，裴夫人力貫指尖，數聲急驟，如銀漿乍裂、蛟龍怒吼、危舟過峽之狀驚心動魄，琵琶聲中竟似有金鐵相擊，宛如兩軍對壘，殺聲震天。

裴子放默然聽著，似是想起了什麼，神情帶上了幾分激昂之色，裴琰也慢慢捏緊手中的酒杯。

待音至雲霄、淋漓盡致時，裴夫人神情變得安詳，彈指間正反手拍上琴板，接著連番撥動琴弦，似漫天風雨瀟瀟而下、無邊秋葉飄飄落地，琴音由高亢漸轉低迴。最後一段，洋洋灑灑，宛如春風拂面，江水靜流，塵埃落定。她目光在裴子放和裴琰面上流轉，淡淡一笑，徐徐收音，嫋然息止。

裴琰仰頭飲下杯中之酒，又擊几讚道：「母親琴藝和內力都越發精進了，當世無人能及！」裴夫人眼波明媚地剜了他一眼，「出征半年，別的沒長進，嘴上抹蜜的功夫倒是長進了。」

裴子放哈哈一笑，「琰兒說的是眞心話，你就收著吧。」

裴琰起身，笑道：「晚上還要舉辦慶宴，孩兒先告退，安排些事。」

「去吧。」裴夫人靠在椅子裡微笑。

裴子放握著手中酒杯，徐步走到窗前。裴夫人趨近與他並肩而立，望著裴琰遠去的身影，輕聲道：「總算沒白費我們一番心血。」

「是啊，等了二十多年，總算可爲大哥討回公道，也爲我們裴氏打下了萬世基業的基礎。」

裴夫人慢慢靠入他懷中，聲音宛轉低迴，「子放，這些年，你辛苦了……」

裴琰縱是內力精深，也仍覺有些醉意，佇於荷塘邊靜默了許久，才整整衣衫往西園走去。

西園卻無人，童敏過來相稟，才知崔亮與江慈去了「攬月樓」，說是去探望素煙，已派了人保護著。裴琰欲待回愼園，卻又有點提不動腳步，酒意再度湧上，想起晚上和明後兩日還有數場酒宴，索性走到西偏房，在床上躺下。西偏房內，還是她去年在此居住時的擺設，裴琰苦笑一聲，慢慢地闔上了雙眼。

「攬月樓」夜間熱鬧，午間卻是十分安靜，僅聞偶爾的琴聲。素煙正在和寶兒等人配曲，聽聞崔公子與江姑娘前來，急忙出來，一把將江慈摟入懷中，低聲飲泣。江慈想起遠在上京的師姐，亦是哽咽難言。

待二人情緒稍稍平定，崔亮笑道：「你們先說著，我去外面，新塡了闋詞送給素大姐。」

素煙拭淚，斜睨了崔亮一眼，「崔軍師之名威震天下，你現下作的詞，可是千金難求。」又忙喚寶兒等人取來紙筆，她自牽著江慈進了內室。轉到床後，素煙取了數封書信出來。

江慈一一接過細看，淚水潸然落下。素煙伸手替她拭去淚水，輕聲道：「傻孩子，別哭，霜喬現下過得很好，你也平平安安的，應該笑才是。」江慈只覺愧對師姐，素煙又關切問道：「小慈，霜喬信中所說那人，到底是誰？他對你好麼？」

江慈低下頭去，半晌方道：「很好。」又抬頭一笑，「他赴平州辦事去了，讓我先回京城等他。」

素煙「哦」了一聲，道：「那我就放心了，我就怕你和裴琰有甚糾葛。今晚相府慶宴，我還得去登臺唱戲。」她歎了聲：「唉，眞是生厭了。」

江慈勸道：「小姨，您乾脆收手別幹了，找個可靠的人，平平安安過日子。」

素煙在臺前坐下，凝望著銅鏡中那張尚屬嬌妍的面容，忽然一笑，輕聲道：「小慈，我若是能收手，早就收手了。」她稍嫌激動地轉身握住江慈的手，道：「小慈，不管你跟的那個人是誰，你速速離開相府。」

五十六　假面真心

是夜，相府張燈結綵，燈火通明，盛席鋪張地大宴賓客來慶祝裴琰凱旋回朝。

大軍凱旋，按例要皇帝齋戒三日後才祭告太廟，並對有功之臣加官進爵。此時皇帝病重，由太子沐浴齋戒三日。這三日，太子便下詔讓裴琰在府歇息並宴請賓客，以示慶祝。

此時隔去歲容國夫人壽辰一年有餘，當日裴琰已是炙手可熱，今日之聲望尤臻於頂點，位極人臣。待他入園，園內阿諛奉承之聲不絕於耳。裴琰微笑著與眾人一一見禮，自去正席坐於靜王身側。

靜王笑容滿面，與裴琰把臂而談。莊王略顯消瘦，卻比前段時間添了精神，不時與右相陶行德交談數句。鮮衣僕人將飯菜流水價奉上，臺上簫鼓齊鳴，素煙登臺，一齣《滿堂笏》，滿園富貴衣。後園又放起了煙火，一時相府內眞如鮮花著錦、烈火烹油，奢華熱鬧到極致。

「衛大人到！」知客在園外一聲高喚，園內諸人齊齊停箸。

自皇帝病重，河西高氏遭受重創，莊王式微，眾人多半存了幾分幸災樂禍之心。想著遠在戰場的衛昭失勢在即，縱返京城亦不復往日的囂張氣焰。有曾被他肆意欺辱之人，更恨不得屆時踩上幾腳，痛打落水狗。

可前線消息不斷傳來，每逢大戰，衛昭必定親自殺敵，其人悍不畏死，還曾與易寒力拚，桓軍聞之喪膽。聽說在桓軍內，對其還有了個「鬼三郎」之稱。華朝極重軍功，聽著這些消息，眾人自是讚也有之、妒也有之，對其回朝後的態度備添複雜。

只是清流一派打定主意要趁皇帝病重之時，好好地折辱衛昭一番。聽到他入園，幾名龍圖閣大學士互相遞了眼色，殷士林大剌剌往莊王身邊坐下。

莊王不及說話，衛昭已緩步入園。他白衣輕裘，烏髮照舊用一根碧玉髮簪鬆鬆挽著，嘴角那抹笑容仍如昔日一般妖魅難言，只是他的腰側，卻佩著御賜蟠龍寶劍。眾人這才想起他仍是御封監軍的身分，皇帝病重之刻無人敢收去他的天子寶劍，見他悠然行來，只得紛紛離席下跪。

靜王與裴琰互望一眼，苦笑著起身，莊王與右相陶行德慢悠悠站起，都笑得頗得意。衛昭也不理會他人，逕走到殷士林面前，微仰起頭，鼻中輕哼一聲。殷士林萬般無奈，狼狽中草草磕了個頭，恨恨地拂袖而去。

不待莊王等人下跪，衛昭拂襟坐下，裴琰忙笑道：「正等著三郎。」靜王等人吁了口氣，各自回座，忽聽得衛昭淡淡道：「皇上龍體違和，我這個做臣子的十分憂心，剛從延暉殿出來。想起臨行前，皇上曾叮囑於我……」他帶著天子寶劍，此時敘述的又是皇帝的原話，按例眾臣要束手聆聽。靜王和一眾大臣無奈，又只得紛紛離座，躬腰束手靜聽。

衛昭慢慢講來，半晌方將聖訓敘述完畢，末了語帶哽咽，「只盼聖上龍體早日康復，我等做臣子的也能重聆聖訓。」眾臣七嘴八舌應是，暗中卻抹了把汗，慶幸他沒有將皇帝起草、長達萬字的《戒慎錄》背誦出來，俱各微笑著重新回座。不久，太子又命內侍送來御賜寶物，最爲名貴者是西琉國所進貢一株高達五尺的紅珊瑚，眾人圍著稱讚一番。

酒過三巡，賓主盡歡，方紛紛告辭離去，只是離去前又都不得不向衛昭行禮致意。

衛昭嘴角含笑，目光與裴琰相交，站起身來，言道：「少君，我先告辭。」裴琰笑道：「待祭告太廟後，我再請三郎飲酒。」二人在府門前道別，自有光明司衛牽過馬車，衛昭上車。馬車行出兩條大街，莊王車駕從後疾馳而來，又擦肩而過。

大宴後的相府正園內，僕從們忙著收拾碗箸。裴琰將一眾賓客送走，轉回正園。

素煙剛除開戲服，過來行禮笑道：「恭喜相爺。」

裴琰面帶微笑，「改天再去素大姐處聽戲。」

「相爺說話算話？」素煙抿著嘴笑。

「那是自然。」裴琰不再說，匆匆而過，直奔西園。素煙望著他的背影，笑了一笑，自帶著攬月樓的戲班子離了相府。

裴琰奔往西園，安澄迎上低聲道：「軍師回來了，但……」裴琰盯著他，他只得續道：「軍師帶著江姑娘進的攬月樓，弟兄們明明看著江姑娘一直坐在窗下，可等軍師出來便不見她人了。」裴琰愣了片刻，揮手令眾人退去，不禁苦笑。

芙蓉帳前，琉璃燈下。漱雲換上了一襲明紅色輕絹紋裳，她凝望著銅鏡內的如花容顏、如雲鬢髮，將一支五彩垂珠步搖緩緩插入髻間。

幾日前便盼著他歸來，數夜不能入眠，知曉他到了錦石口大營，知曉他入了宮，知曉前面正園大擺宴席，自己卻始終只能在這慎園靜默地等待。

窗外，弦月已升至中天，仍不見他歸來。

侍女輕碧碎步奔進，貼耳輕聲道：「宴席散後，相爺去了西園，剛出來，現下獨自在正芳園的荷塘邊，坐有半個時辰了。」

潄雲一愣，轉而起身，「別是喝醉了。」她忙命輕碧趕緊備下醒酒湯，快步走到園門口，想了想，復又回轉屋中拿上那件銀雪珍珠裘。這件狐裘似是他最喜愛的，縱是燒了兩個洞，他仍命人好生收著。她知這是御賜之物，見他如此喜愛，便耗費了一個多月時間，尋來相仿的絲線和狐毛，夜夜織補到深夜，方將狐裘補好。

她望著織補後看不出痕跡的狐裘，盈盈一笑，腳步帶著幾分急切，走向正芳園的荷塘。

今夜無雲，星空耀目，絢麗如織。遠處還放起了煙火，火樹星輝，將正芳園荷塘同映得波光粼粼。

潄雲遠遠見到那道坐於石上的身影，心跳陡然加快，腳步卻慢了下來。她控制著自己強烈的心跳，緩步趨近。他俊挺的身軀似散發著陣陣溫熱，竟讓她呼吸凝滯，良久才能說出一句：「恭喜相爺。」

裴琰並不回頭，仍默然坐著。潄雲再等一會，輕悄悄將狐裘披上他肩頭，語音比那荷塘波光更顯輕柔：「相爺，冬夜清寒，您又勞累了一日，早些回去歇著吧。」說著坐落他身側，左手也悄悄握上他溫潤之手。她仰頭癡望著那張俊雅面容，一時不知身在何方。

遠處，一團絢麗如菊的煙火照亮夜空，裴琰甫低頭看清了籠在肩頭的狐裘。他面色微變，右手猛然用力，潄雲猝不及防下「啊」的一聲迸出淚來。他愣望著身上狐裘的下襬，右手卻毫不放鬆，潄雲吃不住力，面色漸轉蒼白，終哀聲道：「相爺！」裴琰清醒過來，冷哼一聲，漸鬆開了手。潄雲急忙站起，不敢揉手，只是眼中的淚不由自主落了下來。

裴琰低頭看了片刻，呼出一口粗氣，而後起身看著潄雲，淡淡道：「很疼麼？」潄雲忙搖了搖頭。裴琰將身上狐裘攏緊，微笑道：「回去歇著吧，讓你久等了。」

慎園東閣內，芙蓉帳暖。她沉淪於他醉人的氣息中，面頰深染桃紅。她嬌喘著閉上雙眼，未能看到他望向帳外那狐裘時，面上閃過的一絲傷痛與悵然。
「府中一切可好？」春意無邊後，他嘴角笑意仍是那般迷人，讓她只能無力倚在他的胸前。
「都好。」她柔聲道：「夫人只在舅老爺壽辰，高妃娘娘薨逝，文妃娘娘壽辰時出了府。不過……」
「不過怎樣？」他的手撫過她的背，她的呼吸急促起來，嬌笑著扭動幾下，道：「夫人向文妃娘娘賀壽歸返，突逢大雨，馬車又卡在溝中，幸好遇到姜指揮使大人，才將夫人送回府。」
「哦？」
「夫人將大管家斥了一頓，大管家將姜大人請到正芳園的暖閣更衣奉茶，聽說後半夜雨停後，才親自將姜大人送回去。」
裴琰笑容僵在唇邊，她卻未察覺，抿嘴笑道：「倒還有件喜事，要恭喜相爺。夫人放了話，說要替相爺在世家小姐中擇一門親事。這段日子，說媒的踏破了門檻，聽說，連董學士家二小姐的庚帖也被……」她「啊」的一聲輕呼，裴琰已長身而起，他只披上外袍，將那件狐裘披在肩頭，大步出了慎園。
星夜寂靜，他茫然走著，終又走到了荷塘邊。繁華痕跡依存，滿園枯荷仍在，肩頭狐裘微暖，可是……至親之人，最尊重的對手，渴求的賢才，還有，溫暖如她，都彷彿離他越來越遠了。
這夜爲迎接前線將士凱旋歸來，京城放起了煙火，千枝火樹、萬朵銀花，將京城夜穹映得五光十色。
莊王身擁狐裘斜坐於榻上，看著兩輛馬車並排的瞬間，衛昭由車窗外如靈燕般閃入。莊王笑道：「半年不見，三郎身手越發精進了。」
衛昭面帶悲戚，單膝跪於莊王身前，哽咽道：「衛昭見事不明，被裴琰蒙蔽，以致高氏一族蒙難，實是愧對王爺。」莊王忙將他挽起，卻也流下淚來，半晌方道：「不關你事，只恨裴琰過於奸詐，桓賊太厲害。你幫我尋回舅父遺骨，母妃臨去前亦囑說要重謝於你。」

馬車慢悠悠地走著，衛昭在莊王對面坐定，莊王替他斟了杯茶，終忍不住問道：「依你看，父皇眞醒不來了？」

「把過脈了，時重時細，內力壅塞，確是丹藥加急怒攻心所致，醒轉之望不大。」

莊王吐出一口細悠的長氣，半晌方恨恨道：「眼下朝中之人，不是投向大哥就是投靠三弟和裴琰，我莊王府倒像成了瘟疫之地。」衛昭冷笑而應：「他們這批小人，見我們式微便想落井下石，總有一天讓他們知曉厲害！」

莊王想起先前席上之事，笑了起來，「三郎今日表現極佳，大快我心！」衛昭低頭看了看腰間蟠龍寶劍，道：「三日後祭告過太廟，我即得將此劍交出，到時，只怕……」

莊王傲然一笑，「好歹我還是個王爺，誰敢動你！」

衛昭面上展現感激之色，道：「王爺如此相護，衛昭願將這條性命交給王爺！」莊王擺了擺手，笑道：「尙有一事要謝你，小慶德王府中的長史前幾日悄悄進京，出示了他主子的信物，同時隱晦地道出，只要咱們能穩住京師，他家主子自會樂見其成。他說他家主子正爲了談妃小產、難能再孕之事煩心，顧不上別的。」

衛昭呷了口茶，掩去唇邊笑意，道：「以小慶德王的個性，其實他乃打定了主意做牆頭草，哪方都不得罪。咱們只管放手在京城一搏，只要咱們勝出，他自然會支持咱們。」

「嗯，只要他不插手，大哥和三弟出個半點意外，我就是唯一的皇位繼承人，他自會投到本王這邊。再說岳氏父子也一直與我有聯繫，有了這兩方的支持，日後再想法子慢慢剪除裴琰的兵權。」

衛昭神祕地一笑，道：「知曉王爺怕裴琰揮兵南下，我回京前給他放了一把火，讓他認準是宇文景倫所爲，只能重兵屯於成郡。」莊王聞言，拊掌大笑：「好！」

衛昭給莊王斟滿茶盞，又道：「現下咱得尋個合適良機下手，不能留下把柄，還得把肅海侯的水師弄回蒼平府，如此方可得最大把握。」

莊王沉吟應道：「那只有冬至日皇陵大祭，才是出手的最好機會了。」

「王爺英明，今時距冬至尚餘二十來天，戰事已定，到時肅海侯的水師也得離京。皇陵祭禮，外圍防務由禁衛軍負責，但陵內防務還是由我的光明司負責，不愁沒有下手之機。」

「那咱們眼前要做的，一是挑起太子和靜王的爭端，二是盡力保住你光明司指揮使的位子。」

衛昭微笑道：「高成的人，要躲過京畿營，偷偷開進皇陵，可得讓他們好好訓練一下了。」

莊王點頭道：「你放心，高成慫了一口氣要替舅父大人報仇，他自會盡力。」

「那便好，王爺，請您繼續養病。咱們亦得避嫌，我先走一步，有甚事我會遣易五通報給您。」

莊王合住衛昭的雙手，頗爲不捨，半晌方輕聲道：「三郎萬事小心。」

煙火慢慢散去，京城的夜空復歸寧靜，大街上行人漸少，終只餘更夫駝著背慢悠悠地走著。他偶爾敲上一下更鼓，發出一聲蒼涼的長吆：「天乾物燥，小心火燭……」

衛昭身形連晃，時隱身簷後，時屋頂疾行，確定無人跟蹤後，方一路向內城西直大街老柳巷潛去。他攀上門前的老柳樹，擱下心頭大石。屋內燃著昏黃燭火，窗紙上隱隱透出佳人身影。

衛昭翻身入院，正待推門入屋，腰側的蟠龍寶劍隨著步伐輕晃了一下，他胸口一緊，腳步停頓，痛苦地閉上了雙眼。他正待轉身，江慈已拉門出來，直撲入他懷中，他下意識後退兩步，將她推開一些。她仰頭不解地道：「怎麼了？」見衛昭面色蒼白，額頭隱有汗珠，江慈一慌，顫聲道：「哪兒不舒服？」衛昭深深呼吸，勉強笑應：「沒有，只是肚子餓，又走得過急了。」

江慈放下心，笑言：「知道相府大宴，你肯定吃不下東西，我做了幾樣小菜，快來。」她握住衛昭的手，將他拉入屋中。踏入房門的一瞬，衛昭悄悄將腰側蟠龍寶劍解下，擲放在院中柴垛上。

桌上，仍如置身星月谷舊居一般，擺著幾碟小菜。江慈將衛昭拉至桌前，將筷子塞到他手中，柔聲道：「知道你在那邊肯定吃不下東西，可以後，心情再不好也得吃飽吃好，要像我一樣，天塌下來也先把肚子填飽。」

衛昭只是低頭吃飯，沉默不言。江慈邊吃邊道：「崔大哥和我去了攬月樓，小姨讓寶兒和我互換衣服，裝扮成我坐於窗前，我躲在裝戲服的箱子裡才脫出攬月樓。剛剛去買菜，也是換上男裝，塗黑了臉才出去的。」

衛昭微愣了一下，旋即道：「以後你別再去攬月樓了，那處人太雜，素煙身分複雜，她雖不會害你，但保不住讓別人得知什麼。」

「好。」江慈又道：「對了，崔大哥想和你見一面，說有些事情要和你談。」

衛昭低下頭，應了一聲，不再說話。待他放下筷子，江慈自將碗筷收去廚房洗刷。忽然聽到院內「嘩啦」一陣水響，她急奔出去，只見衛昭立於水井邊，渾身濕透。

她慢慢明白省悟，心尖一疼，緩步走了過去。衛昭俊美的面容略略扭曲，見她走過來，他便一步步後退。江慈緊緊跟上，待他靠上院中梧桐樹，她撲入他懷中，緊緊環住了他的腰。濕冷井水從衛昭長髮滴落，滴入了她的頸中。他欲將她推開，但她用力抱著他，低聲道：「天這麼冷，我燒了熱水。」

衛昭紋絲不動，時間彷彿停滯了很久。終於，他用力將她抱住，將頭埋入她的髮間，喃喃道：「小慈，你等我，再等二十多天，一切就結束了。」

十一月初一，玉間府晴日當空，風卻極大。

慶德王府挹翠園暖閣內，程盈盈挺著七個月的肚子，嘴角含笑，替小慶德王將披風繫好，柔聲道：「王爺今日早些回來，我弄幾道爽口的小菜，今晚您就在我這挹翠園……」說著便慢慢依入小慶德王懷中。

她嫵媚而笑，幽香陣陣，小慶德王將她抱入懷中，俊面上閃過一絲不忍，掙扎許久，勉強笑道：「你今日去萬福寺進香，切要多添點衣裳也多帶幾名隨從，畢竟是有身子的人，雖說你武藝不差，仍須留心。談妃那個已經沒了，她又不能再生，我不想……」

「是，妾身記下了，妾身定會求菩薩保佑，爲王爺誕下一個兒子。」

小慶德王笑容微顯僵硬，程盈盈卻未察覺，再替他攏了攏披風，帶著侍女們將他送出院門。

小慶德王走出數十步，又停住腳步回頭，已只見她淺綠色的身影消失在院門後。他不由有些悵然若失，王府長史周璉過來低聲道：「王爺，箭在弦上不得不發，皇上的人今時全都到了。再說，此女乃異族，包藏禍心，王妃險些被她謀害，留不得。」小慶德王呆立良久，長歎一聲：「走吧，岳景隆那邊還等著。希望他們下手利索點，她可少受苦痛。」

萬福寺爲玉間府的名刹，氣派雄偉，金碧輝煌。這日廟前侍衛清道，寺廟內外閒雜人等一律不得靠近。有那好事之徒打聽，方知是小慶德王側妃因身懷有孕而來萬福寺上香，祈求菩薩保佑，能爲王爺誕下長子。

軟轎直抬入廟內大殿前方輕輕落地，待所有人退去，程盈盈出轎，她行到蒲團前跪下，雙手合十，抬頭凝望菩薩面容，彷彿透過這金光之身，見到那如鳳凰般孤傲的白色身影。她眼角漸濕，磕下頭去，默念道：「求菩薩保佑，我月落族人能在他的帶領下，不再受奴役之苦，我程盈盈願粉身碎骨，只求菩薩保佑他平平安安。」她默念一陣，便深深磕下頭去，把右手緊握著的物事悄悄塞入蒲團內。

冬陽穿破雲層，射入大殿之中，金身菩薩的笑容尤添幾分燦爛。程盈盈默默起身，再看了蒲團一眼，微笑著步出殿門。她右腳甫一踏出大殿，面色劇變，身形急速擰起，避過從殿門右側悄無聲息刺來的一劍。她知形勢危急，未落地，右足於空中踢上殿門，想借力翻入殿內，可寒光自殿內襲來。程盈盈無奈，落地後連翻幾個跟斗，一路翻下殿前石階，同時抽出袖中匕首，「鏗鏘」連聲，方接住三四人的合擊。

但圍攻上來的高手越來越多，她被刀光劍影圍在其中，因有身孕致使眞氣不繼，招式越來越緩。不多時，一錦衣人劍光快如飛電，她正拚力擋住其餘幾人的招數，不及閃躲，慘呼一聲，右肋中劍後跌坐在地。錦衣人獰笑一聲，圍攻之人也齊齊收招，程盈盈看清錦衣人是小慶德王手下頭號高手段仁，心頓時沉入無底深淵。

段仁微微一笑，接過手下從殿內蒲團中取出的物事，打開看了看，笑道：「果然是布防圖，還眞是難爲你了，大──聖──姑！」程盈盈肋下鮮血不斷湧出，掙扎著站起身來，下意識望了一眼殿後。段仁負手看著她，彷如看著落入陷阱的野獸，聲音也森冷無比，「大聖姑，你就不用看了，你未至之時，我早將來取『布防圖』的人擒住了。此刻，烏衣衛之眾正押著他一個個去抓你們月落派在玉間府的人呢。」

程盈盈瞬間面無血色，肋下傷口疼痛難當，她心念急轉，喘氣道：「你大膽！我腹中可是王爺的骨肉，我要見王爺！」段仁呵呵一笑，搖了搖頭又道：「王爺現下正於西山狩獵，沒空見程妃娘娘。不過小的來之前，王爺說了，若是這城裡的月落人都找齊了，便讓小的給娘娘一個痛快，莫讓娘娘死得太痛苦。」

程盈盈知一切生機斷絕，猛然噴出一口鮮血。段仁被這口鮮血逼得後退兩步，她已急速後飄，袖間綢帶捲上寺中大樹，借力飛向寺外。段仁怒喝一聲：「殺！」隨著他這一喝，寺牆外忽冒出數十人，人人手持弓弩。利箭漫天而來，「噗」聲連響，血光飛濺，程盈盈慘呼一聲，跌落於地。

段仁緩步走近，看著須臾前還嬌美妍嫩的面容慢慢籠上死亡之色，冷笑一聲。

程盈盈垂死的面容，呈現出一種淒婉神情，她雙目圓睜，自喉間發出一串微弱至極的聲音。段仁不由凝耳細聽，依稀辨認出其中一句：「鳳兮凰兮，何時復──西──歸……」冬陽下，她終於吐出最後一口氣，微微抽搐兩下便不再動彈。風越颳越烈，捲起她的裙裾。她躺於血泊之中，宛如一枝枯荷，不堪勁風而生生折斷。

小慶德王此時已到了百里外的洱湖。湖面的風比城中更大，「呼呼」颳過來，縱是他身懷武藝，亦不由微攏披風。披風上殘留著她的幽香，他面色不禁黯然，轉而想起她那柔情密意無一分是眞，又恨恨地哼了一聲。

長史周璉似是知他心思，與他並肩而行，低聲道：「王爺，星月教在我朝潛伏多年，皇上早欲將他們連根拔起，此次他們又與裴琰聯手，更犯了皇上的大忌，王爺既早下決定，便無須再猶豫。只有談妃娘娘誕下的，才是名正言順的小王爺。」

「是啊。」小慶德王歎道：「她找人行刺本王，假裝出手相救，還嫁禍於皇上，險險上了她的當。幸得皇上英明，咱們的人又在月落偷偷見到了那『小聖姑』的眞面目，才早有防備，讓談妃假裝小產避過大難，不然……」他望著遠處湖面上的紅舫船，尚存最後一絲猶豫，「稷之，你說，父王的死，眞與皇上無關？」

周璉長久沉默，冬天的風陰冷入骨，他打了個寒噤，低聲回道：「王爺，恕小的說句掉腦袋的話，現下關鍵非在老王爺死於何人手上，眞相到底永遠無法得知。關鍵實在王爺您，不能死於裴琰或月落人之手。」他將聲音壓得極低，「裴琰的野心，乃欲取代謝氏皇族，遲早有日要對付王爺。程盈盈倘謀害了談妃娘娘，待她生下個兒子，便隨時可對王爺下毒手。但只要王爺這次依皇上和太子的意思行事，替謝家穩住這南面半壁江山，將來太子上位，王爺就能……」

小慶德王擺了擺手，周璉不再往下說。然見湖面上那艘畫舫越駛越近，小慶德王神情複雜，周璉不由再附耳道：「王爺等會兒見了岳世子，可千萬別帶出什麼來。岳景隆爲人精明，此次咱們好不容易將他引出，岳二公子那邊才好下手。」

畫舫靠岸，舫上之人卻未露面，小慶德王微微一笑，足尖一點，身形拔起，輕輕落於船板上。他掀簾而入，笑道：「岳兄好心情。」

岳藩世子岳景隆正圍爐而坐，見小慶德王進來，俊眉微挑，笑道：「王爺可遲了些。」

「一點家事耽擱，讓岳兄見笑了。岳王爺可安好？」小慶德王微微欠身後坐下。二人寒暄一番，小慶德王覺得船身極輕微地晃了一下，知外面撐船之人已上岸，船上再無他人，執壺篩酒間面容微肅，「岳兄，玉間府到處是各方的眼線，咱們長話短說，我此番來見你，可是冒了掉腦袋的風險。」

岳景隆心領神會地笑，「王爺是爽快人，有話直說。」

小慶德王沉聲道：「此次約岳兄前來，是想和岳王爺訂一個塞下之盟。」

「哦！」岳景隆面上饒有興致地望著小慶德王，心思卻是瞬間百轉。自薄雲山謀逆、桓軍南征，父王便知機不可失，果斷地自立為岳國。眼前這位小慶德王一直保持著曖昧不明的態度，他的人馬與岳軍在南詔山北不痛不癢地打著幾場小仗，雙方自是心照不宣，俱觀望北面形勢。

北面戰報不停傳來，眼見裴琰大勝在即，兩方都略略著了急。小慶德王自是怕裴琰取謝氏皇族而代之，他這個謝氏王爺會被趕盡殺絕，而父王也怕裴琰平定北方後，藉口岳藩作亂，揮兵南下。雙方有了同樣的心思，自然一拍即合，先是謀士們互通信息，然後約定今日於這洱湖的畫舫上見面。岳景隆打定主意要先摸摸小慶德王的心思，此時見小慶德王主動開口，心中暗笑，這位小王爺紈袴無能之名倒是不假。

小慶德王身子稍稍前傾，道：「岳兄，咱們不如挑明了講吧，眼下咱們是一榮俱榮且一損俱損，有了同一個敵人。」

「裴琰？」岳景隆輕轉著酒杯。

「是。裴琰其人野心勃勃，他若作亂，我謝氏難逃一劫，但謝氏若是覆亡，他緊接著要對付的就是岳王爺。」小慶德王侃侃道。

岳景隆點了點頭，「裴琰這個人，當初拉攏我時，我便知他心懷不軌。而今想來，當初薄雲山謀反，只怕和他脫不了干係。」

「所以岳兄，北面咱們控制不了，可這南面絕不能讓裴琰也伸手過來。」

「那王爺有何妙計？岳某洗耳恭聽。」

小慶德王微笑起來，「倒也非妙計，但至少可讓裴琰有所顧忌，讓他不敢即刻起兵謀反。待他回返京城，董學士和各位大臣們自有辦法箝制他，慢慢卸去他的兵權。」

岳景隆思考一瞬，道：「南安府、香州？」

「岳兄精明。正是，裴琰的長風騎泰半出身南安府和香州，裴氏一族根基亦在南安府，只要咱們控制了南安府和香州一帶，他裴琰便會投鼠忌器，不敢貿然造反。」

「可南安府今落在靜王爺和裴氏一族控制之中，雖然人馬不眾，但亦不是那般好對付的。」岳景隆微笑著等對方的後語。

「所以，咱們得聯手，控制南安府、香州。」

「如何控制？」

小慶德王面上透出殺伐決斷的氣勢，「我玉間府人馬奉太子詔令北上，接管南安府、香州！」

岳景隆長長地「哦」了一聲，復陷入沉吟，小慶德王緊盯著他，面容沉肅。岳景隆再慢慢抿了口酒，道：「王爺要與我岳國訂塞下之盟，意思是想讓我岳軍莫在王爺人馬揮師北上期間，趁人之危越過南詔山北上？」

小慶德王一笑，「我素知此地對岳兄無甚誘處。」

岳景隆湧起了興趣，「我倒想知道那個極有誘引之力的條件。」

小慶德王從袖中取出一封信函遞去，岳景隆接過細看，俊眉微蹙，眸中卻慢慢顯出笑意，終笑道：「這是董大學士的手筆吧。」

「岳兄眼力甚好。」

「呵呵，說句不敬之語，太子爺還寫不出這樣的華文。」

小慶德王藉仰頭大笑掩去目中一縷冷芒，笑罷方道：「然事成之後，默認岳氏建國，劃玉間府以南三州給岳國，此是得到太子首肯的。」

岳景隆聞言後陷於長考，面上不起一絲波瀾。小慶德王亦不再多言，畫舫內僅聞湖風吹得竹簾「撲撲」作響之聲。

良久，岳景隆長吁了一口氣，蹙起眉尖，緩緩道：「此事事關重大，我得回去和父王好生商議，再予王爺答覆。」

小慶德王面上先是閃過一絲失望之色，旋即平靜道：「當是如此，唯時間緊迫，望岳王爺能儘快做出決斷。」

「這是自然。」

小慶德王繫緊披風上岸，轉身望著畫舫駛遠，唇邊漸湧冷笑。長史周璉走過來，輕聲道：「他信了？」

「瞧著倒有五分不信。」

「也不在乎他信不信。」

小慶德王此時反倒心靜了下來，低聲道：「都安排好了？」

「是，葉樓主親自帶人跟著，咱們的人馬隨後而行，定會在詔雲峽及時和岳二公子會合。」

小慶德王想起那位葉樓主的身手，不自主打了個寒噤，道：「既是如此，再沒咱們的事了。回去吧，這裡冷得很。」

行出十餘里，段仁策馬過來，小慶德王拉住坐騎，段仁在馬上行禮後與他並騎而行，輕聲稟道：「一共中了九箭，去得沒什麼痛苦，布防圖也拿回來了。」小慶德王面色白了一白，下意識裹緊了披風，馬上又省悟過來，顫抖著將披風解開，狠狠擲於風中。周璉忙解下自己的披風遞給他。

小慶德王慢慢繫好披風，面色才恢復正常。過了一陣，他緩緩道：「三日後傳我口諭，鄭妃因妒生恨，暗中下毒謀害身懷有孕的程妃。毒殺王嗣，罪無可逭，即刻處死。程妃仍以側妃禮儀殮葬。」

岳景隆此番來得機密，也極爲警惕，自是不敢在小慶德王的地盤上多待片刻。他命畫舫急駛，與保護自己的高手會合後便棄船上岸，插山路而行，疾馳向南。連夜趕路，終於翌日晨曦微現時趕到了詔雲峽。

此時山道上一片清淡冷素，冬日晨風捲過峽谷，揚起滿天枯葉，岳景隆不自覺地瞇了一下眼睛。手下李成見狀，道：「主子要不要歇一下？」岳景隆莫名地感到一絲不安，道：「不行，咱們得儘快回去。」說著力夾馬肚，一行人疾馳向詔雲峽。

眼見已到峽谷中段，卻聽得一聲哨響，山谷兩面明晃晃刀槍劍戟，冒出無數人馬。岳景隆心呼不妙，迅速勒住坐騎，看清前方黑壓壓而來的一隊人馬，又鬆了口氣，笑道：「是景陽麼？」來者漸行漸近，岳景隆見異母弟岳景陽甲冑鮮明，面色沉肅，心中暗驚，尚未開口，只聽岳景陽厲聲道：「大哥，原來眞是你！」

岳景隆也是久經陣仗之人，知形勢不對，周身陷入高度戒備，冷冷注視著岳景陽，質問：「二弟，你這話是何意？大哥我怎麼聽不明白？」岳景陽搖了搖頭，語帶悲憤地道：「大哥，你素日欺負我是庶出，倒也罷了，你獨攬大權，那也罷了，可爲何你要命你的部屬犯上作亂，弒父弒君！爲何要引敵兵入關，滅我岳國！」

岳景隆大驚，只覺自己陷入了一個極大的陰謀之中，狂怒下喝道：「你說什麼！你這逆賊，把父王怎麼了？」

岳景陽冷笑，「你陰謀弒父弒君，倒還有顏面來問我！你讓你的手下暗算父王不成，又親引小慶德王的人入關，大哥啊大哥，你眞是太令人心寒！」岳景隆全身大汗涔涔而下，怒喝道：「你血口噴人！」岳景陽一聲長笑，轉而咬牙切齒道：「大哥，你看看你後面，你還敢說你不是引敵入關！」

岳景隆迅速回頭，遠處，數千騎震起漫天黃土，不多時便馳到近前，爲首馬上一人，正是小慶德王手下大將關震。關震右手執槍，左手拉轡，大笑道：「岳世子，不是說要開關放我們進去麼？怎麼不走了？」

岳景隆知陷入重圍，當機立斷，暴喝一聲：「走！」他手下的高手明他意思，急衝而上，刀光劍影，爲他擋住岳景陽和關震的雷霆合擊。

岳景隆瞅準空隙，策馬前衝。他心憂父王，一力前行，欲待強衝過詔雲峽，一抹劍影凌空飛來，挾著無窮的殺氣如烏雲壓頂，岳景隆一個翻身從馬背落地，手中劍勢連綿，卻仍被來襲者逼得步步後退。生平最激烈的過招間，他看清了眼前之人身形高眺，容顏清俊，皮膚比一般女子還要白皙，正是京城赫赫有名的「攬月樓」葉樓主。

岳景隆上京之時曾見過這位葉樓主，卻從不知他身懷絕技，更萬料不到，在二弟陰謀作亂之時，他竟會憑空出現。可已不及細想，葉樓主一劍快似一劍，岳景隆拚盡全力招格抵擋，仍被逼得步步後退，不多時背後一硬，已至山路邊，退無可退。他欲待拔身而起，葉樓主一聲暴喝，劍勢如狂風暴雨、裂岸驚濤，岳景隆再也抵擋不住，數招後長劍脫手。葉樓主面上帶著冷酷的微笑，長劍抹出，岳景隆咽喉處滲出一縷鮮血，緩緩倒地。

黎明的冬陽，從雲層後射出來，將葉樓主手中寒劍映得雪亮，也將劍刃上的一縷鮮血映得分外妖嬈。葉樓主姿態閒雅，還劍入鞘，轉身與岳景陽和關震相視一笑。

華朝承熹五年十月三十日，岳藩世子岳景隆命手下大將姚華帶兵衝入王宮，將岳王爺刺成重傷；行刺失敗，爲恐父王追究，十一月初二，他親引小慶德王大軍入關，在詔雲峽被岳王次子岳景陽攔截，一番血戰後，岳景隆身亡，小慶德王人馬被逼退。十一月初三，因劍上淬有毒藥，岳王爺薨逝，次子岳景陽接掌岳藩大權，三日後，其主動上表，願重爲華朝藩臣。

第十四章 廟堂暗潮

成宗陛下經歷「逆王之亂」和十餘年朝堂傾軋之後，已由昔日意氣勃發的鄴王謝澈，漸漸變成了深沉難測的帝王，日日想著制約臣子、平衡各方勢力，天天面對的是謊言騙局、勾心鬥角，後宮嬪妃也是虛情假意。裴琰望著廊下的鳥籠，淡淡道：「一隻鳥力量略小了些，得等另一隻鳥走投無路了，主動來找我，兩者合力才能將這鳥籠撞破。」

五十七　風雲突變

裴琰凱旋回京三日後，太子正式率百官祭告太廟。

這日卯時，天未大亮，文武百官咸著朝服，齊集乾清門前，按品階而立。太子著天青色祭服，乘輿自齋宮出。輿車緩緩而行，百官步行相隨，浩浩蕩蕩，在禮部太常寺官的引導下於辰時抵達太廟。

太廟內重簷彩殿，漢白玉臺基，花石護欄，處處透著莊嚴威肅、皇家尊嚴，院中百年柏樹亦顯蒼勁古拙。

太子在五彩琉璃門前停住腳步，回轉身牽住裴琰的手，笑道：「裴卿，你立下大功，與本宮一起進祭殿吧。」

裴琰惶恐道：「臣萬萬不敢。」太子卻用力牽著他的手，裴琰無奈，只得稍稍退後一點，跟在太子背後，隨著太子過五彩琉璃門，登上漢白玉石臺階，過紫金橋，再過大治門，穿過庭院，終站在了雄偉莊嚴、富麗堂皇的大殿前。

百官也依序過大治門，在殿外用麻石鋪就的庭院中肅立。衛昭因是監軍，尙捧著天子寶劍，便站在了右列最前面。他今日著暗紅色官服，神情少了幾分昔日的飛揚跋扈，添了些難得的沉肅。

待眾臣站定，鐘鼓齊鳴，韶樂悠揚。禮樂奏罷，禮部太常寺官捧著玉匣過來，請太子啓匣、取祝板。太子卻一動不動。這時腳步輕響，陶內侍由偏殿持拂塵出來，太子一笑，退後兩步，躬身下跪。

裴琰瞳孔驟然收縮，衛昭同樣覺得不對勁，此時一陣勁風鼓來，將眾臣的袍服吹得簌簌作響。衣袂聲中，陶內侍扯直嗓子大聲道：「皇上駕到！」裴琰震驚之下身形微晃，眼角餘光瞥見衛昭面上血色褪盡，他背後的裴子放猛然抬頭，百官們更是滿臉驚詫，不顧禮儀地抬頭相望。

沉重的腳步聲響起，一道著明黃色袞服的高大身影，從昏暗的偏殿中緩步邁出。他緩步而來，面容雖消瘦了許多，神情一如往日般沉肅，眼神也一如往日般銳利，冷冷地自眾臣面上掃過。眾臣都不禁打了個寒噤，回過神來，或驚或喜或憂，各人心情複雜，紛紛磕下頭去，呼道：「吾皇萬歲萬歲萬萬歲！」

莊王與靜王同時爬上漢白玉臺階，匍伏在皇帝腳前，涕淚俱下，「父皇！」

滿庭玉笏相繼跪下，衛昭卻愣愣而立，手中的蟠龍寶劍鏗然落地，他瞬即清醒，衝前兩步，面上似驚似喜，哽咽而呼：「皇上！您……」

裴琰藉皇帝望向衛昭之際，與階下的裴子放迅速交換了眼色，裴子放微微搖了搖頭。裴琰覺一股沛然沉鬱的眞氣隱隱而來，再抬頭，只見皇帝的身邊已多了一個身影，這人著灰色長袍，面目隱於寬沿紗帽內，其身形修長，靜立於皇帝身側卻如同一座山嶽，讓人隱生退卻之心。只是這身形略嫌眼熟，裴琰心念急轉，亦想不起在何處見過此人。

但裴琰明曉病重不起的皇帝突然醒轉，並在此出現，身邊還帶著這等高手，定是已暗中布置好了一切，容不得自己有半分異樣。於是他馬上深深磕下頭去，語帶低泣，「皇上，您龍體康復，臣實在喜不自勝，眞是天佑我朝啊！」

皇帝向面上乍驚還喜的衛昭微笑，又回轉頭，彎腰將裴琰挽起，和聲道：「裴卿立下不世戰功，朕也得以在前天夜裡甦醒，實是上蒼庇佑，聖祖顯靈。」眾臣這才知皇帝是前夜甦醒的，激動得紛紛磕頭呼道：「上蒼庇佑，聖祖顯靈啊！」

衛昭緩緩退後一步，隨著眾臣深深磕頭，竭力控制體內雜亂的眞氣，將喉頭一口甜血拚命嚥了回去，只是握起蟠龍寶劍的手，不由自主地劇烈顫抖。他不敢抬頭，殿前之人帶著十餘年揮之不去的噩夢，夜夜糾結在他的靈魂之中。這一刻，他覺得眼前是無邊無際的黑夜，再沒有一點光明，沒有一絲溫暖。

黑暗之中，隱約的聲音傳來，「請聖駕，啓祝板，入殿致禮！」

黑暗之中，韶樂再起，皇帝似是打開了玉匣，取出了祝板；他似是在太常寺官的引領下步入大殿；太常寺官依禮而呼，皇帝也依禮致祭；黑暗之中，韶樂聲後，衛昭卻又似聽到她的笑聲，眼前彷似再看到她明媚嬌妍的笑容。鮮血，自嘴角緩緩滲出，他麻木的身軀也終於恢復了知覺，他緩慢抬袖，趁磕頭之時，將嘴角血跡悄然拭去。

「維承熹五年，歲次戊辰，仲冬之吉，五日丙辰，帝率諸臣伏祈聖祖得之：朕惟帝王德洽恩威，命劍鼎侯鋤奸禁暴，抵抗外侮，今得上天庇佑，聖祖顯靈，得以平定叛亂，逆黨咸伏，桓賊盡退……」皇帝沉肅威嚴的聲音在祭殿內迴響，裴琰愣愣聽著，手心沁出汗來。

祭文致罷，皇帝將祝帛親自投入祭爐內。祭樂再起，殿內殿外，上至皇帝，下至眾臣，向聖祖及歷代謝氏帝王牌位齊齊磕頭。

禮成，皇帝起身，將裴琰拉起，和藹地笑道：「裴卿此番立下大功，要好好封賞，以彰顯我朝威風，聽封吧！」

裴琰連忙磕頭，陶內侍展開聖旨，朗聲念道：「奉天承運，皇帝敕曰：『今有劍鼎侯裴琰，智勇皆具，忠孝無雙。其臨危受命，平定逆亂，守疆護土，功在社稷，輝映千秋，特加封裴琰為忠孝王，賜九珠王冠，准宮中帶劍行走，並賜食邑五千戶。長風騎一應功臣，皆在原軍階上擢升三級。一應陣亡英烈，忠節當旌，特命在全國各州郡為忠孝王及有功將士建長生祠，為陣亡英烈立忠烈碑，四時祭掃，並重恤陣亡將士家屬。欽此！』」

陶內侍的聲音尖細而悠長，殿內殿外數百人聽得清清楚楚。冬日之風颳過殿前，裴琰按捺不住內心的驚懼，只得深深磕下頭去，沉聲道：「臣裴琰叩謝聖恩，萬歲萬歲萬萬歲！」

眾臣這才從震驚中反應過來，自華朝開朝至今，除開岳藩因特殊的地理和歷史原因得以封王，其餘能夠得封王號者，只有謝氏皇族子孫。自從二十多年前的「逆王之亂」後，皇帝更是一力削藩，僅保留了慶德王一個封王，像裴琰這樣年方二十四歲便異姓封王，實是開華朝之先河，令人瞠目結舌。

皇帝再度將裴琰挽起，輕拍著裴琰的手，和聲道：「裴卿凱旋歸來，朕心甚悅，這病也好得極快，朕還要再在宮中賜宴，以嘉獎卿之功勛，與眾臣同樂。」他握著裴琰的手，步出大殿，走下漢白玉石階，又笑著握上衛昭的左腕，看著衛昭的目光帶上幾分寵溺，「三郎也辛苦了，朕另有恩旨。」

衛昭衝皇帝一笑，笑容透著無比喜悅，他右手一翻，將蟠龍寶劍奉於皇帝面前，修眉微挑，帶著幾分邀功的得意，「臣幸未辱命。」皇帝呵呵笑著鬆開他的手腕，接過寶劍遞給後面的太子，又握住衛昭的手，帶著裴琰與衛昭走向大治門。戴著紗帽的灰袍人，腳步沉緩地跟在三人背後。

莊王、靜王無意中互望一眼，俱發現對方眼中閃過驚悚之意。

這日，弘泰殿中仍舊擺下大宴，慶祝皇帝龍體康復，並再賀裴琰軍功卓著，得封忠孝王。席間，皇帝又頒旨賞賜裴琰黃金八千兩、寒絹五百匹、珍珠五十斗，並賜宮女十二名。長風騎將士也按冊論功行賞，兵部將另有恩旨，頒往河西、成郡等地。至於數月前押解進京的「偽肅帝」及薄雲山家人，一律斬首，並誅九族。

弘泰殿內一片祝頌之聲，皇帝坐於龍椅中，笑容滿面，望著眾臣向裴琰敬酒，再看向一邊的衛昭，招了招手。衛昭笑著走近，皇帝身邊的灰袍人突然伸手扣住了他的右腕，衛昭仍然笑著，並不掙脫。過得片刻，灰袍人鬆手，在皇帝耳邊說了幾句話。

皇帝面上漸湧憂色，向衛昭道：「看來冰魄丹確實有問題，所幸你所服火丹較少，又年輕底子好，尚未發作，但是否這段期間時有吐血？」衛昭苦笑應話：「皇上英明。」

見眾臣仍在圍著裴琰敬酒，殿內一片喧譁，皇帝輕聲歎道：「是朕連累了你，不該讓你服冰魄丹，明天起，你早晚到延暉殿來，我讓這位大師幫你運氣治療。」衛昭斜睨了灰袍人一眼，也不說話。皇帝呵呵一笑，拍了拍他的手，「朕剛好有些乏了，你們自己尋樂子去吧，只別鬧得太瘋了。」

皇帝起身，眾臣忙跪送聖駕離殿，裴琰仰頭間，望著那灰袍人的身影，忽然面色一變，終於想起這人在何處見過。裴琰急著脫身，一眾大臣卻仍糾纏不已。

衛昭趁眾人不注意，悄悄退出弘泰殿。他在大殿門口立了片刻，望向清冷的天空，天穹中只有幾團極淡的雲，有一團起伏連綿，像極了月落的山巒，還有一線淡雲微微勾起，好似她嬌嗔時微翹的嘴角。他默默地看著，待雙足不再顫慄，才轉身走向延暉殿。

皇帝剛躺下，見衛昭進來，語帶責備：「怎麼又來了？」灰袍人過來將皇帝扶起，衛昭卻將他一推，坐於皇帝身邊，取過錦枕墊於皇帝腰後。皇帝面色稍發蒼白，話語也透著虛弱：「朕眞的乏了，你明日再來吧。」

衛昭良久無語，皇帝側頭看了看他，見他雙眼漸紅，忍不住呵呵一笑，道：「你十三歲以後，可再未哭過。」衛昭轉過臉去，半晌方低聲道：「三郎以爲，再也……」

皇帝歎道：「朕知道你的心，朕縱是捨得這萬里江山，也捨不得你。」不待衛昭作答，皇帝閉上雙眸，輕聲道：「朕眞的乏了，你明日再來吧，朕還有話要問你。」

衛昭跪下，磕頭道：「是，臣告退。」

待衛昭退出延暉殿，腳步聲遠去，皇帝咳嗽數聲。灰袍人過來按上他的後背，皇帝方順過氣來，道：「葉樓主，你看他……」

「確有走火入魔徵兆，與皇上病症差不離，不過症候就輕些，想是衛大人年輕，暫未發作。」

皇帝慢慢躺下，闔上雙眸，良久方淡聲道：「這孩子……」葉樓主等了一陣，見皇帝不再啓口，聽呼吸聲顯已睡去，便輕輕替他將錦被蓋好，悄無聲息地走出內閣。太子立於外殿，輕聲相詢：「父皇睡了？」

葉樓主走到殿外，太子跟出。葉樓主壓低聲音道：「皇上今天是撐著才沒倒下，他這次病得太重，雖好不容易醒來了，也大傷本元，太子得及早準備。」

太子眉頭緊皺，凝望著延暉殿的深紅色雕花窗櫺，終只說了一句：「一切勞煩葉樓主了。」

「臣自當盡力。」葉樓主深深躬下腰去。

那廂裴子放想法子擺脫董方的糾纏，急急出宮，卻見一人入了乾清門，忙停住腳步，笑道：「姜世姪。」

肅海侯姜遙三十五六歲，五官方正，目光清朗，微笑道：「裴侯爺，在下要入宮覲見皇上，改日再敘。」

裴子放拱了拱手，心知形勢不妙。肅海侯效忠於皇帝，其麾下三萬人定是隨時待命，京畿那幾個營只怕亦早有準備。他匆匆上馬，也顧不了太多，直奔相府。

裴夫人早得了訊息，見他進園，屏退眾人，眉頭微蹙道：「怎麼會這樣？你不是……」

裴子放卻一直在思索，口中道：「那個人，究竟是誰呢？」

「什麼人？」

「皇上身邊的神祕人，看不到眞面目，但身手絕不在琰兒之下，皇上此番甦醒定與他有關。只是從哪兒冒出來這麼一個人？」

裴夫人吸了口涼氣，道：「只怕皇上是上個月就醒轉了。」她將姜遠那夜的話復述，裴子放失色道：「只怕要糟，咱們太過大意了。」

裴夫人逐漸鎭定，冷冷一笑，「不怕。他醒來又如何？北面還掌控在咱們手中，他也不敢對琰兒怎麼樣！寧劍瑜和長風騎可不是吃素的。」

「他可眞是陰險，居然封了琰兒爲忠孝王。哼，又忠又孝，琰兒若是反，便是不忠不孝之人，沒人會支持他，這一手眞是毒辣啊！」

「琰兒呢？」

「被拖在了弘泰殿，出不來。」

裴夫人道：「不等琰兒回來了，即刻派人由地道出城傳信給寧劍瑜，讓他兵壓河西府。」

裴子放搖了搖頭，道：「謝澈現下還不想擔個誅殺功臣的名聲，再說他也不想逼反長風騎，琰兒暫無危險。我們若貿然調兵，只怕授人口實。這樣吧，讓寧劍瑜暗中領兵至河西府，但表面上維持原狀。」

衛昭勉力讓自己面上笑容透著抑不住的喜悅，他步出乾清門，見易五牽著一群光明司衛由東而來，稍稍放心。易五牽過馬來，衛昭冷聲傳音：「快去同盛堂看看，小心有人跟蹤！」

他打馬回了衛府，直奔桃園。他踉蹌著走入枯枝滿目的桃林，見身邊再無他人方劇烈喘氣，跪於泥土之中，吐出一口血來。先前在太廟內，為不招皇帝懷疑，他強行震傷心脈，引發因服食冰魄丹而帶來的吐血之症，這才避過皇帝身邊灰袍人的試探，逃過一劫。但這一來，也讓他心脈受損，此刻實是支撐不住，搖搖欲墜。

他眼前一陣陣黑暈，卻是精力殆盡，移動不了分毫。朦朧中，她似仍站在這桃樹下，輕柔而笑，她似仍在耳邊說著：「不許你丟下我。」

怎能丟下呢？這是他渴盼已久的溫暖啊。可是，與生俱來的責任，這滿身的仇恨，又豈是輕易能夠棄之而去的呢？

他的意識漸漸模糊，微風吹起他的鬢髮，他劇烈喘息著，提起最後一絲真氣護住似就要斷裂的心脈，陷入無邊無際的黑暗深淵。

弘泰殿，裴琰終於不勝酒力，倒於靜王身上。眾臣這才罷休，靜王忙道：「快送忠孝王回去。」

姜遠帶人入殿，裴琰已走不動，姜遠無奈，只得親自負著他出了乾清門。童敏等人早奉命等候，接過裴琰，疾馳回了相府。

裴琰在車上便運內力將酒吐得一乾二淨，待眼神恢復清明，仍讓童敏負著進了相府。童敏自是明他心意，直接將他揹往蝶園。

裴夫人一身閒適，正站於廊下餵鳥，她面上神情淡定，不時調弄一下八哥。裴琰望著她的面容，腳步放緩走近，單膝跪下，笑道：「給母親大人請安。」裴夫人展笑而應：「你而今是忠孝王，快起來吧。」

母子二人會心一笑，裴夫人將手中裝著鳥食的瓷罐遞給裴琰，道：「這八哥最近不太聽話，死活不開口，又總是想飛出去，你看怎麼辦？」

裴琰也不餵食，逗弄幾下，八哥仍是不開口。他將鳥籠氈圍放下，笑道：「牠總有一天要開口。」

「可一旦讓牠飛出去了，就再也抓不回。」

「牠不會飛，外面天寒地凍的，這裡又有圍氈擋風，又有水食，牠怎捨得飛？只等著牠開口便是。」

裴夫人微笑著在他的虛扶下走入東閣，道：「皇上打的就是這個主意，料定你現下不會飛，他也不會讓你飛。你打算怎麼辦？」

裴琰道：「兩條路，要麼老實待著，等春暖花開他不提防時咱再飛；要麼就使勁折騰，把籠子撞破了再飛出去。」裴夫人微微點頭，道：「該做的，我和你叔父剛才都已經替你做了。你只記著，你身繫無數人的安危，說話行事須慎而又慎，但若真到了萬不得已之時，不必顧忌太多。」

裴琰束手道：「是。」而後退出蝶園，思忖片刻，對童敏道：「馬上讓暗衛的人去調查攬月樓葉樓主，把他的一切給我調查得清清楚楚，切勿放過蛛絲馬跡！」

「是。」

「還有，即刻加派人手保護子明，須是暗中保護，且得留意有無其他人在暗中盯著他。」

「是，軍師這幾天除開偶爾去東市逛逛，餘時皆待在西園，未去別處。」

「衛昭那裡，跟得怎麼樣？」

童敏隱有一絲苦笑，「衛大人身手太強，弟兄們跟到夜間，就被他甩脫。」

裴琰心頭突地一酸，轉瞬恢復正常，沉吟道：「繼續跟吧，如果發現、發現了江姑娘的行蹤，派些人暗中保護她。」

當御輦沿戒衛森嚴的太廟大道及皇城大街入宮，許多百姓親眼目睹了聖駕經過。於是，昏迷數月的皇帝突然間甦醒且出現在太廟祭告大典上的消息，迅速在整個京城內傳散開來。到了午時，宮內又有旨意傳出，爲慶賀皇帝龍體康復，京城三日歡慶，舉行夜市燈會，並施放煙火慶祝。

江慈怕連累衛昭，知道自己不宜露面，反正家中糧米也足，遂整日待在房中細讀醫書，倒也不覺寂寞。偶爾想起他昨夜情到濃處的話語，她心中便是一甜，然有時莫名其妙，卻又有種想落淚的衝動，她覺這幾天自己頗不對勁，但未細想。

入夜後，京城放起煙火，火樹銀花絢麗燦爛。江慈站在院中，望著團團煙火爆上半空，不由笑了笑。以往若是有這等熱鬧景象，她必定要衝出去一探究竟的，可今日，她只願在這小院之中，靜靜等待他的到來。

煙火漸散，夜漸深，他仍未歸來。

冬日的夜這般寒冷，桌上飯菜已冷得結成一團，他仍未歸來。

燭火漸滅，她趴在桌上昏昏欲睡，忽然聽到院中傳來輕響聲。她猛然躍起，拉門而出。但寒夜寂寂，夜霧沉沉，院中只有風颭得梧桐樹枝瑟瑟輕搖的聲音。

這一夜，京城煙火絢美，平常百姓歡聲笑語，享受著這太平時光；這一夜，有人在苦苦等待，有人在無邊的黑暗中沉浮，有人步步爲營，有人獨對孤燈，夜不能寐；還有更多的人，因爲皇帝的突然甦醒，在暗夜中四處奔走，更換門庭。

這一夜，各方勢力悄然重新組合；同樣在這一夜，岳藩請求重爲華朝藩屬的表章隨著駿馬正越過南詔山。而由玉間府往京城的道路上，也多了數匹身負重任、疾速趕路的千里良駒。

衛昭似在無邊無際的黑暗中飄浮，他試著掙扎，帶來的卻是全身刺痛，身軀內外只有胸口尚存一團餘熱，護著他的心臟不在黑暗中凍僵爆裂。他竭力讓胸口那團餘熱向經脈內擴散，他彷彿再度見到師父的利劍穿過姐姐的身軀，似乎仍聽到落鳳灘畔帶血的鳳凰之歌，還有，石屋內那銘刻入骨的纏綿與溫柔。這些，都讓他努力護住心口的那團餘熱，讓它絲絲滲入經脈之中。

當手腳終於能夠動彈，他慢慢睜開雙眼。周遭，桃林已籠罩在濃濃晨霧中，而他躺著的泥土地亦蒙上了一層慘淡的白霜。衛昭知自己在這桃林昏迷了一整夜，他掙扎著坐起，靠住一棵桃樹調運真氣，長出一口氣，慶幸自己在鬼門關前撿回了性命。

一陣微風拂過，衛昭挪動略略僵硬的身軀，站了起來，側頭間正見桃林小溪裡，她爲捕撈魚蝦而用過的簸箕還在那處。他踉蹌著走過去，提起簸箕，裡面卻空空如也。

他低下頭，掬起一捧溪水，洗去唇邊血漬，出了桃園。

易五等了整夜，卻礙於衛昭嚴命而遲遲不敢入園，見衛昭出來，他抹了把汗走近。衛昭問道：「事態如何？」

「同盛堂沒事，京中一切正常。」

衛昭輕吁一口氣，想了想又道：「你暗中盯著同盛堂，我總覺得隱有蹊蹺。」他回轉正園，換過乾淨素袍，披著皇帝御賜的狐裘，於漫天晨霧中悠悠然入宮。

延暉殿內閣，皇帝正在陶內侍的服侍下喝藥，見衛昭進來，微笑道：「怎麼這麼早？」侍喝完藥，眾內侍服侍皇帝更衣。皇帝轉身牽住衛昭的手，「三郎，你隨朕走走。」

此時尚是晨霧滿天，宮中重簷高殿，都隱在一片白茫茫的霧氣中。皇帝牽著衛昭緩步走著，冬風寒瑟，衛昭解下身上的狐裘，披在皇帝肩頭。皇帝低頭看了看，歎道：「這還是你十八歲生日時，朕賜給你的。」衛昭頷首稱是。

皇帝似是想起了什麼，微微而笑，衛昭也笑出聲來。皇帝笑罵道：「你那天給朕惹那麼大的禍，害朕替你收拾爛攤子，烏琉國的二王子聽說至今未能有後嗣。」

衛昭得意一笑，「他烏琉國王子多，也不在乎他這個有沒有後裔。」轉而又恨恨道：「誰讓他出言不遜，辱我倒也罷了，可他暗地裡罵的是……」說著眼眶紅了一紅。

皇帝拍了拍他的手，衛昭情緒漸復平靜，二人在宮中慢悠悠走著，竟走到了延禧宮。

衛昭望著延禧宮的宮門，怔愣片刻。這裡是他初入宮時居住過的地方，因位於皇宮前城的西面，又被稱爲西宮。西宮多年前曾經失火，失火後衛昭長久失眠驚悸，皇帝便將他接到延暉殿居住，直到他十八歲才另賜外宅。宮中盛傳西宮內有鬼魅出沒，皇帝亦未再命工部整修，西宮遂荒置至今。

西宮內，落葉滿地，梧桐盡枯。皇帝步下石階，於院中徐徐走著，他腳踩上厚厚枯葉發出的「沙沙」聲，聽在衛昭耳中只覺無比刺耳。皇帝走至院中，仰頭望著梧桐樹，一時微顯恍惚。

三十多歲的成宗陛下，在經歷了「逆王之亂」和十餘年朝堂傾軋之後，已由昔日意氣勃發的鄴王謝澈，漸漸變成了一個深沉難測的帝王。日日想著制約臣子、平衡各方勢力，天天面對的是謊言騙局、勾心鬥角，就連後宮的嬪妃也是虛情假意，無一人有發自內心的笑容。僅餘從內心敬重的皇后還能說上幾句話，可爲了保護她，他只能故作冷漠。

於是，他去後宮的次數越來越少，只夜夜傳幾個伶俐些的少年服侍，倒也清爽。

那日是盛夏，天氣炎熱，他從高貴妃宮中出來，憋了一肚子的火，換了箭服在西邊箭場射箭，縱是射中全靶，猶覺怒火中燒。忽聽到箭場旁的西宮內傳出喧鬧聲，遙見西宮中最高聳梧桐樹上似是有人，盛怒下便大步入了西宮。他著的是箭服，又走得極快，西宮內諸人並未發覺，仍圍在梧桐樹下，威逼恐嚇。他走到吳總管背後，正要說話，抬頭間看清樹上之人，不由暗暗吸了口涼氣，覺彷有雪蓮在眼前盛開，瞬間神清氣爽。

樹上，一個清麗絕美的少年緊抱著樹幹，面上神情倔強而凶狠，將爬上樹捉他的內侍一一踢落，但少年那眼神又透著幾分膽怯，如同一隻受傷的幼獸。

多年以前，十多歲的謝澈，幼年喪母、被交給景王生母撫養的謝澈，在被景王追打得遍體鱗傷之時，是否也是這等神色？

他拍了拍吳總管的肩，又做了個噤聲的手勢，吳總管十分機靈，在他耳邊輕聲稟了幾句話，他再囑咐幾句，吳總管便帶著所有人退了出去。他走到樹下，仰頭微笑，「你下來吧。」

少年緊抿著嘴唇，眸中仍有著驚懼和濃濃的不信任，半晌方冷冷道：「你是誰？」

他看了看身上的箭服，笑道：「我是這宮中的光明司指揮使。」又和聲道：「你不可能在樹上待一輩子，你自己下來，便算投案自首，罪責會輕些。」

少年猶豫再三，爬下樹來。

他忍不住再笑了笑，果然，是一個吃軟不吃硬的孩子。

少年手負背後，冷聲道：「刑部在哪裡，我自己去。」

他大笑。少年冷眼望著他，怒道：「你笑什麼！我殺了人，當然得送到刑部。」

「你殺了人？」

「是我殺的，一人做事一人當，我隨你去刑部便是。」

他更覺有趣，「你殺了何人？」

「龔、龔總管。」

他點頭歎道：「殺得好，朕……眞是殺得好。」

「爲什麼？」少年眼睛瞬間睜大，他這才發覺少年的眼睫修長而濃密，襯得那雙眼睛如黑寶石般閃亮。

他在石階上坐下，招了招手。少年猶豫片刻，在他身邊坐下，追問道：「你爲什麼說殺得好？」

這般不守宮中規矩，只怕沒少挨負責訓育新人那位龔總管的鞭笞，所以才會反抗，失手將龔總管砸暈吧？他右手疾探，將少年衣袖捲起，果眞是青痕斑斑。

「你叫什麼名字？」

少年遲疑片刻，道：「衛昭。」

「哪裡人？」

「玉間府衛氏。」

「什麼時候進宮的？」

「三月十六。」

「爲什麼要殺龔總管？」

少年眼眶紅了紅，倔強地咬著下唇，默不作聲。他面容一肅，「你是在宮中犯的事，該由我光明司施行刑罰，你隨我來。」少年不動，他淡淡道：「你受罰了，你的同伴便可免於責罰。」

少年大喜，跟在他背後進了延暉殿。吳總管早得吩咐，殿內空無一人。他指了指軟榻，「趴下。」

少年愣愣道：「在這裡行刑麼？」

他板著臉道：「當然。」他記不清自己有多少年不曾這般作弄過人，好不容易才忍住嘴角的笑意。

少年美瞳中露出一絲絕望，手在顫慄，卻仍神情凜然，裝著十分從容的樣子走到榻上伏下身軀。

他慢慢走近，腳步聲特意放得稍重。側臉伏著的少年似有些害怕，緊閉雙眸，但那長而密的睫毛卻在微微顫抖。那緊咬著的下唇，也變得鮮紅欲滴。

他忽微覺口乾，輕手將少年衣衫拉下，少年的身軀很柔美，皮膚如玉般白皙，只是有著幾道鞭痕。他取過「碧玉膏」，勾出一團。少年覺背上一涼，猛然回頭，不及起身，他又將少年按下，和聲道：「上點藥，將來不會留下疤痕。」

少年回頭驚疑道：「你到底是誰？」少年回頭間身形微撐，白皙美背勾出一道優美弧線，讓他心中微蕩，生出想重重咬下去的欲望。他強抑著欲望，一邊替少年搽著傷藥，一邊微笑道：「我是誰，有那麼重要麼？」

少年重又趴下，享受著背後的清涼，向他綻開粲然笑顏，「也對，我不管你是誰，反正你是個好人。」

他大笑，夏日的午後，三十多歲的成宗陛下，終於得以開懷大笑……

——「沙沙」腳步聲響起，皇帝回頭看著衛昭，微笑道：「時間過得真快，你入宮，一晃十一年了。」

衛昭微仰起頭，望著梧桐樹，輕輕地歎了口氣。

皇帝語帶惆悵，「三郎，這麼多年，你陪著朕，想過家人麼？」

「不想。」

「哦？」

「皇上待三郎這般好，三郎早就將皇上視作親人了。」

皇帝大笑，道：「也是，這些年你陪著朕，朕也只在你面前才能放鬆地笑一笑，倒比那幾個兒子還要親幾分。」衛昭輕笑，皇帝也知自己失言，轉回石階上坐下。衛昭忙過來道：「皇上，您身子剛好些……」

皇帝不語，衛昭只得在他身邊坐下。皇帝凝望著院中的梧桐樹，良久方歎道：「朕以前，每日聽著萬歲萬歲，雖然不會以爲自己眞可以活上一萬年，但也沒料到竟會突患重病，臥床不起。」

衛昭輕聲道：「過了這一劫，皇上必能龍體永康，眞眞活上一萬歲。三郎也好沾點福氣，再服侍皇上七八十年就心滿意足了。」

皇帝大笑，笑罷搖頭道：「生老病死，縱是帝王，也過不了這一關，你也是從沙場回來的人，怎麼還說孩子話？」衛昭微笑而應：「皇上龍體康復，三郎心中歡喜得很，忍不住想說孩子話。」

皇帝似是想起了什麼，握上了衛昭的左手，轉而眉頭微皺，「怎麼這麼冷？」

衛昭低頭，道：「三郎一貫怕冷，皇上知道的。」

「是啊。」皇帝回想著往事，道：「你那時又怕冷，又怕黑，偏生性子又倔，若不是朕將你接到延暉殿去住，不定瘦成什麼樣。」

衛昭望著腳下灰麻麻的條石，低聲道：「這世上，只有皇上才疼三郎。若是皇上不疼三郎了，三郎也無法再活下去。皇上有所不知，您病重期間，三郎沒少受人家的欺負。」

皇帝笑道：「少君欺負你了？」

「他倒不敢。」衛昭冷哼一聲：「我就看不慣寧劍瑜這小子，仗著少君，目中無人。」

皇帝眉頭一蹙，「你和他鬧得很僵麼？」

「皇上放心，三郎非不識大體之人。不過實在嚥不下這口惡氣，回京前，我摸到他的軍營，放了幾把火，殺了幾個人。」

皇帝想了一下，笑道：「原來是你所爲，少君昨晚將軍情上報，朕還在憂慮桓軍回攻，正要下旨，讓許雋在河西的兵力北調馳援成郡。」

衛昭笑得頗顯得意，道：「皇上要如何賞三郎？」

皇帝再一想，明白衛昭的意思，點頭道：「嗯，你這一招深合朕意。裴琰以爲宇文景倫隨時有可能回攻，自然怕腹背受敵。」

衛昭淺笑不語，皇帝笑著站起，「你這次立功頗殊，朕正要賞你，你要什麼賞賜？」

衛昭忙道：「臣要什麼，皇上都會答應？」

「你說說。」

二人出了西宮，衛昭輕笑，「臣想要西直大街那所宅子。」

皇帝瞪了他一眼，「胡鬧，那是將來要給靜淑公主和駙馬住的，你要來做甚？」

衛昭笑道：「還不是爲了贏承輝他們。三郎可是出征前就誇下海口，要立下戰功，讓皇上將那宅子賜給三郎的。若是皇上不允，今年臘月二十八的大戲，三郎便得上臺扮龜公。」

皇帝搖頭道：「胡鬧！」又壓低聲音問道：「你若能要到那宅子，承輝他們輸什麼？」

衛昭得意笑道：「那承輝就得塗花了臉，畫成王八，在城中走一圈。」

鄭承輝是靖成公的公子，靖成公乃開國功臣後裔，有聖祖鐵牌世襲罔替，便頗有些臭脾氣，喜歡頂撞皇帝，皇帝也拿他沒辦法。此刻聽到可以令靖成公變成王八他令尊，不禁大笑。笑罷，皇帝和聲道：「朕未完全康復，要三日後才上朝，你就和承輝他們去玩，等會兒朕即下旨，如了你的願。」

衛昭喜孜孜磕頭，道：「臣謝主隆恩。」

皇帝低頭，盯著衛昭散披在肩頭的烏髮看了一陣，終未再說話，在陶內侍的攙扶下走入內閣。

五十八　波譎雲詭

相府內緊外鬆，裴琰一晚上擬了周密的安排，直到諸事妥當，已是晨曦初現。他正在漱雲的服侍下換上朝服，下人匆匆來稟，皇帝有聖旨到。

相府中門大開，擺下香案，裴琰朝服而出，面北而跪。宣旨太監滿面春風，卻無聖旨，只傳皇帝口諭，賜下皇帝親書的「忠孝王府」牌匾，並體恤裴琰征戰辛勞，著其在府中歇息三日後，再重新上朝。裴琰叩謝聖恩，便親捧牌匾，下人搭梯，將相府大門上原來的牌匾摘下，將「忠孝王府」的牌匾掛上，自此，左相府正式改為忠孝王府。

鞭炮聲陣陣，引來百姓堵街圍觀，裴琰笑容滿面，又命下人取來銅錢，散給一眾百姓鄰里，忠孝王府門前熱鬧喧天。

牌匾掛好後，裴琰轉身入府。安澄過來稟道：「皇上剛有聖旨頒下，封了衛大人為一等忠勇子爵，並將西直大街原為靜淑公主出嫁準備的宅子賜予衛大人，此時百官們正紛紛前往新的衛爵爺府祝賀。」

裴琰思忖片刻，笑道：「既是如此，咱們也去給衛爵爺慶賀慶賀。」

西直大街，一等忠勇子爵府。

鄭承輝等人擁著衛昭在府內看了一圈，齊聲稱讚，不愧是皇帝為靜淑公主備下的宅子，雕梁畫棟，樓臺華麗，奢華富貴到了極致，比原來的衛府毫不遜色。

聽得忠孝王裴琰親來祝賀，衛昭忙迎出府門，二人寒暄客套一番。衛昭拱手道：「王爺親來祝賀，衛昭愧不敢當。」

裴琰負手入府，邊走邊笑道：「三郎得封侯爵，咱們又有沙場之誼，裴琰當然要來祝賀。」又傳音道：「有沒有什麼不對勁？」

衛昭笑道：「說起來，衛昭倒真是懷念和少君沙場征戰的日子。」說話間隙，傳音道：「暫時沒有，少君莫輕舉妄動。」

「那是自然。」裴琰朗聲笑道：「說起來，回到這京城還真不大習慣。」

衛昭傳聲道：「等過了這幾天，咱們再商議下一步如何行事。」

裴琰微微點頭。二人踏入花廳，與眾人笑鬧一番。當日，衛爵爺府擺下大宴，絲竹聲聲，喧笑陣陣，自是一派富貴風流景象。

這夜，京城仍放起煙火，東市也舉行燈會，行人如織。

裴琰從忠勇子爵府出來，已是入夜時分。回到忠孝王府，正見崔亮由西園出來，裴琰忙停住腳步，笑道：「子明去哪？」

崔亮微笑道：「去東市燈會轉轉，難得這麼熱鬧。」

裴琰想起當初與他正是在東市相識，來了興致，又恰想在皇帝派來暗中監視自己的人面前做做樣子，於是便道：「我也正想去逛逛，一道同行吧。」

「好啊，不過王爺得換過常服才行。」

裴琰換過一襲淡藍色長袍，腰間一方玉珮，腳下黑緞靴，目若朗星，笑如春風，和崔亮邊說邊行。長風衛則暗中跟隨。

二人到了東市，隨著人流緩緩前行，當經過一處攤檔，二人不禁微笑起來。

裴琰道：「子明，當日你在這處手書一幅《閒適賦》，才結了咱們今日之緣分。」

崔亮望著自己曾擺攤賣字的地方，心中忽然掠過一抹惆悵。當日盤纏用盡，又無錢買藥箱，才被迫擺攤賣字，卻未料巧遇裴琰，從而捲入這權力中心的漩渦，什麼時候，才能真正如閒雲野鶴，遊跡天下？滿街的燈火，讓人有種不真實的感覺，他彷若再看到那穿著鵝黃色長裙、有著捲曲長髮的少女在淺淺微笑，「我也想著走遍天下，可惜難以如願。崔公子若是有一日能達成心願，還請寫成遊記，借我一觀，也好了我心願。」

「子明。」裴琰在前方數步處回頭相喚。

崔亮驚醒，自嘲似地笑了笑，提起腳步，走上與裴琰並肩而行。一抹鵝黃色身影在前方人群中若隱若現，崔亮心中一動，忙向前方擠去，但燈市人頭洶湧、摩肩接踵，待他擠到那處，已不見了那抹身影。

他環顧四周，佳人渺茫，不由悵然若失。裴琰擠了過來，道：「子明看見熟人了麼？」

崔亮回過神，笑了笑，道：「想是認錯了。」

江慈這日有些不適，渾身無力，睡到午時末才起床。外屋桌上，昨夜未動的飯菜已結出了一層油霜。她望著那層油霜，胃中一陣翻騰，努力壓住才沒有嘔吐出來。

她不知衛昭何時歸來，也不敢輕易出門，只得草草吃了點飯，仍然回內屋看書。直看到入夜時分，她漸感困倦，不知不覺又倚在椅中睡了過去。

天色漆黑，彎月若隱若現，京城也重歸平靜。

院中，水井裡，忽然鑽出一個人影。他從井中鑽出，卻不急著進屋，只愣愣地坐在井邊，直到月上中天，方才暗歎口氣，將腳步聲放得極輕，走入內屋。

她正歪躺椅中，酣酣沉睡，如雲秀髮垂落下來，遮住了她的小半邊臉。她似是夢到了什麼，嘴角輕勾。衛昭凝望著這如甘泉般純淨的笑容，心靈深淵中傳出一陣尖嘯，從未有哪一刻，他是這般痛恨厭惡這個污垢滿身的自己。

見她歪著脖子，他歎了口氣，俯身將她抱起。江慈驚醒，迷迷糊糊睜開雙眼，看清他的面容，心頭一鬆，笑著摟上他的脖子，「你回來了。」轉而覺得自己的脖頸痠痛，揉了揉，輕哼道：「慘了，扭了脖子。」

衛昭將她抱到床上，正要替她蓋上被子，江慈卻不放手，摟著他脖子的手用力一帶，衛昭撲上她的身軀。

他心中一酸，轉而像瘋了一般，用力吻著她。他什麼也不去想，只將自己投入到無邊無際的溫暖之中，只求這份溫暖能在自己身邊多停留一刻……

「無瑕。」她無力倚在他懷中。

「嗯。」

「京城是不是有什麼喜事？外面每晚放煙火，旁邊那所大宅今天也是奏了整日絲樂。」

他面色蒼白，良久方艱難開口：「沒什麼，京城在慶祝聖上龍體康復，旁邊那所宅子，現下是一等忠勇子爵、衛昭衛大人府。」

她慢慢轉頭望向他。他忽地將她抱住，將頭埋在她胸前，帶著濃烈的愧疚低聲喚道：「小慈。」他的烏髮散落在她潔白的胸前，他的低喚聲如同一頭受傷的野獸。

江慈張開雙臂，緊緊地抱住他，似有千言萬語要說，卻終只輕聲說了一句：「我等你。」

裴琰得封忠孝王，衛昭封一等忠勇子爵，皇帝又明詔三日後再上朝，二人便連日在府中宴請賓客。文武百官們一時到忠孝王府走走，一時又到忠勇子爵府坐坐，加上鄭承輝等一幫浪蕩公子湊熱鬧，還請了素煙的戲班子到兩府唱戲，三日時間一晃就過。

這日破曉時分，衛昭從老柳巷小院水井壁中的祕道潛回了西直大街的忠勇子爵府。

自隻手攪動風雲，他便做好了終有一日要亡命天涯的準備。可原來的衛府後面靠著的是小山丘，不若人流密集的街巷中逃生方便，他遂在城中祕密購了老柳巷這處宅子。看過宅子四周環境，發現竟是在皇帝爲靜淑公主出嫁準備的大宅後面，兩宅僅隔一條小巷。衛昭靈機一動，想法子在老柳巷宅子的水井與前面大宅的柴房間挖了一條祕道，祕道十分隱蔽，又有機關，倒不怕人發覺。

他又在公開場合與鄭承輝等人打賭，誇下海口說要奪靜淑公主這處宅院，此次藉出征大勝之機終讓皇帝將這處宅院賜給了他，萬一事急，也多了條臨時逃生的退路。

他白日與百官應酬，猶得時刻關注京中一切動態，疲倦不堪。只有夜深人靜，悄悄潛去與江慈相會，才能讓這顆時刻在烈火中炙烤、在黑暗中沉浮的心稍得寧靜。

江慈這三日仍是安靜地待在家中，深夜衛昭乘著夜霧潛來，她什麼也不問，直撲入他懷中。她知道自己沒有辦法幫他，只能儘量讓歡愉點亮幽深的黑夜，讓他不再覺得孤單。

衛昭在漫天冬霧中入宮，甫到乾清門，旋見到了莊王。自皇帝醒來後，莊王隨又病了，由於高貴妃薨逝後莊王時病時好，而現下又式微，百官只忙著到忠孝王與忠勇子爵府慶賀，莊王府門庭冷落，幾無人在意他這病何時方能痊癒。

衛昭與莊王目光一觸即分，二人都知眼下不是說話的時機，一人仍如昔日般神情冷傲，前往延暉殿，一人則滿面春風與百官交談，前往弘泰殿。

皇帝剛著上明黃袞服，見衛昭進來，微笑道：「朕已命姜遠將宮中防務交回予你，你也玩夠了，今日起重掌光明司吧。」衛昭過來替皇帝將朝冠的束帶繫好，笑道：「正想管管這群猴崽子，姜遠只顧著他的禁衛軍，可有些疏忽光明司了。」

皇帝呵呵笑著出了延暉殿，往弘泰殿而去。

這是皇帝醒來後第一次上朝，縱是事先已閱過各部這幾個月的摺奏，仍覺事務繁雜，一時感到疲倦，打了個呵欠，倚靠在龍椅扶手上。

眾臣看得清楚，俱皆安靜。董學士上前，小心翼翼道：「皇上，要不要先退朝？」

皇帝望著案頭成疊的摺奏，苦笑道：「朕這一病，耽誤了幾個月的政事，眼下大戰初定，百廢待興，怎能懈怠？」

百官一陣稱頌後，董學士道：「可皇上龍體要緊，得有人為主分憂，臣斗膽獻個提議。」

「董卿但說無妨。」

「以往各部各司的摺奏俱是先遞給二位丞相，由丞相們初閱後再報給皇上定奪。可自忠孝王領兵出征，皇上龍體染恙，太子監國，陶相一人難以覽閱全部摺奏，臣等便想出了折衷之法，倒挺見效。」

「哦！」皇帝來了興致。

裴琰和裴子放心呼不妙，自是知道皇帝在和董方一唱一和，可二人此時也無法插話，只在心中暗自盤算。

董方躬腰續道：「數月以來，各部各州府的摺奏都是先送入內閣，由二位王爺、陶相、裴侯爺、內閣各大學士和臣等覽閱後，再提交太子定奪。臣等各有分工，人手一多，摺奏回覆起來變得順暢，太子亦覺輕鬆。」

皇帝讚道：「嗯，不錯，這倒是個好法子。」見鑾臺下的裴琰似欲張口，皇帝的話攔在了前面，「眼下裴卿得封王爺，不便再擔任左相一職，朕也早想對丞相之職進行改革。這樣吧，將原先由二位丞相所總攬之各部及各州府政務，改為由內閣負責，到底內閣人多，分配起來各人也不覺得累。有這麼多人為朕分憂，朕亦能輕鬆些。」

太子帶頭伏在地上，道：「父皇英明！」

一眾內閣大學士自是欣喜萬分，內閣以往只為皇帝決策提供意見，卻不能如丞相般處理政務，皇帝此言一出，等同將原先丞相的職權分給了各位大學士。他們趁裴琰和陶行德尚未發話，跪地大呼：「皇上英明，臣等必鞠躬盡瘁，爲聖上分憂，死而後已！」

百官心知肚明，皆跪下頌聖，裴琰與陶行德無奈之餘只能接受這個事實。自此，華朝丞相制正式廢除，由內閣接管朝政。

接下來便是對各部和各州府政務進行分工，兵部、戶部、刑部等部門和河西、南安府、洪州等富庶地區成了各方勢力爭奪的焦點。眾臣們你來我往，引經論據，誰也不肯相讓，殿內一時哄鬧到了極點。

皇帝冷眼看著不說話，待爭執白熱化，他猛然抓起案上玉鎮，擲下鑾臺，眾臣見他暴怒，嚇得齊齊住嘴，匍伏於地。太子跪落，泣道：「父皇息怒，龍體要緊！」

皇帝似氣得全身發抖，董方忙道：「皇上息怒，臣有個提議。」

「說。」

「各部各司及各州府政務分工，臣覺得不急在一時，皇上可據近幾月以來各臣工的表現，聖躬定奪。只是眼下有兩件大事較顯急迫，皇上可先將這兩件大事的分工給定了，餘者逐步再定。」

「何事？」

「一件是冬闈，今年因薄賊逆亂、桓賊入侵，春秋兩闈都未舉行。眼下百廢待興，尤需大量提拔人才。臣等前兩個月就議定要加開冬闈，給各地士子入仕的機會。還有一件也近在眼前，是冬至日的皇陵大祭，乃年底頭等大事，馬虎不得。」

皇帝沉吟片刻，目光掃過殿內諸臣，在裴琰身上停留少頃，靠上龍椅，疲倦道：「這樣吧，忠孝王辦事，朕一貫放心，冬闈和皇陵大祭就交由裴卿負責，國子監和禮部官員一應聽其差遣。」

不待眾臣答話，皇帝顫巍巍站起，「朕乏了，改日再議，先退朝吧。」他尚未提步，衛昭匆匆入殿，稟道：「皇上，岳藩派藩吏在宮門外伏地請罪，並上表請求，重爲藩臣。」

殿內頓時炸開了鍋，岳藩已自立爲岳國，眼下竟願重爲藩臣，實是令人瞠目結舌。皇帝也似不敢置信，陶內侍急忙接過衛昭手中的奏摺，奉給皇帝。皇帝閱罷，激動不已，連聲道：「好，好，好！岳景陽深明大義，朕要重重地賞他！」

丞相一職被廢，又被皇帝架空權力，派去管理國子監和禮部，裴琰縱是早有預料，仍被打了個措手不及。他壓住心中狂瀾，馳回王府，大步走進慎園，憋了半日的怒火終悉數爆發。他握起廊下兵器架上的長槍，槍風似烈焰般激得滿園樹木在勁風中急搖。他越舞越快，身形急旋，如騰龍出水，沖天煞氣自手中擲出，轟然之聲響起，長槍深深沒入銀杏樹幹。

院中漱雲及一眾侍女早被勁風壓得喘不過氣來，待槍尖轟然沒入樹幹，更是後退不迭，還有幾名侍女跌倒在地。裴琰發洩完心中怒火，回頭看了看眾人的狼狽情形，倒笑了起來。他悠然走入東閣，漱雲進來替他解下朝服王冠，換上常服。

裴琰低頭望著漱雲，眼前忽然浮現另一張面容，他一時恍惚，猛然將漱雲抱入懷中。漱雲「啊」的一聲，裴琰清醒，又慢慢將她推開。

漱雲正感不知所措，閣外響起童敏急促的聲音：「王爺，急報！」裴琰出閣接過童敏手中加急密報，展開看罷，「啪」地闔上，快步走向蝶園。

裴子放正在蝶園與裴夫人講起岳藩之事，二人看過密報，互望一眼，俱各驚悚無言。見裴琰反倒是一臉平靜，裴子放道：「琰兒，依你看，該怎麼辦？」

「岳景陽弒父殺兄，顯然是和小慶德王串通好的，而小慶德王除程、鄭二妃，談妃也未流產，顯見是事先進行了周密的籌畫。這一切，都與皇上脫不了干係，只怕這兩位眼下都投靠了皇上。」

裴夫人冷笑，「岳藩一定，小慶德王的兵力便可抽調北上。」

裴子放歎道：「咱們在南安府、香州的人馬，無法和小慶德王的八萬兵力抗衡。」

「他倒不會明著來。」裴夫人道：「若是明著控制南安府、香州，便等於要對咱們下手，他今刻可不想逼反琰兒，也不想擔誅殺功臣的名聲。但小慶德王的兵力定會北上對南安府保持威懾之態，讓咱們不敢輕舉妄動。」

裴琰卻從這密報中看出些端倪，他望向窗外廊下用厚厚布氈圍著的鳥籠，面上漸露一絲微笑。

裴夫人望著兒子臉上俊雅無雙的笑容，忽有些神遊物外。多年以前，那人牽著自己的手鑽出雪洞，望著山腳那兩道漸行漸近的身影，也是這般要將一切操控於手心的微笑——「玉蝶，我贏了。從今天起，鄴王也罷，子放也罷，都不許你再想他們。」

她暗歎口氣，語氣柔和了幾分，「琰兒。」

「母親有何吩咐？」

「你若有了決斷，去做便是。」

裴琰仍望著廊下的鳥籠，淡淡道：「一隻鳥力量略小了些，得等另一隻鳥走投無路了，主動來找我，兩者合力才能將這鳥籠撞破。」

衛昭雖得封子爵，卻仍不能上朝參政，遂帶著一眾光明司衛巡視皇宮各處，岳藩藩吏到達乾清門伏地請罪並上呈奏表時，他正在乾清門交代防務。

縱是覺得萬般不對勁，不明岳藩爲何發生如此翻天覆地的變化，他仍克制著自己，將表摺遞入弘泰殿，只在出殿時與莊王交換了個眼色。
岳藩以往在朝中與各方勢力都保持著聯繫，岳景隆尤與莊王走得近，當初高霸王「不慎」放岳景隆逃走，實際上是雙方演的一齣戲。岳藩立國後，雙方依舊暗中有聯繫，莊王欲奪權上位，還一直指望著岳藩的支持。可眼下岳景隆身死、岳景陽上位，這後面，到底是誰在操縱呢？——衛昭越想越不對勁，只覺眼下步步驚心，絲毫疏忽不得。正煩憂間，瞥見眾臣下朝，便退在了一邊。
莊王一系的官員自是與他說笑寒暄，而清流一派仍是頗為高傲地自他面前走過。衛昭也不惱，面上淡淡，眼見一眾官員皆出了乾清門，轉身欲去延暉殿，卻見內閣大學士殷士林迎面而來。
殷士林為河西人氏，出身貧寒，於二十二歲那年高中探花，一舉成名。其人死板迂腐，但學問上極嚴謹，多年來歷任國子監祭酒、翰林院翰林、龍圖閣大學士，深得董方及談鉉等人賞識，是清流一派的中堅人物。他性子古板，恪守禮教，尤其看不起衛昭這等內寵，數次上書泣求皇帝將宮中孌童遣散，勸諫皇帝修身養德。皇帝知他性情，也未動怒，只將奏摺給衛昭看過後，一笑了之。他勸諫不成，便將矛頭指向衛昭，公開場合經常給衛昭難堪，衛昭與他數次交鋒，互有勝負。前幾日相府慶宴，衛昭帶著蟠龍寶劍出席，逼得殷士林當眾磕頭，著實狠狠出了一口惡氣。
見殷士林迎面走來，衛昭冷哼一聲，欲待避開，卻見殷士林腳步踉蹌，面色也極蒼白，再走幾步，他身子一軟，倒在衛昭足前。衛昭縱是與他不和，可眼下是在乾清門前，不得不俯身將他扶起，喚道：「殷學士！」
殷士林閉目不醒，衛昭回頭道：「快，將殷學士扶到居養閣，請太醫過來看看。」
宗晟帶著人過來，衛昭正要將殷士林交給宗晟，卻忽覺殷士林的手在自己腰間掐了一下。衛昭心中一動，面上不動聲色，道：「還是我來吧。」負起殷士林往乾清門旁的居養閣走去。
他走得極快，將宗晟等人遠遠甩在背後，待到四周再無旁人，殷士林在他耳邊用極輕的聲音吐出兩個字：

「奎參。」衛昭再想保持鎮定，腳下也不禁踉蹌了一下，但他瞬即清醒，將殷士林負到居養閣放下，不多看對方一眼，便拂袖而去。

殷士林的宅子在內城東直大街最南邊，只有兩進的小院，黑門小戶，頗合他自居清流的身分。他素喜清靜，又從不受賄收禮，僅靠俸祿度日，自然養不起太多僕人，家眷留在河西，宅中便只有兩名男僕、一名廚房的老媽子。

這日殷士林自朝中回來，怒氣沖天，咒罵間，下人知他因在乾清門暈倒，被內寵衛昭負了一段路，引爲奇恥大辱，誰也不敢觸他的楣頭，都躲在外院不敢進來。

夜深人靜，殷士林猶在燈下看書，一陣微風自窗戶縫隙透入，吹得燭火輕晃。

殷士林放下書，打開房門，到茅房轉了一圈回來，再將房門關上，走到裡屋，向一個人影緩緩下跪，沉聲道：「木適拜見教主。」

黑暗中，衛昭如遭雷擊，「蹬蹬」退後兩步，他簡直不敢相信自己的耳朵。殷士林站起，將燭火點燃，看了戴著人皮面具的衛昭一眼，從靴中拔出一把匕首，奉至衛昭面前。

衛昭看清匕首，身形晃了晃，雙膝一軟，跪在了殷士林面前，「五師叔！」

殷士林將衛昭挽起，慢慢取下他的人皮面具，凝視著他俊美的面容，又慢慢將他抱住，輕聲道：「無瑕，這些年，你受苦了。」

衛昭瞬間眼眶濕潤，他只知，師父多年前安排了一個人潛入華朝，這個人知曉自己的眞實身分。這些年以來，他曾收過此人的幾次情報，但從不知究竟是朝中哪位官員。他也知道，自己還有一位五師叔木適，多年前便不知去向，他只是自平叔口中得知，當年那位五師叔武功並不高，是個沉默寡言、性格內斂的少年。

他萬萬沒有想到，多年以來素與自己勢同水火、清流一派的中堅人物，迂腐古板的大學士殷士林，就是自己的五師叔木適。想來，這些年對方故意爲難，其實是在掩護自己吧？

他尚未說話，殷士林已扼住他的肩，急速道：「教主，你快回月落，皇上已經知道你的身分了！」衛昭數日來的擔憂變成事實，卻反而不再慌亂，冷冷一笑，輕聲道：「他知道了？」

「是。」殷士林道：「皇上似是早就醒來了，他一知道咱們出兵相助裴琰，便覺事情不對，因爲當日是裴琰主持調查教主。他再將薄雲山謀逆前後諸事想了一遍，對教主動了疑心，讓人暗查教主來歷。我今日在董方處看到密報，確認玉間府衛三郎的家人都死得極爲蹊蹺，餘下的族人也只知有個衛三郎從小離家，卻都未見過衛三郎的眞實面目。董方收到密報後和皇上私語，我正退出內閣，聽得清楚，是一句『看來可以確定，他就是蕭無瑕』。」

衛昭忽想起那日早晨，皇帝在西宮與自己說過的話，他由心底發出冷笑，咬牙道：「原來他一直在試探我。看來，他是要將我們在京中的人一網打盡，所以才封我爵位，賜我宅第。」

殷士林道：「教主，你還是快回月落吧，皇上絕不會放過你的。」

「我逃是逃得成，但這裡怎麼辦？咱們辛苦經營許多年，已然走到這一步了，難道要放棄不成？」

殷士林沉默片刻，面露沮喪，「是啊。」復又急道：「教主，皇上和董方這幾日密集商議，要對月落用兵！」

衛昭面色一白，喃喃道：「對月落用兵？他哪有兵可調？北面可都是裴琰的人。」

「他們商議時防著人，對我倒不十分提防，我偷聽到了些。只怕是要調小慶德王的部分人馬自玉間府直插平州，攻打月落，這邊京城只要一將裴琰控制住，皇上就會調肅海侯的人馬去與小慶德王會合，攻打月落。」

「小慶德王！」衛昭突覺一陣徹骨寒冷襲來，全身彷彿墮入冰海。

耳邊，殷士林的聲音像從遙遠的地方傳過來，「咱們幫裴琰趕走了桓軍，卻犯了皇上的大忌。他恐我們與裴琰聯手造反，又恨多年來受教主矇騙，想先下手爲強。所以現時控制住裴琰，架空他的權力之後，肯定會對咱們用兵……」

殷士林忽然覺衛昭有些不對勁，將身形搖晃的他扶住，喚道：「無瑕。」

衛昭面色蒼白，猛然吐出一口鮮血，低聲道：「五師叔，盈盈她，只怕沒了。」

這夜寒風忽盛，「呼呼」地颸過京城每一個角落。衛昭負手立於子爵府後園的竹亭內，任寒風肆虐，如同冰人般呆呆望著一池枯荷。

今冬的第一場大雪，很快就要降下了，這一池枯荷就要湮於積雪之中，只是明年，自己還能看到滿池白蓮盛開麼？

易五入園，寒冬之日，他竟滿頭大汗，衛昭的心徹底下沉。

「盛爺剛收到消息，小慶德王傳出口諭，說、說鄭妃謀害了懷有身孕的程妃，鄭妃被處死，程妃被以側妃禮儀殮葬。咱們在玉間府的人也都莫名失蹤了。」

這幾句話宛如最後一把利刃，將衛昭的心割得血肉模糊。

——「無瑕，你看清楚了，他們四個都是師父留給你的人，將來要做大用的。」她和瀟瀟才六歲，粉雕玉琢般的一對人兒，怯怯地躲在蘇俊背後。

——「無瑕哥哥，你將來會殺王朗幫我報仇的，是麼？」她剛到玉迦山莊，喜歡跟在他背後，也不理會他對她的淡漠。

——「無瑕哥哥，教主說你就要走了，去很遠的地方，你還會回來看我們麼？」離開玉迦山莊的前一夜，她和瀟瀟在窗扉外和他說話，他心中卻只有對未知命運的恐懼，重重地將窗扉關上。

縱是她主動要求去玉間府，主動要求嫁給小慶德王，可他知道，若是他不應允，她又怎會賠上這條性命？可是，姐姐的性命已經賠上了，那麼多族人的性命已經賠上了，自己又怎有退路！

衛昭緩緩低頭，凝視著自己白皙修長的雙手。這雙手，究竟……還要染上多少血腥呢？

凜冽的寒風似從衣袍每一個空隙處鑽入，刺進靈魂深處，他抵擋不住這陣寒風，急忙將手籠入袖中。易五知他素來怕冷，忙解下身上的鶴氅替他披上，衛昭面上慢慢有了點血色，低聲道：「小五。」

「在。」

「你方才是直接去見的盛爺，還是到客棧取的消息？」

「我是去洪福客棧取的，未與盛爺見面。」

衛昭稍稍放心，道：「從現下起，你別再去同盛堂，專心做你的光明司衛。」

易五省悟過來，嚇了一跳，「主子，形勢這般危急麼？」

衛昭不答，半晌閉上雙眼，音調極低，「回去歇著吧。」

望著易五的身影消失在月洞門，衛昭胸口刺痛，劇烈咳嗽，抬袖去拭，白袍上一團殷紅。

風將他的烏髮吹得翩飛翻捲，他定定看著這團殷紅，再望向宅子後方，想尋找那一團微弱的光芒，可滿目皆是黑暗，這一刻，只有無邊無際的寒冷將他淹沒。

風刀霜劍，苦苦相逼，真的只有用盡全部生命，才能洗刷掉這滿身的罪孽與恥辱麼？才能擺脫糾結在靈魂之中十餘年的羅剎麼？

延暉殿內閣，皇帝換上團龍袞服，董學士進來，一眾內侍悄悄退了出去。

董學士將起草好的聖旨奉給皇帝，皇帝看了看，頷首道：「殷士林的文采，果只有談鉉堪得一比，偏偏這人太死板了點。」董學士道：「皇上，是否過急了些？眼下高成那兩萬人尚在朝陽莊，萬一……」皇帝見葉樓主負手立於門口，不虞有人偷聽，歎道：「董卿，朕的日子不多了，朕得替熾兒留一片穩固的江山。」

董方素來持重，此時也涕泣道：「皇上，您……」

「咱們要想將星月教一網打盡，唯只有引三郎作亂。可煜兒這些年和三郎走得近，說不定後面弄了多少事。若不將他弄走，三郎一旦生事，他便無活路。唉，只盼他能體會朕的一片苦心，安安分分去封地。這是朕給他的最後一次機會，他若再不悔悟，朕也保不住他了。」皇帝長歎道。

「那靜王爺？」

「他先緩緩，等把裴氏這兩叔姪壓得動不得了，再收拾那寧劍瑜，才能把他挪出京城。董卿，朕也不知能否撐到年關，倘眞有個不測，熾兒就全託給你了。」

董方伏地痛哭，怕殿外有人聽見而強自壓抑，低沉泣聲讓皇帝聞之心酸。皇帝俯身將董方扶起，道：「熾兒雖稍嫌懦弱，但所幸天性純良，只要有董卿和談卿等一干忠臣扶持，他會是個好皇帝。」復又望著殿外陰沉的天空，緩緩道：「這江山，還是我謝氏的江山，我要將它完完整整地交給煜兒，絕不容他們作亂！」

董方抬頭，這一刻，他彷彿又見到了當年那個意氣勃發、殺伐決斷的鄴王殿下。

朝會伊始，議的是梁州的緊急摺奏。因爲梁州缺水日久，前年朝廷就同意梁州組織民力，掘渠引水。好不容易今年朝廷撥了些河工銀子，梁州百姓又自發籌了一批款銀，召得丁夫開掘，未料下頭的縣官凶狠暴戾，貪了河工銀子不說，還打死了十多名河工。河工憤而暴亂，將衙役打傷又扣押了縣官，梁州郡守連夜趕去，也未能令河工放人。河工領頭之人聲稱，要朝廷派出二品以上官員親至梁州，他們要當面陳述案情爲親人申冤，才肯放人且重新開工。

皇帝和內閣一番商議，由於梁州郡守多年前曾爲震北侯裴子放的部屬，便議定派裴子放前往梁州，調停並督復河工。裴子放未多說什麼，面上淡淡，跪領了皇命。

可接下來的一道聖旨，讓殿內眾臣都驚愣住了。皇帝詔命，莊王謝煜，因過分思念亡母，積鬱成疾，唯有長年浸泡於高山上的溫泉中方能治癒，皇帝憐恤其純孝，將海州賜予莊王爲封地，著莊王在三日後前往海州封地，治療疾病。

陶內侍扯著嗓子將聖旨宣讀完畢，莊王面色慘白跌坐於地。昨日岳景陽願重爲藩臣的表摺一上，他便知大事不妙，徹夜難眠。他與岳景隆之間的那點事自是萬萬不能讓皇帝知曉的，眼下岳景隆身死，自己與對方的密信會否落在岳景陽手中了？還有，岳藩出了這麼大的事，背後會否有人在操縱？他坐立不安了一夜，戰戰兢兢上朝，皇帝果然頒下這樣一道聖旨，將他心中最後一絲希望徹底澆熄。

他抬眼望了望寶座上的皇帝，那是他至親之人，可這一刻，他覺得世上距他最遙遠的也是這寶座上的人。他的目光與皇帝銳利的眼神相交，猛然打了個寒戰，只得匍伏於地，顫聲道：「兒臣謝父皇隆恩！但兒臣有個請求，伏祈父皇恩准。」

「說吧。」

「母妃葬於皇陵，兒臣此去海州，不知何時方能再拜祭母妃，兒臣懇求父皇，允兒臣在冬至皇陵大祭後再啓行，兒臣要於大祭時向母妃告別。」

皇帝盯著他看了片刻，道：「准了。」莊王泣道：「謝父皇隆恩。」皇帝嘴唇動了動，似是想說什麼，終沒有開口。

裴琰淡然地看著這一幕，也未多言，散朝後，又認眞和董學士、殷士林等人商議冬闈和皇陵大祭事宜，待到午時才出了宮。

走至乾清門，衛昭正帶著易五從東邊過來，見到裴琰，立住腳步笑道：「少君，你還欠我一頓東道，可別忘了。」

裴琰笑道：「今晚不行，靜王爺約了我喝酒，改天吧。」

「少君記得就好。」

二人一笑而別，裴琰打馬離了乾清門。

五十九　孤注一擲

這日厚重的雲層壓得極低，風也越颳越大，到了黃昏時分，今年的第一場雪終於飄落下來。個多時辰後，鋪天蓋地的鵝毛大雪將京城籠在一片潔白之中。

衛昭翻入莊王府後牆，這王府他極爲熟悉，片刻工夫便潛進莊王居住的來儀院。莊王正手握酒壺，呆呆坐於窗下，屋內不見僕從。衛昭輕叩了二下窗櫺，莊王抬頭，驚喜下穿窗而出，握住衛昭的手，半晌說不出話來。

二人進屋，莊王將門窗關緊，轉身道：「三郎，你總算來了，我夜夜等著你，也不敢讓人進這院子。」

衛昭單膝跪下，哽咽道：「王爺，衛昭對不住您，大事不妙。」

莊王身形晃了晃，喃喃道：「何事？」

「小慶德王，只怕是投靠太子了。」

莊王痛苦地闔上雙眼，卻聽衛昭又道：「還有一事，王爺得挺住。」

莊王冷冷一笑，「挺住？都到這地步了，我還有甚挺不住的？大不了就是一死，你說吧。」

衛昭猶豫，見莊王目光凶狠地盯著自己，無奈道：「王爺和岳景隆的信，落在了岳景陽手中，昨日隨表摺一起送到延暉殿了。」

莊王額頭冷汗涔涔而下，全身如同浸在結冰寒潭之中，衛昭忙過來扶住他，「王爺。」

莊王慢慢在椅中坐下，呆望著燭火，良久方低聲道：「三郎。」

「在，王爺。」

「我恨他！」莊王咬牙切齒。

不等衛昭答話，莊王自言自語地說開了，話語中充滿了切齒的痛恨，「我恨他！他娶母妃本就不懷好意，只是爲了拉攏高氏，更從來沒有把我當成他的親生兒子。無論我怎麼努力，他正眼也不瞧我一下！眼下高氏覆亡，母妃屍骨未寒，他就要對我下手，海州那窮鄉僻壤，什麼養病！分明就是流放！」他仰頭大笑，笑聲中透著怨毒，「三郎，你知道麼？我華朝百餘年來，凡是流放的王爺，無一個有好下場！非遭意外身亡便是急病而死。海州，只怕就是我謝煜喪命之處！」

衛昭「撲通」跪下，緊攥住莊王的手，仰頭道：「王爺，您千萬不能這麼說，您若去了海州，衛昭怎麼辦？」莊王盯著衛昭看了片刻，輕聲道：「三郎，你又何必要跟著我這個沒出息的王爺，有父皇在，你還怕什麼？」

衛昭搖頭，「不，王爺，您有所不知，皇上只怕撐不了太久了。」

莊王一愣，衛昭泣道：「皇上這次病得重，雖然醒來了，但恐怕壽不久矣。皇上若不在了，誰來護著衛昭？太子若是登基，只怕頭一個要殺的便是我，清流一派，早欲將我除之而後快。殷士林那些人對我的態度，王爺您看得比誰都清楚。」

莊王長歎，將衛昭拉起，他面色嚴峻，長久在室內徘徊。

屋外，北風呼嘯，吹得窗戶隱隱作響。莊王將窗戶拉開一條小縫，寒風捲著雪花撲了進來，莊王一個激靈，回頭望著衛昭，冷聲道：「三郎，橫豎是一死，咱們只有一條路可走了！」

衛昭面帶遲疑，瑟瑟縮了一下，莊王怒道：「怎麼？三郎，你不敢！」

衛昭忙道：「王爺，不是不敢，可眼下咱們只高成那兩萬人，只怕……」

莊王點頭，「是，單憑高成這兩萬人是成不了什麼氣候。」他再思忖片刻，抬頭道：「三郎，只怕還要麻煩你。」

「請王爺吩咐，衛昭但死不辭！」

莊王握住衛昭的手，輕聲道：「咱們眼下，唯與裴琰聯手，才有一線希望。」

衛昭眉頭皺了皺，「少君？」

「是，父皇現下如何對少君，你也看到了。父皇取消了丞相一職，命少君去管冬闈和大祭，今天又將裴子放派去梁州管河工，分明是逐步架空他叔姪之權。少君今時只怕是在父皇的嚴密監控之中，肯定比咱們更不安。」

「可是，裴琰向是扶持靜王爺的。」

莊王冷笑一聲：「裴琰心中才沒有那個『忠』字，誰能給他最大的好處，他就會投靠誰。」他在室內急促地踱了幾個來回，終下定了決心，將心一橫，沉聲道：「三郎，你與他有沙場之誼，你幫我去和他談，只要他助我成事，我願和他以雁返關爲界，劃・關・而・治！」

雪，越下越大，彷若扯絮撕棉一般，到了子時，愼園已是冰晶素裹。

東閣內，裴琰將炭火挑旺了些，將酒壺置於炭火上加熱，又悠然自得地自弈。待窗外傳來一聲輕響，他微微一笑，道：「三郎，可等你多時了。」

衛昭由窗外躍入，取下人皮面具，拂落夜行衣上的雪花，大剌剌坐落，道：「今夜王府的長風衛，可是一個都不見。」

裴琰摸了摸酒壺，道：「正好。」他替衛昭將酒杯斟滿，笑道：「長風衛此刻自然是在靜王府外恭候我，我此刻呢，正在靜王爺府中吟詩作畫。」

衛昭眸中滿是笑意，和裴琰碰了碰酒盞，一飲而盡後讚道：「不錯，是好酒。」

「可惜少了下酒菜。」

二人同時微愣，裴琰終忍不住問道：「小慈可好？」

衛昭沉默片刻，低聲道：「很好。」

室內空氣有一瞬的凝滯，還是裴琰先笑道：「三郎，我不能在靜王府待上整夜，咱們合作了這麼多次，也不消再說客套話。」

衛昭再仰頭，喝了口酒，低聲道：「少君，皇上他，知曉我的身分了。」

裴琰俊眉一挑，既震驚又意外，「皇上知道了？」

「是。」

裴琰皺眉道：「這可十分不妙，三郎危險！」

「少君放心，他現下想將我的人一網打盡，沒摸清楚前不會下手。他雖派了人暗中盯著我，但我自有辦法擺脫跟蹤，今夜前來，並無人知曉，不會連累少君的。」

裴琰擺擺手，「三郎還和我說這種話，眼下咱們是一條船上的人。我一直以爲，皇上只是忌憚月落和我聯手，才將我暗控，並準備對月落用兵，未料他竟知曉了三郎的眞實身分。」

衛昭身子稍稍前傾，道：「少君，我剛從莊王府出來。」

「哦？莊王怎麼說？」

衛昭微笑，炭火通紅，他的笑容在火光映照下散發著銳利光芒。他緩緩道：「莊王說，只要少君肯助他，他願在事成之後，與少君以雁返關爲界，劃關而治！」

裴琰默然不語，只慢慢啜著酒，衛昭也不再說，低頭察觀棋局，攬過棋子續著裴琰先前棋局下將起來。

裴琰起身，負手走到窗下，凝望著窗外漫天飛舞的雪花，歎了口氣，「莊王爺打的是什麼主意？」

衛昭端起酒杯，清冽酒光映著他閃亮的雙眸，他沉聲道：「他已經沒有退路了，想讓少君和他以『誅奸臣，除君側』之名，聯合起事！」

裴琰微微搖了搖頭，良久，復又歎道：「三郎你想想，現下不是起事的良機啊。」

衛昭抬頭，「少君，眼下非反不可。我大不了逃回月落，可少君身繫這麼多人的安危，皇上又對你步步緊逼，過不了多久，終會對少君下毒手啊！」

裴琰踱回椅中坐下，直視著衛昭，道：「三郎，先不說小慶德王和岳藩都靠向皇上那邊，南北勢力相當。這次征戰，民心向背的作用，你也看得清楚，不消我多說。咱們憑甚造反？皇上雖然狠毒，尚不算無道昏君，華朝亦未淪落千瘡百孔的時候。倘若得不到百姓和百官的支持，光憑長風騎和高成區區兩萬人，能名正言順地打下並坐穩這江山麼？」

衛昭略顯激動，道：「可他謝澈不也是陰謀作亂才登上皇位的？他那個寶座，同樣來得名不正言不順！」

裴琰聞言一愣，轉而笑道：「三郎這話，我倒想知道是從何而來的。」

衛昭躊躇了一會兒，從懷中取出數封書信，信函似是年代久遠，已經透著枯黃。裴琰接過一一細看，眸光微閃，後將書信仍舊摺好，歎道：「原來薄公最後是死在三郎手中。」

「少君見諒，當初在牛鼻山，我亦是不得已而爲之。」

裴琰將書信放下，欠了欠身，道：「三郎，你稍候片刻。」

裴琰出屋，衛昭將身軀放鬆了些，斜靠在椅中，他轉動著手中的酒杯，望著爐內通紅的炭火，聽著窗外寒風呼嘯，目光微微游離。

腳步聲輕響，衛昭省覺，裴琰手持一只鐵盒走進來，將鐵盒在衛昭面前打開。

衛昭低頭瞧看，面色微變。他拿起鐵盒中的黃綾卷軸，緩緩展開。待看完了卷軸上的文字，他猛然抬頭，訝道：「原來先皇遺詔竟是在少君手中，爲何……」

裴琰苦笑，坐下道：「三郎，我有先皇遺詔，你有當初謝澈給薄公和慶德王的密信，都能說明當初先皇屬意繼承大統的人是景王，而非鄴王。是他謝澈聯合了董方、薄雲山、慶德王及我叔父，又命先父潛入皇宮換走遺詔，才得以謀奪了皇位。」

「正是如此。」衛昭略現興奮，道：「少君，只要你我聯手，將這幾份東西昭告世人，再起兵討伐，不愁大事不成！」

裴琰還是苦笑，「三郎，我當初也以爲這東西能作大用，可眼下看來，毫無用處。」

衛昭陷入沉思之中，裴琰歎道：「當初我爲奪回兵權，控制北面江山，才領兵出征去打薄雲山。在人前我一直說的就是薄賊逆亂，他所奉的那個『肅帝』是假的，皇上當初皇位來得光明正大，景王才是逆王。如果現下我起兵，又改口指稱皇上謀逆，景王才是名正言順的皇位繼承人，這無疑自打嘴巴，出爾反爾。誰還會相信我們手中遺詔是眞？大家肯定都會認爲這書信是我僞造出來的。」

衛昭默然無語，裴琰又道：「薄雲山爲何不得人心？因爲他本身就是四大功臣之一！當初是他扶皇上登基，今時又控說皇上權位疑雲重重，便犯了彌天錯誤：他一個逆賊，指另一個逆賊爲賊，百姓們會相信麼？我

「不騙你。」

「騙我是小狗。」

他將她抱緊了些，低聲道：「你怎麼不長記性，我們不做小狗，要做兩隻貓。」她笑了起來，得意道：「我而今覺得，兩隻貓也不好玩，得生一群小貓滿屋子亂跑，那才好玩。」

會有這一天麼？他怔然，忽然湧上一陣極度的恐懼：從來以命搏險、從來渴求死亡，今日卻有了牽掛，若是……她該怎麼辦？月落又該怎麼辦？

她覺察到了他的異樣，癡纏上他的身軀。他暗歎一聲，任這微弱的火苗，在這大雪之夜，將自己帶入無邊無際的溫暖之中。

這場大雪，連綿下了三日。

十一月初十起，裴琰與董方等大學士在內閣，整日籌備著冬闈與冬至日皇陵大祭。

十一月初十，裴子放啓程離京，前往梁州調停督復河工。

這日夜間，大雪終於慢慢止住，但京城已是積雪及膝，冷曠的街道上空無一人。

大學士殷士林正在燈下撰編今年冬闈的試題，當寫到「死喪之威，兄弟孔懷」時，緩擱下手中之筆。他推開窗戶，望向西北黑沉的天空。

這一生，可還能登上星月谷的後山，與情同手足之人並肩靜看無邊秋色？

他回轉桌前，目光落在案頭一方玉印上……殷士林，不由搖頭苦笑。眞正的殷士林，二十年前進京趕考之時便被他殺死在野豬林中，今時的這個殷士林，誰能知道他本不過是個沉默寡言、只愛讀書的月落少年木適呢？

窗外，從簷上悄然落下一個身影，穿窗而入。殷士林忙將窗戶關上，轉身行禮道：「教主。」

衛昭除下面具，看了看桌上，道：「今年冬闈的試題？」
「是。」
衛昭道：「今年冬闈是趕不上了，以後，還得勞煩五師叔，想法子多錄咱們月落的子弟。」
殷士林一愣，訝道：「教主的意思是……」
衛昭在椅中坐下，道：「五師叔，請坐。」殷士林撩襟坐下，身形筆直，自有一番讀書人的端方與嚴肅。
衛昭心中欣慰，將與裴琰之間諸事一一講述。
這一年多來，風起雲湧，驚心動魄，衛昭卻講得雲淡風輕，殷士林默默聽著，待衛昭講罷，他才發現自己竟出了一身大汗。他想向面前之人下跪，匍伏於教主身前，行月落最重的大禮，可衛昭卻搶先一步，在他面前緩緩跪下。
殷士林終忍不住流下兩行淚水，伸出手輕撫著衛昭的頭頂。衛昭感受著這份親人的疼撫，忽起孺慕之心，低聲道：「師叔，這些年來，我夜夜都做噩夢，不知自己能否活到明天。」殷士林一聲長歎，衛昭喉頭哽咽，又道：「師叔，此次若是事成，自然最好，無瑕還能繼續爲我族人盡心盡力。可若是事敗，或是不得不以命相搏，無瑕便可能再也不能回來。」
殷士林自是知道皇帝的厲害，無言以對。
「師叔，四師叔有治國之才，將月落交給他，我很放心。可華朝這邊只有拜託您了。」
殷士林將衛昭拉起，「無瑕，你起來說話。」
衛昭肅容道：「師叔，如果此番事敗，將來仍是太子登基，您做爲清流一派，請力諫太子，莫再強迫我族強獻姬童。若是事成，而我又不在了，您得看住裴琰。」
殷士林對裴琰知之甚深，點頭道：「自當如此。」

「我們現下能做的，便是盡力為月落爭取幾十年的時間，這幾十年中絕不能讓裴琰登上寶座，但也不能讓他失去現有的權力。」

「嗯，他若為帝王，只怕會翻臉不認人，不肯兌現諾言；他若沒有權力，自然也無法為我月落謀利。」

「是，靜王勢孤，卻也非省油之燈。師叔您務必周旋在他和裴琰之間，儘量使他們互為掣肘，讓裴琰落在我們手中的東西能發揮大用——廢除我族奴役，允我月落立藩，這些，都要讓裴琰一一辦到！」

衛昭的聲音沉肅而威嚴，殷士林不由單膝跪下，沉聲道：「木適謹遵教主吩咐，死而後已！」

衛昭將殷士林扶起，道：「師叔，還有一事託付於您。」

「教主請說。」

衛昭從懷中取出一本冊子，遞給殷士林，「這些年來，我利用皇上賞賜的財產和受賄所得，在全國各地辦了多家商行，現下是由同盛堂的盛掌櫃主理。我若不在，這批人和商行便交給師叔了。師叔是讀書人，可也應當明白，若無雄厚的錢財作後盾，咱們將一事無成。」

「是，木適明白。」

「還有，這些年我抓到了很多官員的把柄，也在不少官員家中安插了眼線，都記在冊子中，師叔您見機行事吧。」

殷士林將冊子展開，從頭至尾看了兩遍，再閉目一刻，將冊子投入了炭盆之中。衛昭曾聽師父說過這位五師叔有過目不忘的本領，也不驚訝，微笑道：「師叔行事謹慎，無瑕實是欣慰。」殷士林卻似微顯猶豫，衛昭道：「師叔有話請說。」

「教主，裴琰的那些罪證和他親書的詔令呢？」

衛昭為這件事想了數日，心中有了決斷，便道：「師叔，您在華朝，與虎狼周旋，那些東西放在您這裡，難免風險。」

殷士林也知自己宦海沉浮，平時為在清流一派中維持聲名已得罪了不少人，保不准哪日就有事敗或被削職抄家之危，放在自己這處確有極大風險，而自己顯亦無法親回月落，把東西交到四師兄手上。他仍忍不住問道：「教主打算將東西交予何人？眼下送回月落也來不及了。」

衛昭起身道：「我想把此物託付給某人，如果我回不來，就託他帶去月落交給四師叔。」

「哦？何人？」

「他是個君子，一個當今世上，最瞭解裴琰也最有能力保護這些東西的人！」

京城大雪，位於京城以北二百餘里處的朝陽莊尤覆於積雪之下。

黑夜，雪地散發著一種幽幽的冷芒，亥時末，一隊運送軍糧的推車進了河西軍軍營。

高成得稟，便親至糧倉查看，他持刀橫割，「唰」聲輕響，白米自縫隙處嘩嘩而下。高成用手接了一捧細看，冷冷一笑，什麼也沒說即轉身回了營房。

剛進屋，他面色一變，旋又若無其事地將門關上，吹熄燭火，帶著一點怒意大聲道：「都散了，別杵在外邊。」值守的親兵知他最近心情不好，恐成被殃及之池魚，忙都遠遠躲開。

高成跪下，低聲道：「王爺怎麼親自來了？天寒地凍的。」

莊王坐於黑暗中，眼眸幽幽閃閃，「本王不親自來和你交代行事，總放心不下。準備得如何了？」

高成壓低聲音道：「我昨夜沿裴琰提供的地形圖走了一遍，由馬蹄坡至皇陵，確實有條隱蔽山道可繞過錦石口京畿大營。只是需穿過一處山洞，洞內有巨石壅堵，僅容一人匍伏通過，估計這處得耽誤一點時間。」

「如果太早動兵，怕會引起懷疑。」莊王沉吟道。

高成道：「也不能用火藥炸石，我倒有個主意。」

「說。」

「還有十天的時間，不妨找幾名石匠來將那巨石鑿開些，事畢將他們殺了滅口便是。」

「只有這樣了。」莊王點點頭，「大祭是巳時正開始，我和裴琰、三郎會將父皇還有太子拖在方城上，讓他們不能下方城發號施令。三郎會讓光明司衛控制皇陵內其餘各處。你一聽到鐘響，便趕緊拿下皇陵外姜遠的禁衛軍，換上禁衛軍服後迅速開進皇陵，只說靜王在京城謀逆，你們奉旨進陵保護皇上。你遣部分人馬控制文武百官，其餘部眾上方城除掉父皇和太子，制住裴琰。」

高成訝然，「靜王不去皇陵麼？」

莊王冷冷一笑，「哼，裴琰欲利用我，我就反利用他，別以為我不曉得他的盤算。我借三郎之口，允他劃關而治，讓他以為我真是走投無路才找他。他反過來勸我別起兵，要咱們藉皇陵大祭之機向父皇和太子下手，然後栽贓給靜王，他再扶我上臺。我估計，到時靜王肯定會裝病不去皇陵。」

高成也想明白，高氏傾覆的仇恨滔天而來，咬牙道：「這是他慣用的伎倆，借刀殺人，過河拆橋！」

「不錯，他想借我們的手除去父皇和太子，然後把罪名推到我們身上，說咱們謀逆，他就可扶靜王上臺。嘿嘿，他打的如意算盤！不過，三郎早料及這層，讓我假裝上當。只要我們一起事，陶行德就會帶人在城內除去靜王。靜王一死，裴琰又被我們制住，那時就由不得他了。」

「王爺何不趁機除掉裴琰，說他和靜王聯合謀逆？」

莊王歎了口氣，「寧劍瑜重兵屯於河西，誰敢動他？眼下我還要借他的力量來牽制小慶德王和岳藩。俟我坐穩皇位，把小慶德王和岳藩這邊擺平了，再慢慢處置他。」

弘泰殿，通臂巨燭下，殷士林將撰錄好的冬闈試題一一分給內閣眾臣。裴琰認眞看罷，讚道：「殷學士的題眞是出得端方嚴謹，面面俱到。」

董方同讚了聲，轉向陶行德道：「陶相，啊，不，陶學士，您看怎麼樣？」

陶行德不再任右相後，便入內閣爲大學士，他此時似有些神不守舍，聽言「啊」了聲，又慌不迭地點頭，「好，好。」

董方道：「既然大家皆無異議，那我就將試題上奏聖上，恭請聖裁。」

靜王起身笑道：「既然定了，那本王就先走一步，李探花還在暢音閣候著本王呢。」

眾人咸知他素來風雅，愛結交一眾文人墨客，這李探花才名甚著，是他近來著重結交的文人，便都道：「王爺請便，我等也要回去了。」

一眾大臣出殿，董方將摺奏再加整理，正待前往延暉殿，卻見陶行德仍坐在椅中，神色怔怔。董方遂走近拍了拍陶行德的左肩，喚聲：「陶學士！」

陶行德猛然跳起，臉色猶顯蒼白，董方訝道：「陶學士，你該不是病了？臉色這麼難看？」

這一夜卻出了樁讓所有人始料未及的事。靜王與李探花等一干文人墨客在瀟水河邊的暢音閣對爐酌飲，聯詩作畫，一干才子又點了數名歌姬相陪，彈琴唱曲，好不風流。

暢音閣歌姬中有位叫「小水仙」的，長得甚是美豔，又彈得一手好琵琶，頗受客人青睞。哪知當夜肅海侯軍中管帶潘輝，帶著一幫弟兄趁休假也來暢音閣遊玩，這幫軍爺自是橫慣了的，指名要小水仙相陪，聽到小水仙被一幫酸秀才叫去，二話不說便直登暢音閣三樓。

一干才子恃有靜王在內哪肯相讓，雙方互罵，一方罵得粗鄙無比，一方則罵得拐彎抹角。靜王素喜微服出行，當日只帶了幾名隨從，這等罵戰他自是不便出面，亦未及時表明身分。

潘輝性子暴躁，罵得一陣，心頭火起便動上了手。暢音閣三樓被砸得一片狼籍，數名才子受傷，靜王更在混戰中遭人掀到了窗外，直落入暢音閣旁的瀟水河中。所幸嚴冬，河面已結薄冰，靜王撿得一命，但卻摔斷了左腿。

翌日早朝，旋有監察御史參告肅海侯治軍不嚴，放縱部屬流連煙花之地，還將靜王打傷。皇帝震怒，肅海侯上朝伏地請罪，然因戰亂甫結束，皇帝和內閣商議後，命其將三萬人馬撤至錦石口京畿大營，待年關過後再撤回蒼平府。只是靜王腿傷嚴重不能下床，皇帝即命靜王在府中靜養，不必上朝，也不必再準備冬至皇陵大祭事宜。

這邊靜王剛剛受傷，宮裡又有內侍出了水痘。皇帝命太醫院急配良方，並將患痘人群隔離。可千防萬防，某一日太子還是發起了高燒，身上出現水泡。

皇帝著了急，親往太子府探望，想是皇恩浩蕩，太子的水痘在數日後漸漸出破。為防破相，太醫院張醫正叮囑太子在未痊癒前，千萬不能見風。於是太子精神稍轉好可上朝後，就罩上厚厚的斗篷和面紗，倒成了朝堂中異樣的一道風景。

京城變故迭出，岷州也傳來了震北侯裴子放墜澗受傷的消息。

裴子放領聖命去梁州，在經過岷州蓮池澗時突遇暴雪，馬失前蹄，落下深澗。所幸裴子放身手高強，不斷攀住崖邊結冰的巨石，滑落數丈後才未墜下深澗，後被隨從救起，但已受傷較重，不能行走。裴子放在正源縣休養兩日才重新上路，然腿腳不便，只能坐轎而行，自然行程便慢了幾分。

裴子放受傷的消息傳入王府，裴琰正從宮中回來，依舊直入蝶園。裴夫人笑著將密報遞給裴琰，裴琰看罷笑道：「叔父那邊不成問題了，我這邊亦皆已安排妥當。」

「嗯，那就好。」裴夫人悠悠轉回案後，不急不慢地執筆寫著，寫罷啓口道：「琰兒，你來看看。」

裴琰走至案前細看，淡聲吟道：「飛花舞劍向天嘯，如化雲龍沖九霄。」又讚道：「母親的字，孩兒望塵莫及。」

母子二人相視一笑，裴夫人擱筆道：「你放心去吧，京城有母親坐鎮。萬一形勢危急，你不必顧念著母親。」

裴琰喚道：「母親！」裴夫人望向窗外陰沉的天空，緩緩道：「自古成大事者，總要付出犧牲，只是你須切記當機立斷、隨機應變，一旦下手當狠辣無情，不可有絲毫猶豫！」

「是。」裴琰束手，沉聲道：「孩兒謹遵母親教誨。」

裴夫人微微一笑，又取過案頭一封書函遞去。裴琰展開細閱，訝道：「這葉樓主竟是清流一派的人？」

「是。清流一派從來就是本朝一支不可忽視的勢力，他們與武林無甚瓜葛，可四十年前，當時的清流砥柱──內閣大學士華襄，得到了『天音閣』的支持。清流與『天音閣』約定，『天音閣』每十年派出二十名武功出眾的弟子，暗中為清流一派擔守護之職。只是這事十分隱祕，我也覺得這葉樓主來歷不明，依稀想起這事，遂傳信給師叔請他祕查，這才查出的。」

裴琰笑道：「師叔祖可好？」

裴夫人瞪了他一眼，「天南叟退隱江湖，本來過得好好的，去年被你拉出來主持武林大會，今年又被我拉出來查攬月樓，怎麼會好？」

裴琰卻突然想起一事，訝道：「原來是他們！」

「誰？」

「去年使臣館一案，我帶子明去查驗屍首，曾有武林高手向我們襲擊，身手很強，我還想著京城何時有一派勢力武功這般高強，而今想來，定是葉樓主手下之人。看來這攬月樓一直是故皇后一派行刺探消息所用。」

「嗯，他們奉『天音閣』之命輔助清流一派，自然保的是故皇后所生的太子。你若與這葉樓主對決，可萬萬不能大意。」

「是，孩兒明白。」

六十　生死契闊

雪下了數日，前次買的菜已吃盡，江慈只得換上男裝，再走到灶下用灶灰將臉塗黑。剛起身，她胃中又是一陣不舒服，乾嘔一陣，她猛地抬頭，震驚過後湧上心頭的是極度的喜悅。她替自己把了把脈，仍無法確定，遂換回女裝，在臉上貼上一粒黑痣，再罩上斗篷，拎著竹籃出了小院。

大雪後的街道極爲難行，江慈小心翼翼走著，轉入一家醫館。

「恭喜，是滑脈。」

江慈走出醫館，仰頭望著素冷的天空，抑制不住地微笑。終於，不再是孤單的兩隻貓了。

可是這一夜，衛昭沒有來，此後的數夜，他也沒有來。

江慈的反應越來越明顯，她渴望見到他，告訴他這個能讓他驚喜的消息，可一連數日，他都沒有來小院。她數次上街買菜，溜到茶館坊間，聽著百姓的閒談，知京城一切安靜如初，而忠孝王和一等忠勇子爵都依然聖眷恩隆，才放下心來。

夜燈初上，崔亮在積雪的東市慢慢走著，縱知希望渺茫，仍下意識地東張西望。

三年多了，本以爲自己可以淡忘，可當那夜再見那抹鵝黃，他才發覺，有些東西終究無法放下。可放不下又怎樣？自己終要離開京城去雲遊四海、遊歷天下，自己不也曾答應過她，要寫成遊記，借她一觀麼？

從她的衣著和談吐來看，顯是世家千金小姐，端莊而淡靜，但又有著普通少女的俏皮與靈秀。她那捲曲的長髮總能吸引他的目光，讓他在寫詩時微微心猿意馬，她也便會用淡淡話語委婉指出那因心猿意馬而生的瑕疵。當她神情淡靜，卓然優雅地說出不能再來東市，他終知道，他與她，便如同天空中偶爾交會的兩朵雲，淡淡地相遇，又淡淡地分離。

有人自身邊奔過，崔亮被撞得踉蹌了一下，不由苦笑，同時將那人塞入自己手心的紙團悄悄籠入袖中。

崔亮在東市上逛了一陣，步入街邊的一座茶樓。小二熱情地將他引上二樓雅座，他悠然自得的身影馬上現於臨街的窗上。不多時，崔亮起身，消失在窗前。街下幾名大漢一愣，正待入茶樓，見他的背影又出現在窗前，復再蹲回原處。

話說崔亮與易五換過裝束，讓他坐到窗前，自己迅速由茶樓後門閃出。那處，早有一輛馬車在等候，崔亮閃上馬車。車夫輕喝，馬車在城內轉了數圈，最後停在一處深巷內。

崔亮下車，車夫將馬車趕走。崔亮徐顧四周，不知身在何處，忽覺腰間一緊，一根繩索凌空飛來捲上他腰間，將他帶上半空。一人將他接住，在黑夜中沿屋脊疾奔，東閃西晃，終輕輕落在一處院落之中。

被這人扛在肩頭疾奔，崔亮不由略略頭暈，待對方落地後忙道：「蕭兄，快放我下來吧。」衛昭笑著將他放下，拱手道：「子明，得罪了。」崔亮拂了拂衣襟，四顧看了看，道：「這是哪裡？」

江慈悶了數日，這夜剛洗漱過，正待上床，在屋內聽到院中有說話聲，急忙奔出。看清是崔亮和衛昭，她不由大喜，蹦了過來，「崔大哥！」

石階因下雪而結了一層薄薄的冰，她腳下一滑，直往前仆。衛昭忙撲了過去，因隔得遠了些，待將她接住已不及挺身，他只得將她護在懷中，自己倒臥雪地上。

崔亮笑著過來，道：「你們兩個，一個武功蓋世，一個輕功出眾，怎麼跟小孩子似的。」

江慈笑嘻嘻站起，望著崔亮，心中歡喜，想讓他再替自己診個脈。未及開口，衛昭已站了起來，他身形挪轉到江慈背後，江慈只覺眼前一黑，旋倒在了衛昭臂間。

見崔亮訝然，衛昭微笑著將江慈抱入房中，放到床上，又輕柔地替她將被子蓋好，他再低頭凝望著她粉嫩嬌妍的面容，深吸了一口氣，走到外屋。崔亮見此情狀，便知衛昭有極要緊的話要和自己說，遂在桌前坐下，平靜地說：「蕭兄有話直說。」

這夜寒風極盛，自門縫處吹進來，桌上燭火搖晃，明明暗暗，將衛昭的俊美容顏也映得一時明亮一時陰晦。崔亮默然聽罷，眉頭緊鎖，搖頭道：「不行。」

衛昭卻只靜望著他，崔亮想了片刻，道：「你們這樣行事太冒險。光明司雖說是由你管，但他們畢竟還是皇上的親衛，你只能控制得了一時，控制不了太久。再說，你們要在事後反過來控制高成的人馬，不容易。」

「要成大業，總要冒風險。子明，若不這樣做，死的便是我月落數萬族人。再說，皇上遲早有一天要對少君下手，裴少君是束手就縛的人麼？若逼反了長風騎，整個華朝將陷入內亂。子明忍心看著天下重燃戰火麼？」

崔亮急道：「可你們也不能用這種手段，萬一失敗怎麼辦？不但救不了月落，還牽連許多人犯上誅九族的大罪！」

衛昭眉目一冷，道：「子明，而今說甚都太遲了。高成的人正開向皇陵，少君的長風衛皆暗中布置妥備，震北侯爺也已中途折返，至南安府帶了人馬潛伏北上。一旦形勢不對，寧劍瑜的人隨時會揮師南下。明日就是皇陵大祭，一切俱已發動，現下已是箭在弦上不得不發！」

崔亮無言，手心沁出汗來。衛昭又道：「子明，這些事少君定不會讓你知道。我今夜對你說這些，亦非想讓你參與進來，我只是想求子明兩件事情。」他站起身，整了整衣袍，面色沉肅，長身一揖，向崔亮行禮。

崔亮忙起身還禮，道：「蕭兄折殺崔亮。」

衛昭側頭看了看內屋，面色黯然。崔亮藉機勸道：「蕭兄，你若是有個萬一，小慈怎麼辦？她是你的妻子，你得對她負起責任。」

衛昭心中絞痛，卻不得不強撐著道：「所以我今日求子明，若是……我萬一回不來，請子明將小慈帶走，帶得遠遠的，再別返回京城。」不待崔亮說話，衛昭又道：「還有一事要拜託子明，我這一禮，是替我月落萬千族人行的，求子明應允。」說完端端正正地長身一揖，深深俯腰。

崔亮深深地凝視著他，道：「蕭兄，你爲何這般信任我？」

衛昭直起身，微笑道：「子明，當日你獻計於少君，借用民力驅逐桓軍，以致他後來不敢輕易起兵。你莫告訴我，這純是你心血來潮的想法。」

寒風颸過深巷，發出隱約尖嘯，如同冥界幽靈在暗夜中肆意咆哮。

衛昭立於深巷暗色之中，目送崔亮登上那輛馬車，車輪輾碎一地積雪遠去。他深吸了一口氣，卻如釋重負，攀簷過巷回到老柳巷的小院。

他在床邊坐下，將依然昏睡的江慈抱在懷中，久久坐著，直到雙臂微微發麻，才拂開了她的穴道。江慈睜開眼，正想不清發生了何事，衛昭已低聲道：「身子哪裡不舒服？怎麼一下子暈倒了？」

江慈心中暗喜，只道是自己懷孕後的反應，便想著要不要告訴衛昭，一時微微出神。燭光映得她此刻雙眸流轉，面頰緋紅，衛昭看得癡了，揚掌熄滅燭火，慢慢俯下身軀。

江慈「啊」了聲，他已堵住她的雙唇，她遂暫將這事丟開，卻又想起一事。待衛昭放開她的唇，一路向下吻去，她方喘氣笑道：「崔大哥呢？」

「他有事，先走了，說下次再過來看你。」

江慈正想問問他，自己暈倒後，崔亮有沒有替自己把脈，可衛昭已將頭埋在了她胸前，她一陣迷糊，再說不出別的話，緊緊地抱住了他。

這一夜，他似是格外貪戀著她的身體，如同久渴的旅人乍逢甘泉，瀕死的魚兒重回大海，抵死纏綿，極盡交纏，直到子時末才抱著她沉沉睡去。

窗外仍黑，衛昭咬了咬舌尖，強迫自己離開這溫暖的被子，悄然起身。

江慈強撐著睜開雙眼，看著他點燃燭火，穿上衣袍，頗有不捨地嘟嘴道：「還早，再睡一陣吧。」她星眸微睜，雙唇嬌豔，面頰還有著一抹緋紅，衛昭忽覺自己的心似要碎裂開來，雙足僵在原地。江慈良久不見他說話，不由喚道：「無瑕。」

衛昭努力保持著一抹微笑，在床邊坐下，將她抱在懷中低聲道：「我還有事要辦，你再睡一陣吧，我等你睡著了再走。」

他衣襟透出淡淡雅香，他的雙臂這般修長有力，彷似不管外面風雪如何暴虐，都能給她一生的庇護。江慈感到無比心安，閉上雙眸，聽著衛昭稍沉重的呼吸聲，喃喃低喚：「無瑕。」

「嗯。」

她頗生羞澀，轉身抱住他的腰，將臉埋在他胸前，又喚了聲：「無瑕。」

衛昭面上浮現難抑的痛楚，怕她發覺，輕輕撫拍她的背，低聲道：「小慈，我這幾天較忙，可能來不了，你多休息，別得病了。」江慈低應了聲，想到他又將有幾天不能來，便用力抱緊了些，启口道：「無瑕，我有件事要告訴你。」

衛昭看著窗外的天色，不得不狠下心腸，「我得走了，下次再說吧。」他將江慈放下，不敢再看她，猛然站起身，大步走向房門。

「無瑕。」江慈急喚。衛昭在門口頓住腳步，江慈仍覺羞澀，低下眼簾輕聲道：「咱們、咱們就要有小貓了。」

衛昭許久才想明白她這話中之意，眼前一陣模糊。他悲喜交集，一股既甜蜜又辛酸的感覺在他心頭散開，又溢向全身。生命中從未有過的幸福感，夾雜著強烈的苦痛，如巨浪濤天強烈撞擊著他，讓他身形搖晃，幾至無法承受。

他緩緩轉過身，腳步虛浮地走回床前坐下。江慈抬頭，見他面上神情奇異，以爲他未明白自己的意思，不由抿嘴一笑，嗔道：「傻瓜，我是說，明年六月，你要做父……」她話未說完，衛昭已伸手攬住她，用力將她整個人擁入懷中。

她一抬頭，脖中微涼，這涼意又綿綿滑入衣中，她這才省覺，這股涼意，竟是他的淚水。

她只道他歡喜得傻了，笑道：「我算了一下，到明年六月，咱們的第一隻小貓就會出生，以後咱們再生一窩的小貓，這樣就不會太寂寞了，好不好？」

她的聲音這麼近，又彷似很遙遠，她的身軀如同一團火焰，讓他如飛蛾般，甘心燃成灰燼。衛昭一遍一遍摩挲著她的秀髮，忽覺得前方之路不再是荊棘重重，也不再是黑暗無邊。

他終於無限欣悅地笑了出來，江慈抬頭望著他的雙眸，幸福溢滿胸腔，低聲道：「無瑕，你放心，我會養好身子的。」衛昭雙臂一緊，用力抱了抱她，又慢慢將她放下，心中有著萬般的不捨和依戀，卻只撫了一下她的額頭，輕語道：「小慈，等我回來。」

他凝望她片刻，起身走向門前，右腳邁過門檻的一瞬，回首向她笑了一笑。

此時，窗外透入第一縷晨曦，將他的身形籠在其中。江慈抬頭望去，只覺他此刻的笑容，如朝陽般明朗又似嬰兒般潔淨，沒有一絲陰霾，沒有一絲塵垢，沒有一點傷痛。

她不禁看癡了，心中湧起無限歡喜，也向他嫣然一笑，唇邊梨渦隱現，宛若海棠花瓣上的露珠清澈晶瑩，向著朝陽，幸福地微笑……

十一月二十四日，冬至，晴冷，大風。

冬至日為華朝一年中最重要的節日，每年這日，皇帝要率眾皇子和文武百官親往皇陵祭天，祭天之後在宮中大宴百官及四夷來使，大宴後休朝三日，百官咸著吉服，具紅箋互拜。而百姓則家家在門前繫上紅繩，並插香祭天祭祖。

天濛濛亮，衛昭雪裘素服，頭上斜插著碧玉髮簪，嘴角微噙笑意，踏入延暉殿。

陶內侍正彎腰替皇帝束上九孔白玉革帶，皇帝聽到腳步聲，抬頭見是衛昭，笑道：「今日大祭，你也不著官服，太隨性。」衛昭拿起九龍玉珠金冠，走到皇帝面前，陶內侍忙退開。衛昭替皇帝戴上金冠，將明黃色纓帶繫好，再退後兩步，修眉微挑，卻不說話。

皇帝自己在銅鏡前照了照，鏡中之人，眉如刀裁，但鬢邊已隱生華髮，眼神依然銳利，目下卻隱有黑紋。他招了招手，衛昭走近，在他背後半步處站定。

皇帝凝望著銅鏡中的兩個身影，歎了口氣，道：「若能像你這麼年輕，朕願拿一切去換。」

衛昭淡淡笑著，道：「皇上今日怎麼也說孩子話？」

皇帝覺衛昭今日笑顏格外耀目，銅鏡映著他的笑容，煥發著從未有過的神采。這一瞬間，皇帝彷彿重見到當年那名雪肌玉骨的少年對著自己微笑，好似再聽到少年純淨的聲音：「……反正你是個好人。」他轉身望向衛昭，低聲道：「三郎。」

衛昭卻走到皇帝面前，伸出雙手。皇帝下意識微微仰頭，衛昭已解開他頷下明黃色纓帶，重新繫好，再看了看，微笑道：「這回繫正了。」

皇帝閉上雙眼，又迅即睜開來，淡淡道：「你今天要上方城，我讓姜遠暫時接管光明司的防務，等你出了方城，便仍交回給你。」

衛昭微愣，想到易五已安排好一切，而據裴琰口風，姜遠似能保持中立，倒也無須擔憂。於是衛昭退後兩步，肅容道：「是。」

「那走吧，百官們等候多時了。」皇帝不再看向衛昭，微拂寬大袍袖，穩步踏出內閣。外殿，灰袍蒙面的葉樓主過來，衛昭斜睨了他一眼，二人一左一右，默默跟在皇帝背後，出了延暉殿。

皇帝乘御輦到了乾清門前，百官伏地接駕。皇帝下御輦，韶樂奏響，他正要登上十六輪大輿，忽停住腳步，眉頭微皺，「太子既然不能見風，就別去了。」

裴琰眼神微閃，伏地的莊王身軀微顯僵硬，衛昭也忍不住望向後方太子輦車前的太子。

太子戴著巨大的寬沿紗帽，身形裹在厚厚斗篷裡，急步過來躬身道：「兒臣謝父皇掛念，冬至皇陵大祭，兒臣身為皇儲，定要隨父皇祭拜蒼天，為我華朝百姓祈福。兒臣已蒙住口鼻，又戴了帽子，請父皇放心。」

皇帝「嗯」了一聲，淡淡道：「你既一片誠心，那便走吧。皇陵風大，把帽子戴好了，別吹了風。」太子泣道：「兒臣謝父皇關心。」

皇帝就著衛昭的手登上十六輪大輿，忽地微笑著招了招手。衛昭一愣，皇帝和聲道：「三郎上來。」旋有幾位清流派官員跪地大呼：「皇上，不可。」皇帝沉下臉道：「休得多言。」

衛昭得意一笑，右足在車轅處輕點，再一擰腰，如白燕投林似的坐落皇帝身側。他正要開口謝恩，葉樓主也登上車輿，衛昭輕哼一聲，面色微寒。

簫鼓齊鳴，御駕緩緩啓動，待御駕在騎著高頭駿馬的光明司衛拱扈下駛過漢白玉長橋，太子方登上車輦，百官隨後，浩浩蕩蕩穿過戒備森嚴的大街，出了京城北門，向京城以北二十餘里處的皇陵行去。

這日雖未下雪，但風極大，吹得御輦的車門不停搖晃。皇帝閉目而坐，忽然輕咳數聲。衛昭忙握上皇帝的手，皇帝睜眼向他笑了笑，聲音卻透著幾分疲倦，「三郎。」

「臣在。」

皇帝再沉默片刻，歎道：「朕的日子，只怕不多了。」

衛昭猛然跪下，眼中隱有淚光，急速道：「皇上，您萬不可說這樣的話。」皇帝將他拉起到自己身邊坐下，卻不鬆開他的手，眼神直視前方，似要穿透車壁望向遙遠的天際，又似在回想著什麼，良久方道：「三郎，朕若去了，最放心不下的便是你。」

衛昭低下頭，半晌方哽咽道：「皇上，三郎不想聽這樣的話。」

皇帝緊握著他的手，道：「你聽朕說，朕若不在了，那些個大臣們只怕會尋你麻煩。熾兒性子弱，護不住你。朕想留道聖旨給你，只要你不犯謀逆之罪，便……」

衛昭「撲通」一聲在皇帝面前跪下，面上神情決然，「皇上，三郎只有一句話，您若真有那麼一日，三郎必隨您去。您說過，唯只三郎才有資格與您同穴而眠，皇上金口御言，三郎時刻記在心中。」

皇帝久久望著衛昭，面上一點點浮現愉悅的笑容，輕聲道：「好，好。」遂不再言，閉上雙眼。衛昭也只靜靜地坐於皇帝身側，聽著車輪滾滾，向皇陵一步步靠近。

裴琰與莊王跟隨太子輦車後並駕齊驅，莊王對長風騎與桓軍的數場戰役極感興趣，細細詢問詳情，裴琰一一作答。二人有說有笑，這一路上倒不煩悶。

行得一段，太子輦車的車簾忽被掀開，戴著紗帽的太子探頭而出，喚道：「二弟。」

莊王忙打馬過去，笑道：「大哥。」

「你身子骨剛轉好，又將遠行去海州，大哥捨不得你。你上車來，咱們兄弟倆好好敘話。」太子面紗後的聲音十分誠摯。莊王卻惦記著手下會隨時前來以暗號傳遞最新事態，哪肯上車，忙道：「多謝大哥，但我這病症，太醫說正要吹吹風，不宜憋著。」

太子語音透著明顯失望，「既是如此，那也沒辦法，等我能見風了，再和二弟好好聚聚。」說著放下了車簾。

莊王暗暗抹了把汗，目光再投向前方皇帝乘坐的大輿，極力掩飾眼中冷芒，馳回裴琰身側。裴琰微笑道：「王爺可是後日啓程赴海州？」莊王聽到背後馬蹄聲越來越近，聲音稍稍提高：「正是，明日我請少君飲酒，一賀冬至，二敘離情。」裴琰笑應：「應是我請王爺飲酒，爲王爺餞行才是。」

董方打馬過來，板著臉道：「莊王爺，今日皇陵大祭，貴妃娘娘入陵不到半年，您得繫上孝帶。」莊王拍了拍額頭，慌不迭地回頭，隨從趕上，莊王接過孝帶繫上。董方輕哼一聲，馳回隊列之中。

莊王見隨從打出手勢，知諸事妥定，放下心來，又低聲罵道：「死頑石！」裴琰微微一笑，二人目光相觸，嘴角輕勾，轉開頭去，不再說話。

由京城北門至密湖邊的皇陵，十餘里路黃土鋪道，皆由禁衛軍提前三日清道，路旁繫好結繩，十步一崗，戒衛森嚴。

待這浩蕩車隊抵達皇陵山腳的下馬碑前，已是辰時末。禮部贊引官早在此靜候，見皇帝車輿緩緩停住，大呼道：「樂奏始平之章，請聖駕！」

鐘鼓齊鳴，簫瑟隱和，皇帝踩著內侍的背下車，衛昭與灰袍蒙面人隨之而下。皇帝極目四望，寒風吹得龍袍簌簌而響，頷下的明黃色纓帶尤被風吹得在耳邊勁揚。

山峰上積雪未融，薄薄冬陽下，一片耀目晶瑩。皇帝瞇眼望著鋪滿山巒的薄雪，輕歎口氣，未發一語。待太子輦駕駛近，太子下車，百官擁了過來，皇帝方提步，在贊引官的躬身引領下步入皇陵正弘門。皇陵依山而建，華朝歷代帝后、貴妃皆葬於此處，百餘年來幾經擴建，氣勢雄偉，廣闊浩大。

韶樂聲中，皇帝穩步而行，帶著眾臣經過六極石浮牌樓，再踏上有十八對石像的神道，神道中段立著三對文武大臣的石雕像。裴琰腳步平穩，在經過石像時，忍不住側頭看了看。

神道右方，一位武將的石像劍眉星目，威嚴神武，身形挺直，腰側懸著三尺長劍。此人物雙眸直視前方，右手緊握劍柄，似在傾聽著沙場殺伐之聲，意欲拔劍而出，殺伐征戰，爲君王立下汗馬功勞。

裴琰目光在這石像上停留了片刻，才又繼續微笑著前行。一百多年前，裴氏先祖擁立謝氏皇帝，也許今日之後，便將由裴氏子孫來奪回本應屬於自己的東西。

風颳過神道，越颳越烈，颳得石像上的積雪簌簌掉落，颳得幾位文官都睜不開眼。裴琰卻雙目朗朗，直視前方那道明黃色的身影，穩步而行。

山環水抱中的皇陵，道邊松柏森森，御河內流水尚未結冰，曲曲潺潺。眾臣神情肅穆，隨著皇帝、太子過九龍橋，入龍明門，一步步踏上御道石階。

贊引官在聖德碑樓前停住，皇帝上香行禮，帶頭下跪，背後呼啦啦跪滿一地。碑樓禮罷，一行人繼續前行，過了數處大殿之後，終於在呼呼風聲裡浩浩蕩蕩入了功德門。

皇帝在祭爐前立住，一陣風颳來，他輕咳兩聲，身形些微搖晃。衛昭忙過去扶住，皇帝卻用力將衛昭推開，接過贊引官奉上的醴酒，慢慢揚手灑於祭爐前。

碑樓祭爐禮罷，按例，皇帝須與太子及各位皇子登上方城頂部，叩拜靈殿內的列祖列宗，皇帝須將親筆所書之來年施政策略奉於先祖靈前，爲蒼生向列祖列宗祈福。而因今年戰事初定，前線大捷，按例，身爲主帥與監軍的裴琰與衛昭，也應隨皇帝登上方城，皇帝要向各列祖列宗彙報戰果，並請上蒼護佑華朝不生戰火。

此時已近巳時，贊引官扯喉高呼：「奏得勝樂，請聖駕、太子、莊王、忠孝王、敕封監軍入方城，拜靈殿！」

大風中，文武百官在方城顯彰門外的玉帶橋畔黑壓壓跪下，恭請皇帝入方城，拜靈殿。皇帝卻未動，只負手而立，凝望著顯彰門後石道盡頭那巍峨雄偉的方城。

方城建於皇陵中後部，守護著位於皇陵最北面的陵寢。由祭爐前過玉帶河，入顯彰門，經過長長的麻石道，是一條石階道，石階共有一百九十九級，坡勢平緩，登上石階後便是方城下的玄宮。玄宮東側有木梯，沿木梯可登上高達數丈的方城，方城頂部中央坐北朝南，建著一座靈殿，供奉著華朝歷代皇帝的靈位。每年皇陵大祭，最重頭的祭禮便是在這處進行。

見皇帝遲遲不動，贊引官頗顯不安，只得再次呼道：「奏得勝樂，請聖駕、太子、莊王、忠孝王、敕封監軍入方城，拜靈殿！」

皇帝長吁了一口氣，回頭道：「裴卿，衛卿。」

裴琰和衛昭並肩過來，躬身行禮，「皇上。」

「你們此次征戰，功勛卓著，按例，就與朕一起進去吧。」皇帝和聲道。

裴琰忙道：「臣等不敢逾矩，請聖上先行。」皇帝不加勉強，微微一笑，過顯彰門向石道走去。葉樓主也提步，身形如山嶽般沉穩，護於皇帝背後。

見皇帝走出十餘步，太子、莊王隨後，裴琰與衛昭穩步跟上。莊王轉身之際，眼神掃過眾臣，步伐輕快了幾分。

石道邊，光明司衛們身形筆直，神情肅穆，待皇帝走過面前，依次下跪。

禁衛軍指揮使姜遠帶著十餘名光明司衛由玄宮內出來，在皇帝身前單膝跪下，沉聲道：「啓稟皇上，臣已徹底查過，靈殿及方城均無異常，臣恭請聖駕登城致祭！」皇帝和聲道：「姜卿辛苦了，都各自歸位吧。」姜遠行禮站起，將手一揮，光明司衛們分列在木梯兩旁，姜遠卻迎面向裴琰等人走來。

姜遠一步步走來，腳步沉穩地從葉樓主、太子、莊王身邊擦肩而過，裴琰恰於此刻抬頭，正對上姜遠略顯焦慮的眼神。

裴琰心中一動，再見姜遠右手已悄然移至身前，三指扣圓做了個手勢。裴琰雙目猛然睜圓，姜遠嘴形微動，裴琰細心辨認，腦中「轟」的一下，極力控制才穩住了身形。

那手勢，那唇語，皆是同一句話……「有火藥！」

姜遠垂下眼簾，自裴琰身邊走過，直走至顯彰門前，方持刀而立，肅容守護著顯彰門。

寒風中，方城下。電光石火間，裴琰恍然大悟。

原來，皇帝早已知曉一切！他正愁沒有藉口除掉自己，眼下莊王作亂，只要高成的人馬被拿，自己、三郎和莊王被炸死在這祭壇之上，皇帝大可將一切推在作亂的莊王身上，如此一來，寧劍瑜和長風騎縱是想反亦無藉口。而自己一旦身亡，裴氏一族再無反抗之力，皇帝大不了重恤裴氏，封自己一個救駕功臣的謚號便是。

此刻，只怕肅海侯和京畿大營的人馬已將這皇陵團團圍住，只待高成的人馬由山路過來，順勢張網捉魚。

冬日寒風呼嘯而過，颳在面上如寒刃一般。裴琰卻覺背心濕透，一生中，他從未有哪一刻如此時這般凶險。他想即刻動手制住皇帝，可皇帝只怕早就安排妥適，貿然下手未必能夠成功。何況顯彰門外眾目睽睽，縱是成功控制了皇帝，又如何堵天下悠悠之口？可若是此刻收手，只怕也難逃一劫，皇帝已設下圈套必要除掉自己，又豈會輕易放過？

前方，皇帝已踏上了第一級木梯。空氣中流轉著緊張的氣氛，如同一張被拉至最滿的弓。

「飛花舞劍向天嘯，如化雲龍沖九霄……」裴琰終於狠下決心，待衛昭走上來，與自己並肩而行，迅速傳音：「三郎，有火藥！你盯皇上，我盯太子，不可離其左右。」

衛昭在胸間抽了口冷氣，硬生生扼住，才沒讓前方的葉樓主聽出異樣。衛昭只本能下快走幾步，扶上皇帝左臂，發出的聲音彷似不是自己的，「皇上。」皇帝回頭笑了笑，又拍了拍他的手，在他的攙扶下一步步登上方城。

風越颳越大，衛昭眼前一時模糊，一時清晰。身前明黃色的身影，臨走時她的嫣然一笑，落鳳灘萬千族人泣血而歌，穿過姐姐身軀的利劍，都交織著在他眼前閃現。

——「姐姐會在那裡看著你，看你如何替父親母親和萬千族人報那血海深仇……」

——「鳳兮凰兮於今復西歸，煌煌其羽沖天飛，直上九霄睨燕雀，開我枷鎖兮使我不傷悲。」

——「無瑕，咱們就要有小貓了……」

衛昭的心似要被剜去一般疼痛，原來，真是沒有回頭路，沒有黑暗後的光明，無論如何反抗、掙扎，眼前這人都如同羅刹一般，緊緊扼住了他的咽喉！

他回頭望了望南方，天際的一團雲，那麼像她的笑容，只是離自己那麼遙遠，像天與地一般遙遠，此生……再也無法觸摸。

第十五章 鳳凰遠颺

星月谷石屋中的誓言，穿透重重寒風、森森劍氣，破空而來。不捨丟下，卻不得不丟下你；不欲讓你被黑暗吞沒，卻不知，自己便是無邊無際的黑暗……鳳凰啊鳳凰，你的羽毛早就髒了，何不西歸，何不涅槃！只是，誰來給我月落幾十年的太平時日！他的眼前漸轉混沌，望出去，裴琰紫色的身影如同一道閃電，劈亮了整個黑暗天空……

六十一　鳳凰涅槃

心弦帶著決裂的痛楚，在這一刻啪然崩斷，喉中血腥漸濃，衛昭努力將一口鮮血呑回腹內，仍抑不住輕咳出聲。皇帝轉頭看著他，見他面龐冰冷，但目光雪亮，頰邊還有抹紅色，責道：「朕讓人幫你療傷，你也不肯，太任性了。」衛昭瞳孔泛紅，倔強道：「三郎不喜歡別人碰。」

皇帝呵呵一笑，轉過頭去，卻於心底發出一聲低歎。

腳步聲，有輕有重，皇帝和衛昭在前，葉樓主隨後，裴琰緊跟在太子身側，莊王則走在最末，木梯邊，光明司衛紛紛下跪，恭迎聖駕登臨方城。衛昭經過易五身邊，未多瞧視一眼，木然而過。

皇帝想是病後體虛，登上最後一級木梯時踉蹌了一下，衛昭大力將其扶住，皇帝站直，輕緩地掙開了衛昭的手臂。

高臺上，寒風更盛，但極目四望，天高雲闊，讓人豁然開朗。皇帝拍著方城牆垛，望著滿山蒼松白雪，歎道：「又是一年過去，唉，朕又老了一歲。」莊王忙趨近笑道：「上蒼庇佑，父皇龍體康復，定能千秋萬歲。」皇帝盯著他看了一眼，微笑道：「你會說話，看你大哥，像個鋸嘴葫蘆，他眞該跟你多學學才是。」

莊王不知皇帝這話是褒是貶，一下子愣住。皇帝也不再看他，負手前行。衛昭亦步亦趨，二人沿牆垛而行，彷似那日清晨在西宮漫步，一人明黃袞服，身形高大，一人素衣白裘，身形修韌。莊王目光卻在靈殿前值守的光明司衛面上一一掃過，見泰半爲衛昭親信，還有自己臨時讓衛昭偷偷安插進來的人，便放下心來。

皇帝站於牆垛處，望著遠處顯彰門外跪著的百官，又回頭看了看氣勢雄偉的靈殿，再歎口氣，道：「快巳時了吧？」

衛昭正待開口，「噹！噹！噹……」皇陵西側鐘樓的大銅鐘被重重敲響，九九八十一下鐘響，宣布靈殿祭禮正式開始。

鐘聲中，皇帝整了整被風吹亂的龍袍，叫道：「太子。」太子似是怕見風，緊緊捂住紗帽，快步過來，裴琰也輕移腳步跟來，束手而立。皇帝看了看裴琰，又向太子道：「你去爐內點香，朕要去聖祖靈前祭拜。」見太子瑟縮了一下，皇帝厲聲道：「瞧你這沒出息的樣子，什麼時候能像你兩個皇弟一樣！」

太子似被嚇住，話都說不出來，顫抖著轉身走向靈殿前的香爐。裴琰忙跟上，取過香爐邊的焚香，雙手奉給太子。鐘聲中，皇帝深邃的目光掠過衛昭面容，再拂了拂龍袍，穩步向靈殿走去。

瑟瑟寒冬，晨霧厚重，將馬蹄坡嚴嚴實實地罩在其中，加上四周荒野盡是薄雪，靜謐中透著幾分詭祕。高成不由地心悸，他回頭瞧看背後人馬，暗中咬牙，將心一橫，冷聲道：「全速前進！」

爲不驚動錦石口京畿大營和肅海侯的人馬，河西軍並未騎戰馬，皆是輕裝薄甲，潛行一夜才由朝陽莊到達了馬蹄坡前。

高成見軍容齊整，秩序井然，不帶一絲喧譁之聲，長長的隊伍撕破晨霧向馬蹄坡上方登去，心才安了幾分。河西軍自在牛鼻山遭受重創，回撤到朝陽莊，養了足有半年，人數上也超過禁衛軍和光明司衛，只要能順利通過馬蹄坡上方的那處山洞而直插皇陵，大局可定，爲高氏報仇雪恨亦指日可待。

副將洛振趨前低聲道：「將軍，前鋒營已開始過山洞了。」高成聞言精神更加一振，展起輕功，不多時便攀到了那處曾被灌木叢掩蓋住的山洞前。又有信兵回來稟道：「稟將軍，前鋒營已通過山洞，到達前方溪谷，並未發現異常。」高成一喜，知事情成了幾分，立刻道：「傳令，全軍加速過山洞。」

當天大亮，這兩萬人馬終悉數過了山洞，高成飛身攀上山頂，已可隱見皇陵方城的紅牆，終得意地展笑。他望望天色，再略略估算時間，由這處溪谷越過皇陵東面小山丘，拿下姜遠的禁衛軍後換過服飾，再突入皇陵內控制文武百官，繼而衝入方城、助王爺除掉皇帝和太子，時間上尚有餘暇。遂傳下軍令，休整半個時辰，再行出發。

待河西軍將士休整後精神抖擻，高成親自走在陣前，帶著士兵如長蛇蜿蜒似的直奔皇陵。當終於登上皇陵東側的小山坡，他不由鬆了一口氣。

「噹！噹……」祭禮正式開始的鐘聲終於傳來，小山丘右方，大鳥似是被這鐘聲所驚，成群飛起，嘩啦一陣巨響。高成聽到鐘響，知約定的時候已到，將手一揮，黑壓壓大軍往小山坡下急行。可還未下得山坡，高成便察覺些許不對勁，然還不及發號施令，數萬人由山丘兩側樹林湧出，呈虎翼龍尾之勢，迅將河西軍堵在了小山丘上。

一人玄甲鐵衣，肅然而出，其神色冷酷，聲音冷淡而深沉，「高將軍，河西軍至皇陵，可有兵部調令？」

高成看清來人是對皇帝忠心耿耿的肅海侯，即知事敗。他下意識瞥了瞥背後，只見肅海侯的人馬已攀至小山丘後，對河西軍形成包圍之勢，其中還有人身著京畿營的軍服。他知今日無可倖免，唯有拚死一搏。高氏傾覆的仇恨再度湧上，他怒喝道：「肅海侯謀逆，河西軍奉聖命除逆，上！」話音未落，他已騰身而出，寒刀離鞘斬向肅海侯。肅海侯急速後飄，喝道：「射！」

狂肆殺氣瀰漫山谷，河西軍發喊前衝，肅海侯的人馬卻訓練有素，盾牌手護著弓箭手一輪強矢，河西軍前排將士紛紛倒下，亂成一團。

待第一輪箭矢射罷，肅海侯姜遙將手一壓，喝道：「上！」肅海侯三萬手下加數千名京畿營精兵，人數本就占優，這番殺伐於氣勢上又盛了幾分，河西軍不久便潰不成軍。

高成持刀在陣中東劈西斫，倒也勇不可擋，他的親兵同時慢慢突至他身邊，將他護住。隨著護擁之人越來越多，圍攻之眾稍稍抵擋不住。肅海侯看得清楚，悄無聲息地舉起了右手。

高成雖殺紅了眼，仍保持幾分清醒，眼見退路已被封堵，知曉即使逃奔回去亦難免死路一條，倒不如橫下心冒死突到皇陵，若能助莊王行事成功，倒還有一線生機。他帶著三千來人，如長刃破雪地慘烈廝殺，終將肅海侯正面攔截的人馬逼得陣形微現慌亂，露出了一道小小缺口。高成知機不可失，一聲暴喝，率先縱向這道缺口，背後將士護擁著急急跟上，一路勢如破竹，竟將肅海侯的人馬甩在後面，直奔皇陵而去。

肅海侯微微一笑，帶著人馬在後銜尾追擊。

幽遠的鐘聲中，皇帝輕抬腳步，走上漢白玉臺階，往靈殿走去。按例，靈殿內只有謝氏子孫才能進入，再見太子還在距靈殿較遠的香爐邊，衛昭驟生猶豫。裴琰也想不明白，皇帝究竟要如何點燃方城下的火藥，既能炸死一干人，又能讓他自己與太子及時逃生。

薰香氣冉冉而起，太子點燃了手中粗如手指的祭香，向靈殿行三叩首之禮，畢恭畢敬地將三炷香插入香爐正中。皇帝回頭看著，滿意地笑了笑，又望向殿前諸人。太子率先下跪，莊王、葉樓主及一干光明司衛跟著齊齊下跪，裴琰猶豫了一下，同在太子身邊跪下。

衛昭卻仰首看著皇帝，冬陽照在靈殿墨綠色的琉璃瓦上，反射著幽幽光芒，也將琉璃瓦下皇帝的眼神映得幽幽閃閃。這明黃色的身影如同森殿閻羅，十餘年來糾結在他的噩夢中，此時此刻，仍扼住了他的咽喉，要將他拖入萬丈深淵……十多年的屈辱糾纏入骨、恨意連綿，只有他，才最瞭解這個立於靈殿門前的人，也只有他，才能看清此人眼中那抹狠絕的幽光。竟然如此心狠，不惜將太子也炸死在這方城上！靈殿之內，必有逃生的暗道。而太子方才點燃的，只怕就是火藥的引線！

再無任何退路！衛昭的目光在這一刻亮得駭人，他騰身而起，撲向已經邁入靈殿的皇帝，暴喝道：

「謝澈！」

皇帝恰於此時轉身抬頭，正望向先帝靈位。「謝澈！」——宛如先帝臨終時怒指他時的嘶吼，他心中一顫，眞氣乍時紊亂起來。

白影如電，雷霆一擊，衛昭轉眼就撲上臺階，他足尖在殿前玉石上一點，急撲向皇帝。皇帝大病後武功便大不如前，又正逢眞氣紊亂而不及閃躲，被衛昭撲倒在地。

灰影急閃，葉樓主如孤鴻掠影，一點足間也撲入了靈殿之中。衛昭尚不及點住皇帝穴道，葉樓主手中短刃已割破了衛昭身上的狐裘，衛昭就地一翻。葉樓主短刃刺上殿中青磚，濺起一團寒芒，復再扭腰急撲向衛昭，大聲道：「皇上快走！護駕！」

殿前，裴琰在衛昭暴喝「謝澈」時便省悟過來，他急速飛腳，「蹬」的一聲將香爐踢翻，登時火星四濺，灰塵揚颯。香爐下，三條引線正爆出火花。裴琰正待掐滅引線，卻見劍氣森森，數柄長劍向他周身襲來，他若不閃躲便將被刺上幾個窟窿。裴琰萬般無奈，只得騰身而起，避過數名黑衣蒙面人的合攻。一直立於一旁的太子趁此間隙疾速奔開。

殿內殿外俱是風雲變幻，剎那間，衛昭襲擊皇帝，裴琰與不知從何處攻出的黑衣蒙面人激戰在一起。莊王雖不知衛昭爲何在高成未到前便發動攻勢，但箭在弦上不得不發，鐘聲已響，高成只怕轉眼就到，容不得自己有半分閃躲。眼見罩著斗篷的太子正急往方城下奔去，莊王一聲暴喝：「動手！」

方城上，光明司衛們一團混亂，莊王的人自是攻向太子。衛昭在光明司暗中插下的親信急急奔向靈殿，剩下幾名不知所措地茫然四顧，過得許久才大呼道：「護駕，保護皇上！」

莊王習得謝氏武藝，袖中早藏得短刃，身形幾縱，寒光一閃，太子不及轉身，短刃旋沒入其背心。但同時，方城上又冒出十餘名黑衣蒙面人，身手不遜於任何一名光明司衛，他們數人搶向靈殿，數人圍攻莊王。

靈殿外，香爐邊，裴琰以一敵五，數招後即悉這批黑衣蒙面人皆是「天音閣」弟子，他耳中聽到殿內傳來衛昭與葉樓主對招時的喝斥聲，眼中看到那三條引線正一寸寸燒短。心急如焚之下，他眞氣盈滿全身，爆出一團勁氣，身形微仰，一名黑衣人長劍刺入了他的左肩，他怒喝一聲，黑衣人不及收劍，裴琰於剎那間劈手奪過對方手中之劍。

千軍萬馬俯首的威嚴隨著劍光騰騰而起，裴琰將劍氣運到極致，其身軀如同一道紫芒，向引線射去。但圍上來的黑衣人漸增，眼見引線越燒越短，裴琰急怒下長劍脫手而出，將其中兩條引線斬斷，然猶存一條引線爆著火花，向黑洞內綿延而去。此時他長劍脫手，便不及架擋對手的合攻，一個踉蹌，左腿再中一劍。

他踉蹌間在地上數滾，避過源源不斷的劍招，直至滾到先前被踢翻的香爐邊，方才得隙挺起身軀。他陷入絕望之中，右手拍上香爐，借力一掠，縱向方城的牆垛，大聲喝道：「走！」可卻再有數名黑衣人，於前方騰空，「唰唰」數劍襲來。裴琰為避劍招致真氣不繼，無奈落地，他劈手奪過一名光明司衛手中長劍，復與這群黑衣人展開激戰。

殿內，眼見皇帝大半身軀已鑽入香案下的地道中，衛昭咬牙，不顧葉樓主刺來的短刃，背門大開，撲向皇帝。他拽住皇帝的右足，奮力將皇帝向後一拉，皇帝被扯出了地道口，葉樓主的一刃亦同時刺中了衛昭左肩。

衛昭狂嘶一聲，拚著再受一名黑衣人斬向左腿的一劍，右手如風似地點向皇帝的穴道。皇帝此時已挺身而起，反手一肘擊向衛昭胸前。衛昭提起全部真氣擋住皇帝這全力一擊，在血雨噴出之前，一掌擊中皇帝背心，皇帝狂嘶著倒在地上。

「走！」裴琰的暴喝聲傳來，山風也於這一刻忽盛，激落萬千松雪。

衛昭在此刻徹底絕望，他噴出一篷血雨，反手拔出肩頭短刃，攔於癱軟在地的皇帝身前，擋住葉樓主和黑衣人們的圍攻。但他重傷之下，無法抵擋這十餘名高手的圍攻，眼見就要支撐不住，易五終於率著數人趕上方城，直撲靈殿，與黑衣人們纏鬥。

衛昭扯下身上被鮮血染透的狐裘，捲起「呼呼」勁風，亦與葉樓主糾鬥在一起。

「皇上快走！護駕！」當葉樓主貫滿真氣的暴喝聲遙遙傳來，顯彰門外，董方赫然抬頭，納悶著高成殘兵還未被肅海侯故意放過來，緣何方城上便生變故！不容他細想，群臣已是大亂。

人人抬頭遙望，都看清了方城上的那一幕：方城上，裴琰似是拚死抵擋一夥黑衣人圍攻，太子在裴琰掩護下疾速逃開，卻被莊王手中短刃刺中，仆倒在地；裴琰怒喝連連，卻被黑衣人圍攻，雖隔得太遠而略略看不清楚，但從其暴喝聲中可聽出身已負傷；高高的靈殿中，皇帝最寵幸的衛昭一掌將皇帝擊倒在地。

百官大亂，董方更是疾速奔過玉帶橋，顫抖著大呼：「護駕！護駕！」

姜遠見董方奔來，忙撮唇急嘯，皇陵各處的光明司衛頓皆湧往顯彰門，但顯彰門內，先前在此哨守的光明司衛卻忽然發喊，攻向湧進來的光明司衛。姜遠似不敢相信眼前所見，愣望著穿著同樣錦衣的光明司衛拚殺，竟想不起該怎麼指揮手下護駕。

眼見局勢大亂，董方停住了腳步，他遙望方城上激鬥的身影，急得如熱鍋上的螞蟻，卻又無計可施。而百官們亂成一團，文官們受不得這血腥的打鬥場面，嚇暈了好幾個，武官們也分不清到底誰是逆賊，只能徒勞地怒吼著。

靈殿內，皇帝奄奄一息地倒伏暗道口前，他艱難挪動著，一分一分向暗道口爬去。衛昭閃身間瞥見，手中狐裘急速拍出，擊中皇帝背心，皇帝軟軟倒在地上。

葉樓主猛地一掌擊來，衛昭站立不穩，便倒在了皇帝身上。葉樓主急縱過來，欲將衛昭掀開，衛昭眼中寒芒一閃，右手運起全部內力擊上葉樓主胸前，葉樓主猝不及防，被擊得凌空後飛，於空中噴出一路鮮血。受此重創，葉樓主卻剽悍異常，落地後迅搶過一名黑衣人手中長劍，再度向衛昭攻來。

森森刃芒，真氣激送，衛昭空手對白刃，身上素袍被鮮血染紅，但他招招奪命，毫不退讓。雪白絕美的面容已籠罩一層死亡的青灰，血越流越多，他眼前漸漸模糊，耳畔彷彿聽到那引線「嗞嗞」燃向方城下火藥的聲音，眼前好似又看見她明媚的笑容。

——「我要你發誓，一輩子都不再丟下我。」

——「好，一輩子都不丟下你。」

——「我要你發誓。」

——「好，我若再丟下你，便罰我受烈焰噬骨……」

星月谷石屋中的誓言，穿透重重寒風、森森劍氣，破空而來。不捨丟下，卻不得不丟下你；不想毀了你的純淨，卻仍讓你落入塵埃；不欲讓你被黑暗吞沒，卻不知，自己便是無邊無際的黑暗；也許，只有今日烈焰噬骨，才能贖這一身的罪孽。也只有這烈焰噬骨，才能洗刷靈魂中無盡的恥辱……鳳凰啊鳳凰，你的羽毛，早就髒了，何不西歸，何不涅槃！只是，誰來保我月落？誰來給我月落幾十年的太平時日！

他的眼前漸轉混沌，望出去，只有殿外裴琰紫色的身影，如同一道閃電劈亮了整個黑暗的天空……

「地道！」衛昭猛然清醒，拚盡全力，暴喝出這二字。

裴琰突不下方城，正是急得狂怒之時，聽到衛昭這聲暴喝，領悟過來。他運起一股螺旋勁氣，待黑衣人的劍勢受這股勁氣相帶有所凝滯，他急速後飄，縱入靈殿之中。黑衣人們只防著他向前突下方城，未料他竟返身入殿，一時不及阻攔。

裴琰半空中乍地挺劍直刺，這寒涼入骨的一劍，悄無聲息地沒入了葉樓主的腰間，葉樓主跌倒於地。

此時，被黑衣人圍攻的莊王力竭失招，一抹寒光閃過，帶起一線血塵，莊王緩緩倒地。

此時，易五也在激戰中與一名黑衣人同時倒地，他最後留給衛昭的，只是一聲痛呼：「主子快走！」

此時，不斷有人湧上方城，混戰成一團。

此時，顯彰門內外，百官們遙遙抬頭，望著方城上發生的一切。

衛昭的面容呈現出一種冷玉般的白，嘴角、胸前盡是血跡，傷口處仍不停湧出鮮血，他踉蹌著站起，眼中似有烈焰在熊熊燃燒。裴琰看得清楚，正待拉著他一起鑽入暗道口，衛昭突然握上裴琰持劍的右腕。裴琰一驚之下未能掙脫，以爲他失血過多，神智不清，便急切叫道：「三郎！」

血，從衛昭的嘴角不停往外湧，他死死盯著裴琰的面容，眼神凌厲地狠狠道：「姓裴的，你欠我的，你要記得還，不然我做鬼也不會放過你！」不等裴琰反應，衛昭已抓起裴琰的手腕，猛喝一聲，裴琰手中長劍深深地刺入了衛昭肋下。

裴琰大驚。衛昭噴出一口鮮血，面色越發蒼白，他卻努力高高昂起頭斜睨著裴琰，冷冷一笑，低聲說道：「少君，咱們來世，再做朋友吧……」

裴琰驟然明白過來，大喝道：「不可！」急速伸手抓向衛昭，但衛昭已身形急旋，用盡全身最後的力量，一腳踢上了裴琰胸前。裴琰只覺一股大力將自己往後踢飛，他下意識地伸手，「嘶」聲響起，他只來得及將衛昭的白袍扯下一截，轉瞬便飛出靈殿，飛向半空，直向方城下倒飛而去。

寒風中，裴琰在空中向後疾飛，他眼眥欲裂，眼中所見的最後景象，是衛昭白衣染血立於靈殿中，彷似對自己笑了一笑。

「少君，咱們來世，再做朋友吧……」這句話，不停在裴琰耳邊迴響。他腦中一片混亂，只下意識借衛昭這一踢之力控制身軀，在方城的城牆上急點，向方城下墜落。

那白色身影，越來越遠，遠得就像隔著一條河。河這邊是熱鬧的，溫暖的生，那邊，卻是冰冷的，無邊無際的地獄……

冬日的晴空，仰面看去，透著幾分慘淡的藍。

裴琰落下方城，從高處落下的巨大衝力讓他不得不在地面急速翻滾，「喀」聲輕響，肩胛劇痛。痛楚中，翻滾間，他的眼前一時是慘淡的藍，一時是染血的白，一時又是方城城牆那陰晦的暗紅……

「轟！」似萬千惡靈由地獄洶湧而出，地面顫了一顫。隨著這一聲巨響，一團似蘑菇般的火雲，在方城上緩緩綻放，如同地獄之花，盛開在最聖潔的祭壇。

縱是有兩條引線被斬斷，這最後一條引線所引爆的火藥仍讓方城的一半轟然而倒，靈殿也塌了一角。熱浪，似流水般滾滾而來，裴琰盡力翻滾著，遠離這股熱浪。瓦礫碎石，漫天而飛，不停落在他的面上、身上。烈焰，沖天而起，將整座靈殿吞沒。

遙望著裴琰身形飄飛遠去，衛昭愴然一笑，他再也無力支撐搖搖欲墜的身軀，向後退出幾步，倒在了皇帝身邊。

「轟！」一聲巨響，爆炸讓靈殿劇烈搖晃，頭頂的梁柱一根根倒下，有一根砸在皇帝腿上，皇帝痛得醒轉來。沖天的烈焰已將靈殿包圍，皇帝炙熱難當，提起最後一絲力氣向暗道口爬去。衛昭意識模糊，本能下撲上皇帝身軀，死死地扼住皇帝的腰。

皇帝早已無力掙脫這股扼制，漸漸陷入臨終前的迷亂，他眼前模糊，喘氣聲如同一個行將就木的老人，「三郎，朕恕你無罪，你和朕一起走……」

衛昭恍若未聞，再將皇帝的腰抱緊了幾分。烈焰，燃入靈殿，灼骨的疼痛逐漸將二人吞沒。原來，這就是烈焰噬骨的痛楚；原來，這就是鳳凰涅槃的痛楚……

衛昭覺體內的血就要流失殆盡，碧玉髮簪「噹」的一聲從髮間滑落，他的長髮被火焰鼓起的風捲得亂舞，如黑色的火焰，淒厲慘烈。他仰天狂笑，鮮血不斷由嘴角往外湧，心底低吟：「終於，解脫了……」

熊熊烈焰中，一把高亢激越的歌聲穿雲裂石：「鳳兮凰兮何日復西歸，煌煌其羽沖天飛，直上九霄睨燕雀，開我枷鎖兮使我不傷悲。鳳兮凰兮從此不復歸，生何歡兮死何懼，中道折翼兮使我心肝摧。鳳兮凰兮何時復西歸，浴火涅槃兮誰為泣涕？」悲愴入骨的歌聲，似猶帶著掙脫枷鎖的無比喜悅，漸漸地低了下去，細如游絲，最後慢慢湮沒於熊熊烈焰之中……

裴琰已無力翻滾，他劇烈喘息著，仰臥於地遙望方城上沖天的烈焰，下意識伸出手去，低聲喚道：「三郎！」他五指鬆開，緊攥著的白色袍袖被寒風吹得捲上半空，颯颯揚揚，飛向那熊熊烈焰。

冬陽下，他彷彿見到那雪白的面容正在烈焰後微笑，彷彿再聽到衛昭留在這塵世最後的聲音——「少君，咱們來世，再做朋友吧……」

寒風中，有什麼東西，自裴琰眼角滑落，沁過他的耳際，悄無聲息地滲入塵土之中。

六十二 塵埃落定

顯彰門兩邊，文武百官以及疾速趕來的禁衛軍和光明司衛們，都看到了方城上的那一幕……忠孝王裴琰躍向聖殿，搏殺間一劍刺中衛昭，但被衛昭臨死前一腳踢上半空。

「轟！」一聲巨響，人人抱頭躲避，當他們狼狽爬起時，方城上已是烈焰騰空，眾人還沒反應過來，殺伐聲自皇陵東側震天而來。

不多時，在皇陵外守候的禁衛軍被數千人逼得退至玉帶橋前，不停有人呼道：「莊王謀逆！河西軍反了！」

眾臣眼見將禁衛軍逼得步步後退的精兵，領頭之人正是高成，俱驚慌不已，抱頭鼠竄。偶有幾個武將大聲上前，也被潰退的禁衛軍衝得站立不穩。

高成廝殺間見方城內烈焰熊熊，濃煙滾滾，絕望蔓延至四肢百骸，他強撐著率兵前突，只盼莊王能逃得一劫，這樣他們還能有一線生機。但背後漫天追來的喊殺聲，將他最後這絲希望徹底毀滅。

肅海侯率著三萬人馬，把河西軍最後的兩千餘人逼到玉帶河前拚死抵抗。姜遠同率著光明司衛由方城內攻出來，將河西軍殘兵圍在中間。

高成面色蒼白，仰天長歎：「罷了！」他猛然暴喝：「住手！」

肅海侯卻是冷冷一笑，望著垂死掙扎的河西軍，右手高舉，自齒間迸出斬釘截鐵的一句：「河西軍謀逆，奉聖諭，格殺勿論！」

摧裂山河般的殺氣如風捲殘雲，不到片刻，河西軍便悉數倒於血泊之中。

高成身形搖晃，長刀拄地，狠狠盯著肅海侯。肅海侯面色平靜，右手一攤，接過部下遞上的強弓，吐氣拉弓，「噗」聲響後，灰翎如閃電般疾射出去。高成身形後飛，落於玉帶河中。

肅海侯擲下強弓，急速道：「快，護駕！」

那廂董學士終於顫顫巍巍爬起，連滾帶爬奔到方城前。但此時，烈焰映紅了半邊天空，方城已經陷入一片火海，埋藏著的火藥被不斷引燃，不時發出轟天巨響，裡頭之人再無任何生還可能。董學士雙膝一軟，匍伏於地，痛呼道：「皇上！」隨著他這一呼，數萬人齊齊痛哭，哀聲響成一片。

震天撼地的痛哭聲中，裴琰清醒過來，他伏地向前爬行數步，悲呼道：「皇上！太子！臣無能，臣沒能救駕啊！」

眾臣親睹忠孝王裴琰護衛太子逃開香爐，看著他手刃衛昭，卻仍未能救出皇帝和太子，都悲從中來，再度放聲痛哭。

裴琰哭得一陣，慢慢爬起，可腳下一個踉蹌，跌倒在地，復又掙扎著爬起來，轉身走向顯彰門。他渾身是血，一瘸一拐，身上還沾滿了碎土石屑，面上神情悲痛萬分，淚水長流。

肅海侯在顯彰門前跪地痛哭，眼睛卻緊盯著踉蹌走來的裴琰。董學士回轉頭，向肅海侯微微搖了搖頭。

肅海侯正頗猶豫，只聽得南面劍甲輕響，靴聲橐橐。他急速站起，但見數千人戎裝輕甲擁至玉帶橋前。這數千人陣形齊整，一至玉帶橋前便如鷹翼般散開，展護左右。他們人數遠少於肅海侯人馬，但氣勢懾人，散發著鋒銳無比的殺氣。

裴琰面上滿是悲痛之色，哽咽道：「你們怎麼來了？」

童敏快步過來，大聲道：「莊王的人在京城謀逆，我等恐聖上有難，特來勤王護駕！」

裴琰揮淚泣道：「可惜，來遲一步了！」

裴琰緩步走過玉帶橋。肅海侯身形動了動，董學士再向他搖了搖頭，肅海侯也知長風衛既然趕到，已無法下手，再說裴琰當眾救駕除奸，亦無藉口除他，只得一聲暗歎，退回原處。

裴琰滿臉淚水，腳步踉蹌，童敏忙與數十名長風衛一擁而上，將他接回陣中。裴琰放下心來，又轉身面向方城，伏地痛哭：「皇上，太子！」長風衛們跟同齊跪下，靴甲之聲不絕於耳。

此時，姜遠恰帶著人進到方城查探一番出來，大哭著向董學士拜倒，眾臣終知皇帝和太子再無生還可能，更是哭聲震天。董學士哭得一陣，起身大聲泣道：「皇上既已薨逝，國不可一日無君……」

裴琰先前見童敏暗號，知靜王無恙，再聽董學士這番話，不由嘴角微微勾起。卻聽得董學士的聲音傳入耳中：「所幸蒼天憐見，太子身體染恙，方城風大，太子奉聖上口諭留下，未遭逆賊毒手。」裴琰大驚，猛然抬頭，只見肅海侯正向著自己微笑，那笑容似一刃無聲的劍，直刺他心頭。

玉帶河前，肅海侯的人馬如潮水般向兩邊退開，十餘人擁著身披金絲斗篷的太子，疾速走來。

裴琰剎那間明白，在前來皇陵的車駕上，眞假太子便已掉包，隨著皇帝踏入方城、死於莊王之手的，只是個替死鬼而已。他眼皮一跳，垂下頭去。

太子撲至玉帶橋前，「撲通」一聲跪下，伏地痛哭：「父皇！」哀聲欲絕，轉眼間涕淚縱橫，少頃後哭得喘不過氣，倒於地上。董學士與肅海侯低泣著走近，一左一右將太子扶起。董學士泣道：「請太子保重龍體。國不可一日無君，皇上既已薨逝，請太子速速登基以平定大局。」

太子哭得死去活來，半晌方略顯清醒，無力道：「一切都由董卿主持吧。」說罷又是痛哭，終哭至力竭，倒在肅海侯胸前。

董學士放開太子，緩慢站起，裴琰正好抬頭看去。寒風中，二人眼神相交，俱各鋒芒微閃。

裴琰肩頭和左腿傷口劇痛，所受內傷也漸有抑不住的趨勢。他面上浮現悲戚之色，掙脫童敏等人的攙扶，踉蹌前行，走至太子身前，緩緩跪下痛聲道：「請新皇節哀！」

董學士似聽到一顆心落地的聲音，閉上雙眼又慢慢睜開，仰頭望向慘藍天空，由胸腔吁出一口長氣。寒風吹來，他這才發現，自己已是全身大汗，雙足也在隱隱顫抖。

方城內的大火，還在熊熊燃燒，映紅了數萬人悲痛欲絕的面容。薄雪下的山巒，則沉寂無言，默看著顯彰門前黑壓壓伏地慟嚎的人影。

長風衛隊末，一人悄悄退出功德門，施展輕功疾速奔過皇陵大道，踏著殘雪泥濘，沿密湖疾奔到了一棵巨松下，從左折向山巒。

山巒上的雪松林中，當第一聲劇烈的爆炸聲響起時，周遭樹木上的積雪簌簌而落，裴子放衝前幾步，望向皇陵。按原先約定，待高成率兵假扮禁衛軍殺入方城，將皇帝、太子除掉，裴琰和衛昭乘亂殺死莊王後，長風衛便會出現，與光明司、禁衛軍一起以「擒拿逆賊」之名攻打河西軍。那時，長風衛將放出煙火，自己帶著的這批精兵就可直奔皇陵，「奉靜王之命，勤王平叛」，最後平定大局。可此刻，這爆炸聲由何而來？見皇陵上空濃煙滾滾，火光豔烈，他瞬間便是汗流浹背。

族姪裴玘過來，滿面焦慮而道：「叔父，怎麼辦？」

裴子放目光徐徐掃過背後眾人，心顫了一顫，強自鎮靜，吩咐道：「先不動，形勢不對，再往北撤。」

待長風衛竇子謀奔入樹林，面上未顯悲痛之色，裴子放緊繃的心弦方悄然放鬆，卻仍忍不住抹了一把額頭上的汗珠。竇子謀趨近稟罷，裴子放修眉緊蹙，又望著皇陵上空的烈火出了一會兒神，終長歎而道：「也只有這樣了……」

華朝承熹五年十一月二十四日，冬至。皇陵大祭，莊王與光明司指揮使衛昭聯合謀逆，指使高成率河西軍突進皇陵，並在方城埋下火藥，成帝不幸罹難，薨逝於大火之中。忠孝王裴琰護駕不及，只將衛昭擊斃，孤身逃出方城。肅海侯和長風衛及時趕到，保護了太子，將高成及河西叛軍盡殲於皇陵玉帶橋前。

十一月二十五日，天降大雪，燃燒了一日一夜的皇陵方城大火才慢慢熄滅。

見這日出現薄薄的冬陽，江慈趕將被褥搭至院中的竹篙上晾曬。被上黏著數根烏髮，她輕輕拈起，見髮梢微捲，便笑著將這幾根長髮小心翼翼地收入荷包之中。

她將臉靠在錦被上，依稀還能聞到他的氣息，眼前，淨是他清晨離去時那明朗的笑容。她癡癡想了一陣，微笑著撫上腹部，低頭輕聲道：「你以後，要做一隻乖順的小貓，聽見了麼？」

「噹！噹……」遠處飄來隱約的銅鐘聲，江慈數了一下，鐘聲一共九響，待片刻後，又是連著的九聲鐘響，如此九次。蒼涼沉重的鐘聲在京城上空久久迴響，驚飛滿天鴉雀，讓這晴冬之日彷似籠上了一層陰霾。

鐘聲入耳，江慈忽覺一陣噁心，又打了個寒噤，忙奔入屋中，披上了衛昭昨夜帶來的狐裘。

鐘聲，也蕩過悠悠晴空，傳入了攬月樓頭。
崔亮正持杯而飲，聽到鐘聲響起，長歎一聲，將杯中之酒一飲而盡，起身道：「素大姐，我有事，今先告辭。」素煙淡淡笑著，將他送出攬月樓。

崔亮過了九曲橋，直奔京城北門。剛踏上內城大街，便聽到馬蹄震天，由北門方向疾馳而來。崔亮忙隨著道上行人一起閃躲，只見一隊禁衛軍打馬狂奔，不多時又是一隊光明司衛策馬而來，馬上之人皆是面色沉肅，喝馬聲亦帶著幾分不安。

喪鐘聲、鴉雀聲、馬蹄聲，讓京城百姓們驟然緊張，終有人反應過來，這喪鐘，竟是皇帝薨逝才能敲響的九龍鐘。人們驚慌失措，紛紛擁上街道，互相打聽，可只見禁衛軍和光明司衛們縱馬疾馳，誰也未能知道確切的消息，更添人心惶惶。

再過半個時辰，禁衛軍和光明司衛清道，掛著白色靈幡的太子輦駕自北門入城，輦駕旁的文武大臣們蹣跚而行，人人長淚痛哭：「皇上！」京城百姓終於相信，他們至高無上的君王……華朝成帝陛下，薨逝於承熹五年的冬至日。

崔亮見太子輦駕入城，心中一沉，不由踮起腳，越過街邊重重人群在文武百官中覓了一圈，不見裴琰和衛昭身影，心中涼透。背後有人擁擠，他一個踉蹌，險些跌倒在地。

喪樂大奏，太子輦駕所過之處，百姓紛紛伏地痛哭。崔亮想起江慈，五內俱涼，一時不能下跪，也無法挪動腳步。

重兵護衛的太子輦駕和文武百官過後，隨後而來的是數千騎高頭駿馬，人人甲冑鮮明，當先一匹馬上，一人紫紗王袍，但渾身染血，還沾著不少泥屑灰塵，面色慘白，正是忠孝王裴琰。

崔亮一見裴琰，心中一喜，悄悄退後兩步，將身形隱入臨街店舖簷下的木柱後。剛隱好身形，便見裴琰晃了幾晃又咳嗽幾聲，吐出一口鮮血，直挺挺往馬下栽去。長風衛們一陣驚呼，童敏搶上將裴琰抱住，大聲呼道：「王爺！」

百姓們見爲國立功、勇驅桓賊的忠孝王倒地，齊聲驚呼，前方的文武百官紛紛回頭，再過片刻，太子輦駕跟著緩緩停住。不多時，肅海侯急匆匆過來，蹲下瞧看雙目緊閉的裴琰，皺眉道：「快，送皇宮，請太醫！」

童敏倏然站起，將裴琰放於馬上，騰身上馬，冷聲道：「不必了，王府有名醫！」說著也不理肅海侯，旋一撥馬頭，百姓們紛紛避讓，長風衛相隨，自旁邊偏街直奔王府而去。

裴琰落馬之時，崔亮本能下呼了一聲，踏前兩步，即刻反應過來又退回杜後。等所有人馬隨著漫天哭聲遠去，仍未見衛昭身影，崔亮一聲長歎，心情沉重，卻偏無勇氣去老柳巷。正在簷下發呆，一個身影悄然走近，壓低聲音道：「軍師，王爺讓您即刻回西園。」

忠義王府內，裴夫人早得報信。待童敏將渾身是血的裴琰揹進蝶園，將他放到榻上，裴夫人雙手運力撕開了他的王袍。

裴琰睜開眼睛，笑道：「母親手輕些，孩兒今天可吃苦了。」

裴夫人熟練地替他上藥包紮，低聲道：「眞死了？」

「死了。」

裴夫人輕歎一聲，低低道：「那就好。」又道：「你叔父的人馬還在城外潛伏著，我也都安排好了，他們不敢動你的。」

裴琰望向窗外淡藍的天空，那團烈焰彷彿仍在眼前騰躍，耳邊仍可依稀聽見那句「少君，咱們來世，再做朋友吧……」他忍不住歎了口氣，湧上幾分沮喪，「只可惜上了皇上的當，太子沒能除去，眼下他才是名正言順的皇位繼承人。」

裴夫人取過一邊的乾淨衣袍，幫他換上，道：「是陶行德告的密。靜王暗中離開王府後，陶行德並未帶人包圍靜王府，只有光明司的人在府外守著。」

裴琰冷哼道：「看來，他主要心繫著欲藉莊王作亂除掉我，算孩兒命大，逃過一劫。」他面色一黯，道：「只可惜了三郎，他還以爲太子也死了，拚死救回孩兒一命，還替孩兒洗清嫌疑，可現如今……」

裴夫人在他身邊坐下道：「你做得不錯，當時亦別無選擇。只是接下來該怎麼辦，你想妥沒有？」

裴琰笑了笑，放鬆身軀躺下，道：「董方和姜遙既不敢當場拿下我，現下也不會拿我怎麼樣了。」

「這倒是。他們也拿不准咱們暗中有何布置，又無法安你個罪名。」

「皇上雖死，但他玩的這一手讓咱們和太子打了個平手，而今大家只好繼續按兵不動，心照不宣了。」

裴夫人沉吟道：「那靜王那裡……」

「不怕，咱們也無甚把柄落他手裡，就讓他繼續做他的閒散王爺，俟哪一日時機成熟了，再把他拎出來用一用。」

裴夫人卻想到了另一層，道：「可眼下皇上已削奪你的實權，而今太子上位，董方這批人必不會讓你重掌大權，該如何奪回呢？」

裴琰同覺棘手，想了片刻，站起道：「既然母親都安排好了，我這便入宮，與咱們未來的新君會一會。」

他換上新的王袍，裴夫人又取過素服替他罩上，忽然眼波一閃，道：「你等等。」

她轉身從高腳大櫃中取出一張紅色帖子，遞給裴琰。裴琰接過一看，面色微變，脫口道：「不行。」

裴夫人微笑道：「你年紀也不小，該娶正室了。」

見裴琰不言，她端起茶盞慢慢呷了一口，悠然道：「再說，眼下還有比董二小姐更合適的人選麼？董學士是聰明人，太子全靠他扶持，他大女婿是即將登基的新皇，二女婿是掌握了半壁江山的忠孝王，將來不管哪一方勝出，他都巍然不倒。你說，這個老狐狸，會不願意做這筆買賣嗎？太子雖懦弱，倒可不糊塗，只怕他也不願被董方和肅海侯等人一手把持朝政，藉聯姻還你權力，以維持各方勢力均衡，不讓某一方獨大，他自然會願意。」

裴琰還是沉默，裴夫人只得再勸道：「我已打聽清楚，董二小姐貞靜嫻淑，性情溫婉，堪爲正配。將來若眞有那麼一日，她母儀天下，也能收清流一派的心。」

裴琰轉過臉，望著案上玉瓶中插著的數枝梅花，那嬌妍之紅灼痛了他的眼，他定定看著，仍是無法開口。裴夫人看了看他的臉色，道：「你是否有了心儀的女子？」

裴琰微微一驚，忙轉過頭道：「沒有。」

「有也無妨。」裴夫人一笑，「將來納爲側妃便是，但你的正妃，只能是這位董涓小姐。」

裴琰靜立片刻，垂頭低聲道：「一切由母親作主。」裴夫人欣慰地笑了笑，道：「既是如此，我這就親去董府提親，等皇上遺骸回宮，你再入宮守靈，並與太子詳談吧。」

裴琰由蝶園出來，覺肩頭和左腿上的刃傷疼痛難當，忍不住吸了口涼氣。童敏過來稟道：「軍師回西園了。」

裴琰放下心，又想了想，才道：「你加派人手，密切監視素煙。倘發現江姑娘下落，不管用什麼方法，把她接回來。」

「是。」

傷口越發疼痛，全身就似要散架一般，而心，卻麻木到沒有知覺，裴琰茫然在相府內一瘸一拐地走著，在荷塘邊靜默，在西園門口徘徊。

崔亮正站在藤架下出神，聽到園外隱有咳嗽之聲，急忙出來道：「王爺！」裴琰在他的攙扶下走入西園，直接進了西廂房，在床榻躺下。崔亮把完脈，道：「王爺這回傷得不輕。」

裴琰苦笑一聲，道：「可惜沒把聖上救出來。」

崔亮眼神微閃，低頭道：「我給王爺開個方子，接下來得守靈七日，您若不調理好，大雪天的，怕落下病根。」

「多謝子明。」裴琰慢慢闔上雙眸，半晌才幽然道：「子明，皇上死了，三郎，也死了……」

崔亮竭力控制握著毛筆的手不顫抖，歎息道：「我先前聽說了，衛大人走了這條大逆不道的路，唉，只望別牽連太多無辜之人。」

「是啊，但玉間府衛氏一族，怕是得面臨滅族之厄。」

崔亮寫著藥方，又歎了口氣。

裴琰猛然坐起，直視崔亮，言道：「子明，有人在暗中監視於你。我怕太子一派知道了你的師承來歷，你這段時間，千萬別出王府。」崔亮縱是萬分擔憂老柳巷中的江慈，也只得應道：「好。」

十一月二十五日，大雪。

凌晨，颳起了大風，風捲雪，雪裹風，鋪天蓋地，未到辰時便將整個京城籠罩在一片銀白之中。白茫茫的京城，彷若穿上了素白孝服，呼呼的風聲也彷似在嗚號致哀。

白色的雪，白色的靈幡，白色的幃幔，白色的祭旗，人們身著白色孝衣，還有一張張蒼白惶恐的面容，素淨的白，慘淡的白，天地間彷彿只存這一種顏色。

皇陵方城大火終在凌晨大雪中熄滅，守在這處的姜遠命人再不停潑水，待火場結了一層薄冰，親自帶人尋找成帝遺骨。大風吹得雪花捲舞，姜遠帶人忍著高溫和焦臭方進到火場，已找不到任何屍首，徒留一地焦黑的灰燼。

姜遠默立良久，歎了口氣，道：「燒得太厲害，只怕都化成灰了，就此回去覆命吧。」他正待轉身，卻眼神一閃，慢慢蹲了下來。兩塊碎石間的空隙中，一支斷成兩截的碧玉髮簪，靜靜地躺於塵埃之中……

迴響在整個京城上空的哀樂淒涼入骨，將江慈從睡夢中驚醒，這才發覺天已大亮。

她穿好衣裳，披上狐裘出門，見滿院積雪，不由湧起興奮。曾聽他說過姐姐喜歡帶他堆雪人，若是他回來，便可在這院中堆上兩個，不，是三個雪人，兩個大的加上一個小的。

有鴉雀自屋頂「撲愣」飛過，江慈抬頭，見屋頂也覆了一層厚厚的雪，笑了笑，正待轉身進屋，忽然停住了腳步。別人家的屋頂，似乎與自家小院有所不同，她的心急速下沉：鐘聲、哀樂聲，還有人家屋頂上的白色靈幡，到底發生了什麼事情？

江慈雙頰一陣陣發涼，急忙換過男裝再罩上斗篷，將臉塗黑些，隱於斗篷中匆匆出了院門。

滿街的靈幡，漫天的哀樂，江慈一路走來，越發心驚，待走到內城大街，她茫然隨人群跪下，茫然看著數千禁衛軍護擁著十六騎大馬拉著的靈柩經過。那黑色的靈柩，如一道閃電刺痛了她的眼。

身邊，有人在低聲交談：「唉，聖上蒙難，華朝只怕要多事了。」「不怕，有忠孝王和董學士等人穩著，亂不了。」「你說，莊王老老實實去海州便是，何苦謀逆？」「就是，只怕莊王是受了衛三郎那弄臣的攛掇，那妖孽，燒死了乾淨，只可惜聖上，對他多年寵幸，竟落得……」「所幸忠孝王爺將這妖孽除去，和肅海侯爺一道護得太子安全。不然，唉。」「也不知忠孝王爺的傷勢如何？上天可得保佑才是。」

江慈眼前一黑，旁邊有人扶住了她，「小哥，你怎麼了？」

又有幾人過來，將她扶到一旁的柱邊坐下，但他們的臉是如此模糊，他們的聲音也似從另一個世界傳來：

「看來是病了。」「要不要送他去看大夫？」「算了，別多管閒事，讓他在這裡待著，他家人自會找來的。」「走吧，走吧。」

江慈只覺自己身軀悠悠蕩蕩在半空中飄浮，她極力想落地，卻總是落不下來。似有什麼東西要從體內向外洶湧而出，又似有什麼，在一下下割著已經麻木的身軀。

究竟，發生了什麼事情？他此刻在哪裡？

風捲起斗篷下襬，撲打在她的腹部，她悚然清醒，用雙手捂住腹部，掙扎著站了起來。

她在寒風呼嘯的大街上艱難走著，不停地一下下咬著自己的舌尖，只是，淚水卻不可控制地自眼中滾落，滑過面頰，滑落頸中，冰涼刺骨。

她的眼前，一片模糊的白，但這片白之後不停閃現的，卻是他臨走時那明朗的笑顏。

——「好，我若再丟下你，便罰我受烈焰噬骨……」

——「小慈，你等我，再等二十多天，一切就結束了。」

——「小慈，等我回來。」

攬月樓。

素煙跪在地上，默默聽罷，磕下頭去，「素煙明白，請上使回去稟告主公，素煙自會承繼樓主遺志，續為主公效命，死而後已。」

黑衣人笑了笑，道：「葉樓主生前，也經常在主公面前誇素大姐，所以樓主去世後，主公將這攬月樓交給素大姐掌管，續為主公打探各方消息，還請素大姐莫辜負了主公的一片殷望。」

「是。」素煙起身，將黑衣人送出攬月樓，看著他上轎離去後，望著滿天大雪歎了口氣。正待轉身入樓，忽聽到樓前的石獅後有人在低聲喚道：「小姨。」

素煙面色一變，急忙轉到石獅後，定睛看了看，握住江慈冰冷的手，「小慈，你怎麼來了？快進來。」

江慈木然移動腳步，隨素煙踏上石階，正待入樓，忽聽有人大聲道：「素大姐。」素煙緩緩轉過身來，踏前兩步，將江慈護在背後。安澂帶著十餘人走近，微笑道：「素大姐，江姑娘。」

素煙冷冷道：「今日我這攬月樓不接待任何人，各位長風衛弟兄請回吧。」

安澂卻只看著江慈，恭聲道：「江姑娘，王爺讓我們接您回王府。」

江慈低頭想了片刻，慢慢從素煙背後走出。素煙一把將她拉住，急道：「小慈。」江慈抱上素煙的脖頸，在素煙耳邊低聲道：「小姨，您放心，他不會害我的，我也正想問他一些事情。」

由於未能找到成帝遺骨，姜遠回稟後，只得奉命將火場的灰燼捧了一捧，盛入靈柩，在漫天大雪中將靈柩運回宮中。

皇宮內一片縞素，滿目靈幡孝幛，太子率百官全身披孝，伏於乾清門前的雪地中，哭聲震天，恭迎成帝靈柩入宮。從昨日起，太子就一直痛哭，暈厥數次，水米未進，全靠數名太醫及時灌藥施針，這刻才有力氣親迎父皇靈柩。他兩眼紅腫，喉嚨嘶啞，悲痛的哭聲讓群臣心中惻然。

靜王一身孝服，跪於太子背後，哀哀而泣。只是，他自己也想不清楚，到底爲何而泣？是爲了眼前靈柩中的人，還是爲了別的什麼？

待大行皇帝靈柩進入延暉殿，哀樂嗚咽響起，太子撲到靈柩上，再次哭得暈了過去。姜遠忙將太子揹入內閣，董學士和太醫們一擁而入，又掐人中又扎虎口。太子終於悠悠醒轉，他環顧四周，內閣裡還是皇帝在世時的樣子，不由悲從中來，再度放聲痛哭。董學士忙道：「快，送新皇去弘泰殿歇息。」

姜遠又俯身負起太子入了弘泰殿，太子無力躺於榻上。董學士跟著進來，待太醫手忙腳亂一陣後太子稍恢復了精神，他揮揮手，命眾人退出。

董學士在榻前跪下，低聲道：「請皇上保重龍體。」

太子喘道：「董卿。」

「臣在。」

「一切都拜託您了。」太子想起死於烈火中的皇帝，再次哀泣。

董學士跪伏趨前，握住太子的手，低聲道：「皇上節哀，眼下還有更要緊的事情，裴琰只怕馬上就會『帶傷』進宮。」太子沉默片刻，緩緩道：「岳父大人，您意下如何？」

董學士磕頭回道：「臣請皇上決斷。但容國夫人昨日親自上門提親，昨夜我又接到急報，寧劍瑜已兵壓至河西府，而裴子放還未到梁州。臣估計，裴氏已行妥萬全準備，一旦咱們不允，便是要與他們徹底翻臉，臣恐……」

太子盯著董學士頭頂的孝帽看了良久，幽幽歎了口氣，「裴琰一表人才，文武雙全，倒也配得起二妹。」

董學士連連磕頭，「臣遵旨。」

忠孝王裴琰素服孝帽，一瘸一拐，在姜遠的攙扶下入宮，於先帝靈前哀慟不已、痛哭失聲，終因悲傷過度引發內傷，在靈前吐血昏厥過去，只得也由姜遠揹入弘泰殿。

董學士看了這兩個女婿一眼，將殿門「吱呀」關上。

太子躺在榻上，看著裴琰行叩拜大禮，無力道：「裴卿平身，坐著說話吧。」

「謝皇上。」裴琰站起，在錦凳上斜斜坐下。

太子仍是滿面悲痛，望著殿頂紅梁大柱，幽幽道：「二弟遭弄臣蒙蔽，做出這等大逆不道之事，父皇蒙難，朕這心裡……」說著又落下淚來。

裴琰忙勸道：「請皇上節哀，元凶雖已伏誅，但大局仍未穩，事事還得皇上拿主意才行。」

太子哭得片刻，止住眼淚，道：「裴卿。」

「臣在。」

「父皇生前就誇裴卿乃國之棟梁，要朕多向裴卿學習，朕時刻將這話謹記在心中。裴卿文韜武略，皆堪為臣表，往後朝中諸事，朕還得多多依仗裴卿。」

裴琰泣道：「臣自當竭心盡力，死而後已。」

「朕之二姨妹，性情溫婉，品貌俱佳，能得裴卿垂青，朕亦甚感欣慰。雖說父皇大行，周年內不得娶嫁。但你們是去年便訂下的親事，婚期早就擇定，權當為朕登基慶賀，仍按原來定下的日子，下個月十五成親吧。只是大喪期間，得一切從簡，委屈裴卿了。」

裴琰忍著左腿疼痛，再度跪下，「臣謝主隆恩。」

太子圓胖的面上露出一絲笑容，俯身將裴琰扶起，和聲道：「朕一時都離不開裴卿的扶助，你雖成婚，也不能太閒著，朕身體不太好，打算封你和董卿為內閣首輔，政事都由你們二位先行處理，朕只最後批決。如此，朕也能輕鬆一些。」裴琰面上惶恐，連聲應是，須臾又沉聲道：「皇上，眼下還有一件緊急軍情，需皇上裁斷。」太子眼神微閃，道：「裴卿但奏無妨。」

屋外寒風呼嘯，裴琰似又聽到衛昭將自己踢離方城前的聲音，便有一瞬的愣神。太子不由喚道：「裴卿？」

裴琰回過神，恭聲道：「臣昨夜收到軍情，宇文景倫率大軍攻打月戎，指日便可攻破月戎都城。而他藉此次攻打月戎，將桓國西部二十六州實權悉數掌控。倘他收服月戎，只怕下一步即是從西北攻打月落。」

太子眉頭微皺，道：「宇文景倫眞是野心不死。」
「是，他在與我朝之戰中敗北，定是極不甘心，恰好月落又曾出兵相助我朝，遂成他再度攻打月落的藉口。他滅了月落以後，將不必再經成郡，可由西北直插濟北和河西，這就……」
太子沉吟了一下，徐徐問道：「依裴卿之意，如何是好？」
裴琰沉聲道：「臣認爲，宇文景倫新敗於我朝，短時間內並不敢與我朝再戰，故此遷怒於月戎和月落。月戎我們管不了，但月落我們得護住，絕不能讓宇文景倫的野心得逞。」
「哦？難道要我華朝出兵保護月落不成？」
「這倒不必。當日那月落族長答應出兵相助之時，便向臣表達了願爲我朝藩屬的意願。若月落正式歸我朝藩屬，即同意味著成爲我朝領土，若此宇文景倫欲對月落用兵，等於要正面與我朝爲敵，他必得三思。」
太子沉吟道：「讓月落立藩？」
「是。」裴琰跪落，肅容道：「皇上，月落立藩，對我朝只有益處，一可爲我朝西北屏障，二可阻宇文景倫之野心。萬一將來有事，月落也將是一強援，臣請皇上應允。」
見太子仍略顯猶豫，裴琰又道：「皇上，華桓之戰，臣能得勝，月落出兵相助，功不可沒。若是我華朝背信棄義，見死不救，天下百姓豈不心寒？將來如何安岳藩之心？如何令四夷臣服？皇上，眼下烏琉國對岳藩可也是虎視眈眈啊。」
太子一驚，點頭道：「正是這個理。」
「還有，皇上，您剛登基，正須實行幾樁仁政。臣冒死求皇上，廢除月落一應奴役，允他們不進貢，不納糧，也不再進獻孌童歌姬。」
「這個……」

「皇上，我華朝以往對月落苛政甚多，致使月落民不聊生，官逼民反，朝廷還須派重兵屯於西北，隨時準備鎮壓民變。與其這樣消耗國力，得不償失，倒不若取消月落族的雜役，讓他們安居樂業，甘心為我朝守護西北疆土，豈不更好？」裴琰侃侃說來，心頭忽然一痛，轉而伏地泣道：「皇上，臣說句大不敬的話，若是、若是先皇沒有寵幸弄臣，也就不會有衛昭攛掇莊王謀逆作亂了啊！」

太子仰面而泣，道：「是啊，若是父皇不寵幸孌童，今日就不會……」

裴琰眼中朦朧，伏在地上，看著身前的青磚，語氣誠摯，「臣伏請皇上推宗崇儒、修身養德，禁止一切進貢和買賣孌童歌姬的行為，肅清風氣，以令內政清明、四海歸心！」

午後，風更盛，雪也更大。

裴琰從弘泰殿出來，寒風吹得他略睜不開眼，他一瘸一拐地穿過皇宮，茫茫然中走到了延禧宮。

西宮內，遍地積雪，滿目淒涼，裴琰輕撫著院中皚皚白雪覆蓋下的梧桐樹，眼眶慢慢濕潤，終輕聲道：「三郎，你可以安心了。咱們來世，再做朋友吧。」

一團積雪落下，他仰起頭，望向枯枝間混沌的天空，悵然若失。

江慈在黑暗中沉浮，眼前漆黑一片。她想撥開這一團黑霧，想看到黑霧後他明朗的笑容，但全身無力，連手也抬不起來。她竭力掙扎，拚命呼喊，卻無濟於事。四肢百骸似被萬千針芒扎著般疼痛，唯有小腹處，有一團熱流在緩慢流轉，護住她即將碎裂的身軀。

有人在她耳邊不停喚道：「小慈，小慈！」像是他的聲音，但又似乎不是，好像是崔大哥。崔大哥，你為什麼不騙我呢？說他回了月落也好，說他去了遠方也好，為什麼，為什麼要告訴我真相？

崔亮坐在床邊，看著面白如紙、陷入昏迷之中的江慈，深深皺眉，無奈地歎了口氣。

腳步聲響，崔亮忙站起道：「王爺！」
裴琰腿傷已大好，慢慢走到床邊坐下，凝望著江慈消瘦的面容，低歎一聲，道：「還沒醒？」
「是，她傷心過度，藥石難進，我只能扎針護住她心脈，希望她能湧起求生的意志，自己醒來。」
裴琰無言，緩緩伸出手去，撫上江慈額頭，那冰涼的觸感竟讓他打了個寒噤。他心中一痛，只能道：「有勞子明了，如果要什麼珍貴藥材，子明儘管讓人去拿。」
「小慈如我親妹，我自當盡力。」
裴琰卻不起身，長久地在床邊坐著。崔亮低聲道：「先皇已經下葬，後日就是新皇的登基大典，王爺政務繁忙，還是早些回去歇息吧。」
裴琰卻仍坐著不動，崔亮也不再勸，搖搖頭，走出了西廂房。
屋外寒風吹得窗戶「咯嗒」直響，裴琰站起，將窗戶關緊，忽聽得床上的江慈似是喚了一聲，驚喜下過來喚道：「小慈。」
江慈慢慢睜開眼。裴琰大喜，急喚道：「子明快來！」
崔亮奔來，探脈後喜道：「行了，算是保住……保住她這條命了。」
江慈低咳數聲，裴琰忙取過桌上茶杯，崔亮將她扶起。江慈喝了口水，垂下眼簾，半晌低聲道：「崔大哥，麻煩你先出去一下。」
待崔亮將門關上，江慈掙扎著坐起。裴琰伸手欲扶，她將他的手一把拂開，卻因過度用力，一陣急咳，喘得滿面通紅。
裴琰歎了口氣，握上她的手腕。江慈欲待掙脫，裴琰已向她體內輸入一股眞氣，待她面色稍稍好轉，方低聲道：「三郎若是看到你這個樣子，他走得也不會安心的。」

江慈淚水洶湧而出，她死死盯著裴琰，顫聲道：「他，他到底是怎麼……」

裴琰沉默無言，良久方澀然道：「小慈，你信我，他不是死在我手上，他是、是與先皇同歸於盡。」

江慈早已傷痛得喘不過氣來，伏於床邊嘔吐。裴琰忙拍上她的背心，待她稍平靜些，道：「你別太傷心了。」

江慈猛然抬頭，雙目灼灼，道：「可找到他的……」

裴琰偏過臉，半晌方道：「沒找到，燒得太厲害，都化成灰……」

江慈眼前一黑，往後便倒，裴琰急忙將她抱住，喚道：「小慈！」江慈轉瞬又醒過來，她掙扎著，泣道：「他一定還活著，一定還在那裡。你帶我去找他，他一定還活著、還活著……」

裴琰將她緊緊抱住，見她哭得上氣不接下氣，小臉慘白，心中酸痛難當。見她仍是拚命掙扎，他突地怒意湧上，大聲道：「他已經死了，方城爆炸之前，他就死了！那麼大的火，燒了一天一夜，他已經被燒成灰，你永遠都找不到他了！」

江慈仰頭看著他，他的話像針尖，一下下在她心頭、在她經脈中用力戳著，她只覺五臟六腑都在翻轉騰絞，她聽到自己的聲音彷彿在雲端飄浮，「不要，他發過誓，再也不丟下我的，不要，我不要他騙人……」

她的手涼得驚人，往日清澈如水的眸子木然轉著，裴琰心痛不已，猛然從懷中掏出兩截碧玉髮簪，伸至她面前。江慈淚眼模糊中看清是衛昭素日戴的那支髮簪，雙手顫抖著伸出，將這兩截斷簪緊緊抱在胸前，喉間痛苦地「啊啊」著，全身劇烈地顫慄。

裴琰無奈，只得呼道：「子明！子明！」

崔亮疾奔進來，見這情況，取出銀針，先扎上相關穴位護住江慈心脈，又扎上她的昏穴，江慈痛泣漸止，慢慢昏睡過去。裴琰將她放平，見她縱是昏睡，仍緊攥著那兩截碧玉髮簪，他再無法抑制內心的傷痛，大步走了出去。

江慈再醒來時，已是掌燈時分，她無力地睜開雙眼，望著坐在床邊、滿面擔憂之色的崔亮，再看向手中的斷簪，淚水洶湧而出。

崔亮心中絞痛，伸手替她將被汗濡濕的頭髮撥至額邊，輕聲道：「小慈，你聽著，你此時什麼都別想，只管將身子養好，他、他一生孤苦，你得保住他這點血脈。你放心，崔大哥無論如何，都要護得你的周全。」

淚水仍是止不住地往下流，江慈慢慢將斷簪貼於面頰旁，玉質清涼，如同他的手輕撫著她的面頰，只是，玉簪已斷，他終於丟下了自己，再也不會回來了……

六十三　故人長絕

十二月初八，黃道吉日。

是日辰時初，華朝新皇具孝服至太廟祭告先祖靈位，辰時末，著袞服至乾清門禱告，向上蒼祈福，求蒼天護佑賜福，風調雨順，國泰民安。百官咸著朝服跪於乾清門後。待韶樂奏罷，新皇起身，鐘鼓鳴，新皇上輿，至弘泰殿降輿，升帝位，百官行叩拜禮，禮部尚書宣讀詔書。宣罷，再鳴鐘鼓，眾臣再叩頭，太子謝熾正式登基爲明帝。

明帝登基，遵先皇爲「烈祖成皇帝」，斥莊王爲「逆煬王」，誅玉間府衛氏九族。一應附黨，除陶行德及時告發且通知肅海侯與長風衛來援，而得免死並褒獎以外，其餘皆誅九族。

明帝頒旨，封董學士和忠孝王裴琰爲內閣首輔，一應政事，皆由二位首輔議定後再呈稟明帝定奪。

明帝再下恩旨，將河西、寒州、晶州賜給忠孝王爲封地，並允其宮內帶劍行走，出入宮門無須下馬。肅海侯護駕有功，封爲肅海王，賜蒼平府爲其屬地，免其糧稅，由其自行管理。禁衛軍指揮使姜遠護駕有功，賜婚靜淑公主，並封其爲一等慶威侯。長風衛一應護駕功臣，皆有重賞。

新皇登基，改元「永德」，冊董氏爲皇后，宣布天下大赦，遣散宮內年老宮女並一應變童歌姬。

待眾臣鬧哄哄謝恩平身，議的第一件朝政即是月落立藩。

這件事議得極爲順利，月落出兵，在華桓之戰中襄助一臂之力，兩位內閣首輔裴琰與董方並無異議。清流一派雖頗猶豫，但聽到明帝要廢除進獻變童歌姬，推宗崇儒，肅清風氣，大學士殷士林便帶頭泣呼「聖上英明」，其餘官員自是隨聲應和，自此月落立藩遂成定局。

明帝再頒聖旨，廢除月落一切奴役，允其不交糧、不納貢、不進獻姬童，並禁止華朝再有買賣變童歌姬之事，如有違者即處重刑。明帝並頒嚴旨，凡有官員縉紳，一律不得蓄養變童，如已有者，須將變童遣送回原籍且好生安置。

這一輪旨意宣罷，弘泰殿內，百官稱聖，自此，「永德之治」正式開啓。

裴琰回府，見大管家裴陽正指揮僕從操辦婚禮事宜，府中除大門外，也都摘下了孝幃，掛上紅綾，他心中煩悶，直奔西園而去。

江慈這日精神好了些，正替崔亮磨墨，見他進來，淡淡道：「王爺。」

裴琰見她一身素服，鬢邊一朵白花，腰間繫著孝帶，不見昔日的圓潤和水靈，但纖腰細細加上白衫飄飄，平添了幾分素雅與靜婉，他心頭微顫，一時移不開目光。

江慈下意識右手護住腹部，轉過身去。崔亮回頭，笑道：「王爺快來看。」

裴琰回過神，走近細看，喜道：「子明畫得眞快。」

「是。」崔亮微笑道：「瀟水河以北的，本月內應可完成，但瀟水河以南的，恐得過了年關才行。」

裴琰望著圖上的山河川流，伸手輕撫著，歎道：「有了這幅圖，華朝強盛，指日可待。」他後退一步，長揖道：「多謝子明。」崔亮忙扶起，還禮道：「王爺切莫如此大禮，亮承受不起。這幅《天下堪輿圖》能造福於民，自當讓它重見天日。何況王爺一直相護於崔亮，亮自當竭盡所能。」

裴琰欣喜地再望向案上地形圖，道：「那各處礦藏……」

「我得先把地形圖給繪齊了，才能找到點，在圖上一一標注。」

「好。」裴琰笑道：「看來今天日子真不錯，新皇登基，推行仁政，還下旨允月落立藩，同時廢其一切雜役。」

江慈猛然回頭，裴琰向她微微一笑，江慈嘴唇動了動，終未說什麼，低下頭去。

裴琰再和崔亮說了一會兒話，仍不捨得離開西園，江慈恰做好了飯菜，裴琰便留了下來。

三人靜靜地吃著，裴琰忽然笑道：「咱們三個人，許久不曾這樣吃過飯了。」崔亮亦頗多感慨，應道：「是啊，時間過得真快，王爺也馬上要迎娶王妃了。」

裴琰忍不住探看江慈一眼，江慈卻在默然出神，似是想起了很遙遠的事情，轉而眼眶一紅，落下淚來。她默默放下碗筷，崔亮勸道：「你身子剛好，得多吃些。」江慈也想起腹中胎兒，平定心情，深吸口氣，向崔亮一笑，重端起碗，努力將飯吃完，起身道：「王爺慢吃。」

吃完飯，崔亮繼續畫圖，裴琰站於一旁看了須臾，才出了屋子。江慈正在掃去院中殘雪，見他出來，猶豫片刻，輕聲道：「多謝王爺。」裴琰微笑道：「不用謝我，這是德政，是我應該做的。」

江慈垂下頭去，裴琰再也提不動腳步，道：「小慈，你陪我走走。」江慈略生猶豫，但又想問問他朝廷還給了月落哪些德政，便放下笤帚，跟了上去。

停了兩日的雪，但園內仍是銀白一片，冬青矮柏被積雪壓得顫顫巍巍，寒風颩過，雪即簌簌掉落。

裴琰屏退隨從，與江慈在園中徐步走著，江慈也不說話，倒是裴琰將今日朝上對月落的各項惠政一一講述。江慈默默聽著，右手緊攥著披風下襬，努力平定洶湧而出的傷痛。

待裴琰講罷，她低聲道：「多謝王爺。」

裴琰停住腳步，低頭凝望著她，似想說什麼話卻又說不出來，遙見漱雲帶著侍女們過來，只說了一句：「你先在這裡住著，以後再做打算吧。」

江慈低應一聲，默默轉身離去。裴琰負手而立，望著伊人身影遠去，始淡淡啓口道：「你怎麼來了？」

漱雲走近，看了看遠去的江慈，笑應道：「想來問問王爺，王妃過門之後，是住愼園還是謹園，我好讓裴陽……」

裴琰神情冷淡，「你去請示母親吧。」

十二月十五，黃道吉日。

忠孝王兼內閣首輔裴琰，迎娶大學士兼內閣首輔董方的二千金，自是華朝頭等大事。雖處於國喪期間，一切從簡，這喜事仍辦得十分熱鬧，朝中一應官員都到府祝賀。

裴琰著大紅喜服，面上帶著淡淡微笑，與園中群臣一一頷首爲禮，牽著紅綢將鳳冠霞帔的新娘子帶入喜堂。一眾長風衛忍不住圍擁過來，卻又懾於裴夫人積威，不敢如童敏婚禮時那般胡鬧。鄭承輝等一幫世家公子則躲於一旁，商議著等會兒鬧洞房的高招，定下計策，各自行動。

大學士陶行德親任司禮官，唱喏聲中，喜樂齊奏。裴琰牽著新娘一拜天地，再向裴夫人和從梁州趕回來的震北侯裴子放下拜，裴夫人盈盈而笑，倒讓一眾文武官員看得挪不開目光。

正廳一角，今爲慶威侯的靜淑公主駙馬姜遠歎了口氣，猛然仰頭，將杯中之酒一口飲盡。

禮成，便有宮中內侍傳下聖旨，封忠孝王妃爲一品誥命，並賜下奇珍異寶，皇后也另有賞賜，裴琰與王妃叩謝聖恩後，王妃旋被一眾侍女擁著出了喜堂，直入喜房。

這日，王府擺下盛宴，笑聲喧天，張燈結綵，喜慶氣氛將先皇薨逝的沉痛一掃而光。文武百官爭相向裴琰敬酒，待到喜宴結束，裴琰縱是內力高深，難免有了幾分醉意。鄭承輝等人互使眼色，與一眾長風衛擁著裴琰鬧哄哄入愼園，崔亮也出席了婚宴，被童敏拉著一塊兒來看熱鬧。

鄭承輝自是衝在最前面，到了喜房門口卻是一愣。只見喜房大門緊閉，門口亦無喜娘侍女，靜寂無聲。眾人都是愣住，鄭承輝先反應過來，將喜房門拍得「砰砰」響，又擠眉弄眼，眾人齊聲起鬨。

「比翼雙飛，如魚得水，鯉躍龍門，運轉乾坤……」一長串隱晦的鬧喜詞被眾人哈哈笑著大聲唱出。

裴琰俊面酡紅，左手斜撐在門框上，嘴角含笑，看著眾人哄鬧。崔亮立於一旁，聽鬧喜詞越來越離譜，不由笑著搖了搖頭。正鬧得不可收拾，喜房門突然被打開。鄭承輝正撐在門上，回頭笑得厲害，不曾提防下向前一仆，倒在地上，引得眾人哈哈大笑。

一名十五六歲的俏麗丫鬟抿嘴笑道：「唉唷，侍書我才二八，可受不起這位公子的大禮。」

鄭承輝狼狽爬起，狠狠地瞪了這小丫鬟一眼，正待說話，侍書搶先道：「這位公子風流倜儻、英俊無雙，想來便是京城有名的鄭小侯爺？」鄭承輝不料自己風流之名竟傳入董學士府下人耳中，遂得意地挺了挺胸，笑道：「正是。」他見這侍書長得頗爲俏麗可人，便動了三分心思，一時有些心猿意馬。

侍書瞄了一眼倚於門邊、淡淡而笑的裴琰，又向鄭承輝拋了個媚眼，道：「我曾聽人說過，鄭公子才名甚著。今日難得一見鄭公子，有個對子，想向鄭公子求個下對，鄭公子若答不上，侍書可不能讓公子進這喜房。」

鄭承輝哪肯相讓，應道：「小丫頭也敢出對子，放馬過來便是。」

即沉沉睡去。

紅燭爆出一團燭花，董涓坐於桌前，聽著背後喜床上的男子稍沉重的呼吸聲，聽著院外隱隱傳來的歡笑聲，悄無聲息地歎了口氣。

十四歲那年，看著心中記掛著江先生的姐姐無奈地嫁給太子，她便知道，自己也終有一日，要嫁入某個大臣或是世族家中，成為董家維繫地位的紐帶。從此，她便告誡著自己，做一個大家閨秀、名門淑女，婚姻大事一切依從父母之命，如姐姐一般，為董氏一族盡心盡力。

她越來越沉默，也越來越淡定。董府的下人們也越來越看不透這位二小姐，當董夫人病重，她以十六歲的年紀持家，下人們卻從不敢在她面前有一絲懈怠。但沒有一個人知道，這個老成持重的少女心中真正想要的是什麼。她愛看書，尤其是山水筆記，她一直嚮往著傳記中的名山大川，她幻想自己像風兒一樣，自由地拂過原野，拂過山巒。

一日，她走出學士府，在東市閒逛，順便問詢物價，以核對府中錢銀支出，沒想到在東市遇到了他。他的笑容很親切，他的眼睛很明亮，他說話的聲音聽著也很舒服，他寫的字，尤讓她不忍離去。

於是，她一次又一次去東市，她喜歡聽他說走過的名山大川，聽他說遊歷的奇聞趣事，更喜歡看他偶爾的面頰微紅。她只知道他姓崔，他也只知道她姓董。可當他帶著她去偷大覺寺的枇杷之時，當她和他躲入柴房中之時，他與她隔得那般近，他的氣息讓她心顫，讓她失去了一貫的淡定，甚至萌生一股莫名的衝動。她終於知道，她不能再去東市了。

從此，董二小姐便再沒離開過家門，她只是經常握著書，坐在學士府的後園中，偶爾望向頭頂湛藍的天空。終於有一天，父親告訴她，她要嫁給忠孝王了，她要與姐姐一樣，為的是保證董氏無論在何樣政局下都能屹立不倒。父親對她說這些話的時候，語氣裡帶著一絲內疚，然她只默默地點點頭，一句話也沒說。回到房間，她悄悄地，將他寫給自己的那闋詞鎖進了箱中。

只是自己再聰明，也不會算到，竟會在洞房之夜，在這喜房之中，看到他勉強的笑容，聽到他輕顫的話語。原來，他就是父親和姐夫暗中調查的那位崔軍師，就是自己夫君倚爲左膀右臂的天玄門人。

她抬起頭，環顧室內，紅燭映喜、富貴滿堂，想來，便是這樣的景象吧。

明帝登基後，內閣在兩位首輔的主持下運作良好，冬闈順利開科，月落也於十二月二十日立藩，並進獻藩表，從此正式成爲華朝藩屬。明帝一連串的惠政，贏得民間一片頌聖之聲，兩位內閣首輔裴琰和董方尤深受百姓擁護和愛戴。

眼見年關將至，殿試、各項祭禮、宴請各國使臣，讓裴琰忙得喘不過氣來，直到臘月二十八這日，皇帝正式休朝，他才鬆了口氣。

甫回王府，裴琰想起前幾日見崔亮所繪之圖似已完成大半，遂直奔西園。江慈見他入園，來不及躲回西廂房，忙罩上披風好掩住已略微隆起的腹部。

崔亮見裴琰進屋，笑道：「王爺來得正巧。」

裴琰走近一看，大喜道：「畫好了？」

「是，有小慈幫忙，比預想的要快許多。」

裴琰笑著看了看江慈，又輕撫著《天下堪輿圖》，歎道：「華朝江山一覽無遺，巨細不差，眞不愧是魚大師的傑作！」

崔亮微笑道：「各處礦藏，我會在這幾日一一標注。」

「子明辛苦了，何妨歇息幾日，過完年再弄吧。」

崔亮伸了伸雙臂，歎道：「確實稍感疲累，鎮日在這西園也有點悶。」

裴琰道：「子明莫急，我總會想辦法把盯著你的幾條狗弄走的。對了，我懸望著要讓你入內閣幫襯我。」

崔亮忙擺手道：「王爺切莫拉我入內閣，我這性子，當官可當不來。」

裴琰也不急，笑道：「那就先放放，過完年再說。」又轉向江慈道：「小慈也辛苦了。」

江慈微微笑了笑，道：「王爺今天可在這兒吃飯？」

「當然。」裴琰脫口而出。

等飯菜擺好，江慈卻躲入了房中，裴琰亦未留意，與崔亮吃罷，再喝了杯茶，才起身告辭。他心情暢快，走至西園門口，忽然心中一動，停住腳步。院中牆下倒著一堆藥渣，裴琰蹲下細看，眉頭微蹙。

幾日後，裴陽稟道：「王爺，讓藥鋪的人看過了，是保胎的藥。」

裴陽退出愼園，裴琰呆坐於椅中，直至董涓進來方才省覺。

見董涓手中捧著幾枝臘梅，裴琰微笑道：「哪兒來的？」

董涓也報以微笑，「聽說母親喜歡臘梅，我便去宮中折了幾枝，這是最好的『踏雪寒梅』，正要送去給母親。」

「王妃費心了。」裴琰自是知她入宮所爲何事，卻只微笑。

二人就這般端著笑，各自心照不宣。裴琰起身欲行，董涓卻喚住了他，「王爺。」

「王妃請說。」

「過年得給各園子的人發年例，其他人倒好辦，就是西園子的崔先生和那位江姑娘，該依何例？」

裴琰想了想，道：「這二位均非愛財之人，發年例或嫌辱沒了他們，勞煩王妃備些好酒送去便是。」

「是，王爺。」

晚間偕董涓給裴夫人送臘梅並請過安，裴琰正待退出，裴夫人卻喚住了他。待董涓帶著一眾侍女離去，裴夫人站起來，慢慢走至窗前，凝望著董涓遠去的身影，輕聲道：「你這位王妃，倒不愧是董方的女兒。」

裴琰微笑道：「母親給孩兒找的好親事，孩兒正要多謝母親。」

裴夫人忍不住瞪了他一眼，道：「你給我說老實話，西園子那位江姑娘究是怎麼回事？」

裴琰心中一咯噔，垂下頭。裴夫人踱至他身邊，淡淡道：「你以前說她是崔亮看中的人，可她與崔亮之間以兄妹相稱、執禮甚恭；聽說她在你軍中做了大半年的軍醫，如今回來，卻有了身孕。母親很想知道，她肚子裡那個孩子到底是誰的？」

裴琰低頭看著腳下錦氈，不發一言。裴夫人微生怒意，道：「你堂堂一個王爺，看中哪個女人，納了便是，何必弄這些鬼鬼祟祟的名堂！她若懷的不是你的骨肉，明日速讓她離開王府！」

裴琰橫下心，抬頭道：「是，她懷的是孩兒的骨肉，只因、因我們是在軍中，所以……」

裴夫人滿意地笑了笑，柔聲道：「你的王妃也非善妒之人，趁過年吉慶，納了她，母親也好在你父親靈前告知『裴氏有了後人』。」裴琰下了決心，頓覺輕鬆了許多，微笑道：「孩兒多謝母親。」

看著崔亮將圖捲起，江慈低聲道：「崔大哥，多謝。」

崔亮歎了口氣，道：「小慈，你快別這樣說，我受蕭兄所託，是定要完成他之遺願的。」

江慈淚水在眼中打轉，一低頭，成串掉落。崔亮看得心疼，伸出手替她拭去淚水，見她仍是低泣，便撫上她的秀髮，低頭勸道：「你的胎兒剛穩些，千萬別再傷心了。」

江慈不住點頭，「是，我知道。」她忽感一陣眩暈，頭順勢抵在了崔亮肩頭。

西園園門輕輕開啓，董涓提著一罈酒輕步走進，卻在院中的藤蘿架下停住了腳步。由這處望去，可以看到屋內燭火照映下，他正輕柔地替那位姑娘拭去眼淚，他輕撫著她的頭頂，她的額頭抵在他的肩上，他似在說著什麼，神情那般溫柔。

董涓長久立於藤蘿架下，提不動腳步，直至見到屋內之人分開，見到他似抬頭望向院內，才忙平定心情，微笑著踏入屋內。崔亮未料她竟會來到西園，望著她端麗的面容，一時說不出話。江慈辨明來客服飾，忙行禮道：「王妃。」

董涓凝目看了江慈片刻，笑道：「早聽說江姑娘秀外慧中，今日一見，果非虛傳。」

崔亮清醒過來，也長身一禮，「平州崔亮，拜見王妃。」

董涓還禮，柔聲道：「崔軍師切莫多禮，你是王爺左膀右臂，又是王爺的知己好友。年關將近，我備了一罈上好的『蘭陵醉』，請崔軍師和江姑娘笑納。」崔亮沉默片刻，道：「多謝王妃。」

董涓再看了看江慈，目光在她腹部停了一瞬，若有所思。崔亮看得清楚，忙道：「小慈，你去將『三脈經』默出來，明日我要考問你。」江慈察覺室內氣氛頗有怪異，順勢接過酒罈回轉西廂房。

崔亮出屋，走到院中，董涓跟了出來。

崔亮退後幾步，立於藤蘿架下，微微欠身，「王妃，你我男女有別，不宜獨處，還請王妃早些回去。」

董涓微微仰頭，看著他一如昔日明朗的面容，歎了口氣，道：「那你和她呢？不是男女有別麼？」

崔亮別過臉去，口中急道：「她是我的妹子，自然不同。」此話惹得董涓一笑，輕笑聲一如往日，崔亮聽得心中微酸，硬生生地克制住想轉過頭去直視著那張端麗臉龐的欲望。

董涓幽然歎了口氣，道：「你還會去遊歷天下麼？」

「也許會吧，眼下尚無甚打算。」崔亮低頭道。

董涓也低頭，輕聲道：「你若去，將來寫了遊記，還會借我一觀麼？」

崔亮沉默，良久方澀澀道：「王妃若是想看，崔亮必當相借。」

「那就好。」董涓再無話說，盯著自己的鹿皮靴看了許久，歎了口氣，默然轉身。崔亮下意識伸了伸右手，卻見園門開啓，裴琰走了進來，忙退後幾步。

裴琰見董涓迎面而來，微微一愣。董涓笑道：「王爺可是來找崔先生飲酒？正好，我剛送了一罈『蘭陵醉』過來。」

「有勞王妃了。」

「王爺請便。」董涓施了一禮，微笑著與裴琰擦肩而過。

江慈弄了幾樣小菜，端來一盆炭火，又幫二人將酒熱好，仍舊回轉西廂房。裴琰替崔亮將酒杯斟滿，歎道：「還是你這西園自在。」

崔亮握著酒杯出神，裴琰同樣懷有心事，二人許久都未說話，直到炭火爆起一團灰塵，才皆省覺。裴琰笑道：「乾脆，日後我還是到你這西園吃飯好了。」

崔亮忙道：「王爺，您剛成親，可不能冷落……」轉眼想起這是人家夫妻間的事，便說不下去。

裴琰放鬆身軀，仰頭喝下一杯酒，歎道：「朝中之事，一步都不能行錯，子明還是來幫我吧。」

崔亮默默飲著，道：「王爺，並非崔亮不願入朝幫你，實是我的性情不喜這般明爭暗鬥。崔亮今日也有幾句話想勸王爺。」

「子明請說。」

「王爺，自古權力爭鬥，苦的多是百姓。即使處於太平年間，朝廷的每一項政策都決定著萬千百姓的生死存亡。以『攤丁法』爲例，先皇本意是增加朝廷稅銀，同時制約各地士族吞併土地、蓄養家奴。可各世家貴族呢，又想盡辦法將稅銀攤到佃農之身。由河西回京城的路上，亮曾詳細瞭解過，有多個州府已因此事導致佃農外逃，田地荒蕪。」

「確是如此，可眼下要廢除『攤丁法』，有相當的困難。」

「王爺，崔亮斗膽說一句，這困難，非源於先皇頒布的法令，而是因要顧及朝中各方勢力的利益！」

裴琰呵呵一笑，「子明倒比在朝中某些人還看得透徹，所以我說，子明，你若入朝來幫我，這樣……」

崔亮打斷了他的話，「王爺，崔亮今晚說這個，只是舉個例子。崔亮希望王爺往後在照顧各方勢力之利益的同時，也要多關注民生民計，以百姓為重！」

裴琰覺崔亮今晚略顯異樣，笑道：「那是自然，此次華桓之戰，我也親見百姓的疾苦，自當如此。」

「我就怕王爺將來眼中只有裴氏一族，只有朝堂的權力，而看不見權力陰影下的千萬百姓啊！」崔亮喝了口酒，眉間隱有惆悵，又輕聲道：「王爺，《天下堪輿圖》我這幾日便可繪好，礦藏地我也會一一標注，但亮有一言，想告於王爺。」

「子明請說。」

「以銅礦為例，亮希望王爺莫為一時利益而濫採銅礦，也莫為了制約他人而故意造成銀錢短缺、市幣失衡。還有這地形圖，崔亮希望王爺將來是用它來守疆護土，保護萬千百姓，而非用作爭權奪利的工具。崔亮懇請王爺，日後少考慮一族之利益，多考慮百姓之艱難。望王爺助帝君優恤黎庶，與民休息，勤修仁政，慎動干戈。崔亮在這裡謝過王爺了！」說罷，崔亮長身而起，深深揖了一禮。

裴琰忙面容一肅，還禮道：「子明之話，裴琰定當記在心間。」

崔亮不再言，只默默地飲酒，裴琰見他悵然若失的樣子，心中一動，笑道：「子明，說實話，你也該成家了。若有心儀的女子，我幫你去保媒。」

崔亮再喝下一口她親手送來的酒，酒入愁腸化作利刃，似要割斷過往的一切。崔亮笑了笑，「不瞞王爺，我是曾有過心儀的人，不過她已嫁作人婦，一切都成過往了。」

裴琰被崔亮這話觸動心事，便也不再說話，二人默默飲酒，直至酒乾菜盡，都有了幾分醉意。

裴琰將崔亮扶至房中躺下，江慈進來，道：「怎麼醉了？」

「小慈。」裴琰轉過身，凝望著她。

江慈覺他眼中蘊著不同於平時的熱度，忙退後幾步，道：「王爺，時候不早，您該回去歇著了。」

「那你送送我。」

裴琰走至藤蘿架下，停住腳步，忽然轉身。江慈見他盯著自己的腹部，下意識遮了一下，瞬即知曉他已然看出，索性放開手，平靜道：「王爺慢走。」

「小慈，你打算怎麼辦？」裴琰的聲音十分柔和。

「孩子呢？」

江慈道：「崔大哥再授我一年醫術，我便可開間藥堂，華朝也不乏女子行醫，這個挺適合我的。」

江慈微微仰頭，望著夜空，輕聲道：「他會在天上看著，看著我將他的孩子撫養成人。」

裴琰心中微酸，仍艱難地開口：「小慈，開藥堂很辛苦，你孤身撫養孩子也不容易，不如你……留在王府吧。」

江慈一愣，裴琰望著她，用從未有過的柔和語氣道：「小慈，你留在這西園，就別再走了。」

江慈聽出裴琰言下之意，未料他竟做出如此決定，一時說不出話來。裴琰只道她在猶豫，低聲道：「三郎若是看到你和孩子有了著落，他也會安心的。」寒風拂過，他解下身上狐裘，披在江慈肩頭。江慈低頭，二人同時怔住，這狐裘，正是去年那件銀雪珍珠裘。

良久，江慈方抬頭望著裴琰，「王爺，我想求您一事。」

裴琰聽她聲音輕柔溫孌，不似這段時日以來的冷清，心中一蕩，微笑道：「好，不管何事，我都答應你。」

江慈眼眶漸紅，輕聲道：「後日是除夕，我想、想到他住過的地方看一看，走一走。」

裴琰怔住，她的話語，是他從未在任何人身上見過的癡情，終己一生，可會得一個女子這般待自己？見江慈落下淚來，他慢慢伸手，替她拭去淚水，柔聲道：「好，我答應你，衛府和子爵府都封著，我後日帶你去。」她的面頰冰涼，淚水卻滾燙，這冰熱相煎的感覺，長久存留在他的指間……

除夕這日，卻又下起了大雪，未時末，街道上便再無行人，西直大街東面，一輛錦簾馬車緩緩行至原一等忠勇子爵府門前。

崔亮和裴琰跳下馬車，二人同時遞手將江慈扶下。見江慈穿得略嫌單薄，也未披狐裘，裴琰道：「怎麼不披了狐裘出來？」江慈卻只凝望著子爵府門口那白色封條，嘴唇微顫。裴琰揮了揮手，童敏過去將封條扯下。一衙役持刀過來，喝道：「什麼人！敢擅扯御封！」童敏出示手中令牌，那人惶恐不安，退了回去。

崔亮低聲道：「小慈，進去吧，看過了，你就別再想了，好好過年，明年好好地將孩子生下來。」

江慈低泣著點頭，崔亮扶著她踏上積雪覆蓋的石階，裴琰跟在後面。江慈回頭，輕聲道：「王爺，我想和崔大哥進去，您在外面等我們吧。」

裴琰微愣一下，轉而道：「好。」又道：「你們看看就出來吧，府中還等著咱們回去吃年飯。」

江慈沉默少頃，向裴琰斂衽行禮，鄭重道：「多謝王爺！」

崔亮恐裴琰窺出端倪，扶著她的右手微微用力，江慈再看了石階下的裴琰一眼，轉過頭去。府門「吱呀」開啓，江慈踏入門檻，再次回頭。石階下，大雪中，他擁裘而立，望著她微微而笑。風捲起雪花撲上他的面頰，他卻一直微笑著，望著她，一直望著她……

申時初，大雪中，三匹駿馬踏起一地雪泥，疾馳出了京城北門。

申時末，蹄聲隆隆，鑾鈴大振，威震天下的長風衛紛紛出動，由京城北門疾速馳出。

守城衛士看得眼花繚亂，卻也有些驚慌，低聲交談：「看到沒有，竟是忠孝王爺親自帶著人馬出城。」

「大過年的，這般急，也不知發生了什麼事情。」「唉，今年眞是多事之秋啊，只盼著明年能安穩一些。」

風雪中，裴琰打馬疾奔，寒風颳面宛如利刃。胸前的那封信函，卻如同一團烈火在燃燒，炙烤得他滿腔憤懣無處宣洩。

王爺如晤：

崔亮攜妹江慈拜謝王爺多年照顧，今日一別，當無再見之日。蒙王爺抬愛，亮實感激涕零。唯是持身愚鈍，不堪重用，愧對王爺青眼。

今天下初定，當重農桑、輕傜賦，用廉吏、聽民聲，唯善是與，唯德是行。亮之手繪《天下堪輿圖》，涓水河以北，一河一山皆爲眞實，異日王爺若率兵抵抗桓兵入侵，當可用之；涓水河以南，則眞眞假假，王爺切不可用。各地礦藏，亮皆銘記於心，異日華朝若有需要，亮體察後，當酌情告知王爺，以期助王爺造福蒼生，安定天下。

月落雖已立藩，免除雜役，禁獻姬童，但王爺與蕭兄之約定尚有多項未曾落實，亮伏請王爺，謹記蕭兄恩德，兌現承諾，以慰泉下英靈。亮受蕭兄所託，握王爺多年來行事之證，倘王爺有背信棄義之舉，亮當以王爺親筆之手諭昭告天下。愼之愼之。

亮當與妹江慈在山水之間，遙祝王爺布政天下，成一代良臣！

崔亮攜妹江慈，永德元年除夕拜上

風雪過耳，卻澆不滅裴琰心頭的烈焰，眼見對面有一騎馳來，他怒喝一聲，勒住身下駿馬。長風衛跟著紛紛停馬。

素煙勒住馬繩，望著裴琰抿嘴而笑，「王爺，這大過年的，您要去哪？」

裴琰知崔亮和江慈由那地道溜至老柳巷後，定是由素煙接應送出城門。可素煙背後之人，他卻也不便開罪。至於自己爲何要追回崔、江二人，那更是不能讓任何人得知，裴琰遂壓下心頭怒火，淡淡道：「素大姐，我只問你一句，他們往哪邊走的？」

素煙攏了攏鶴氅，笑道：「王爺，我剛從大覺寺進香回來，眞不明白您這話是什麼意思。」

裴琰怒哼，知多問無益，正待策馬，卻心中一動，猛喝一聲，撥轉馬頭往南而去。

素煙面色微變，卻又鎭靜，望著裴琰及長風衛遠去的身影，笑道：「王爺，您縱是猜對，也追不上了。」

紅楓山，望京亭。

這是裴琰第二次登上這望京亭，去年他將崔亮截在這裡，一番長談，記憶猶新。只是這一次，他只能隻身在此處憑欄而望。

寒風呼嘯過耳，白雪厚蓋大地，滿目河山，潔淨晶瑩。他極目而望，杳無人跡，他們留下的，就只有他胸前的那封信函。

冬已盡，春又到，可曾在身邊的人，一個一個離他而去。縱將這欄杆拍遍，縱將這天涯望斷，一切終隨流水而逝，再也不會回來。

裴琰不知自己在這望京亭站了多久，也不知自己在遠望什麼、傷感什麼，直至腳步聲急響，他才悚然驚醒。

童敏急急奔近，道：「王爺，加急快報！」

裴琰低頭看罷，眼中精光驟現，他手握快報，再望向遠處白雪覆蓋下的巍巍京城，忽然仰頭大笑，「謝熾啊謝熾，我以往，還眞是太小覷你了！」

寒風將他的狐裘吹得颯颯輕捲，他長長地吐出一口氣，目光沉如深淵，灑然轉身，急匆匆離了望京亭，下了紅楓山，踏蹬上馬，在長風衛的拱扈下，如一道利劍劈破雪野，向京城疾馳而去。

華朝永德元年十二月，靜王奉明帝之命，赴玉間府爲小慶德王祝壽，席間小慶德王暴病而卒，小慶德王部屬直指靜王暗下毒手，將靜王扣押。明帝急命宣遠侯南下暫掌玉間府軍政事宜，並將靜王解救回京。但靜王無法證其清白，明帝爲平玉間府民怨，貶靜王爲海誠侯，遷居海州，終生不得回京。

永德二年一月，明帝褒宣遠侯何振文平定玉間府之亂，宣其入內閣，主理兵部事宜。

永德二年二月，明帝納宣遠郡主何青泠爲妃。

永德二年五月，故小慶德王的正妃談氏生下男兒，明帝封其爲玉間王，十八歲前，由其生母談妃攝理玉間府一切軍政事宜。

永德二年六月，鎮北大將軍寧劍瑜生母病逝，明帝追封其爲一品誥命，厚加安葬，並准寧劍瑜丁憂三年，派宣遠侯前往成郡接掌兵權。但寧劍瑜啓程前夕，成郡忽遭桓軍突襲，寧劍瑜素衣孝服，率部血戰，斬殺敵軍大將，將桓軍逼退。明帝下旨，褒獎寧劍瑜戰功，奪其丁憂，仍著其鎮守成郡。

尾聲

華朝永德六年十一月二十四日，晴冷。

月落，山海谷，天月峰，籠罩在茫茫冬霧之中。

月落藩王木風已長成了一個眉目英朗的少年。這日他早早起床，想著將昨日聖教主師父所授劍招練熟，等會兒好讓師父有個驚喜，但他又恐練得不好而被師父責罵，便屏退僕從，悄悄潛入天月峰半山腰處的樹林。他攝定心神，牢記劍訣，精氣神合一，劍氣撕破濃濃晨霧，越捲越烈。林中落葉隨劍氣而舞，他的身形漸漸隱於晨霧和落葉之中，待體內眞氣盈盈而蕩，他一聲大喝，長劍脫手而出，嗡嗡沒入樹幹之內。

木風走近細看，不由大喜，等會兒師父定會誇許自己的。

就是這位師父，在阿爸慘遭毒手後扶持自己，在阿母病亡之後將自己收爲徒弟，悉心授藝，視如親生兒子。他又與都相一起勵精圖治，令月落蒸蒸日上，國泰民安。在少年藩王木風心中，師父如同天神一般，只要能令師父笑上一笑，讓自己做甚都願意。

可是，師父自從不再戴那銀色面具，以俊朗面目出現在族人面前之後，卻總略顯鬱鬱寡歡，也許，是政事太辛勞了吧？都相也是，這幾年，都相鬢邊白髮添了許多，他與師父一文一武，合作無間，殫精竭慮，才令月落日漸強盛起來。

木風正陷入回憶中，忽聽到數人極輕的腳步聲。他頓感好奇，這冬日的清晨，誰會上這天月峰呢？他輕步走至林邊，悄悄探頭，欲張口而呼，但見師父與都相面容帶著幾分悲戚，而平無傷步履蹣跚且猶不停拭著眼淚，大感好奇，便將呼聲嚥了回去，遠遠地尾隨在後。

孤星峰，星月洞。

當蕭離從懷中取出刻著「蕭無瑕之靈位」的木牌，放至祭壇上，平叔再無法抑制內心的傷痛與思念之情，伏地痛哭，老淚縱橫。蕭離與蘇俊同是心痛難當，五年過去，當初噩耗傳來的劇痛仍如斯清晰，蘇俊拜伏於地，蕭離仰頭而泣。

山風由洞外颳來，彷如萬千幽靈嗚咽哭泣。蕭離從籃中取出水酒祭品，平叔顫抖著手將水酒灑於靈前，哽咽道：「無瑕，你若在天有靈，就回來看看平叔吧。你回來看看月落，今時咱們族人再也不受欺凌了。無瑕，若沒有你……」

蕭離竭力平定心神，在靈前跪下，望著靈位上「蕭無瑕」三字，低聲道：「無瑕，月落立藩，政局穩定，國力亦日漸強盛，裴琰一一兌現了諾言。咱們月落第一批士子已參赴今年的春秋兩闈，五師弟擇優錄取了一批有才之士，今年全族糧穀多有剩餘，族人也十分齊心，王爺更是文武雙全，你若看到他，會很喜歡的。無瑕啊，崔公子又有信捎來，你的兒子已經四歲多了，他長得很像你，生性聰穎，我們很想見見他，可是我們也不知道小慈在哪裡，你若在天有靈，就保佑他們母子平安幸福吧。」

「師父，都相，你們在拜誰？」少年清朗的聲音傳來，三人齊齊跳起。蕭離與蘇俊急忙上前擋住入洞的木風，行禮道：「沒什麼，在拜祭星月之神。」

木風瞥見平無傷將靈位迅速收入懷中，朗聲道：「平無傷。」

木風日漸有君王的氣度，平無傷只得過來行禮，「王爺。」

「給我看看。」木風伸手，話語中透著不容抵抗的威嚴。平無傷與蕭離互望一眼，木風更感好奇，猛然上前，右拳擊向平無傷。

平無傷不敢還招，只得向後急縱，木風再是兩拳，平無傷躲閃間，木牌掉落於地。平無傷不及彎腰，木風已面色一變，喃喃道：「蕭無瑕之靈位！」他轉頭望向蘇俊，滿面不解之色。

蘇俊心中難過，垂下頭，鼻中酸楚，落下淚來。蕭離知已不可隱瞞，長歎一聲，道：「王爺。」

木風平靜地望向蕭離，「都相大人，請給本王一個解釋。」

孤星峰頂，寒風呼嘯，木風只覺雙足麻木，他簡直不敢相信自己所聽到的，不敢去面對那個殘酷的事實。原來，月落今日的這一切，全是那個污名滿天下之人用其生命換來的；原來，那個被族人尊呼為「鳳凰」的男子，早就已經在烈火中涅槃了……

他仰望蒼穹，那雙熠熠閃輝的眸子彷似就在眼前，他長嘶一聲，拔出腰間長劍，如震雷閃電激起遍地雪花。他越舞越快，一時似星落原野，一時似鷹擊長空，舞動間，他一聲怒喝，身形硬生生定住，長劍橫過額前，一綹黑髮掉落，殷紅的血跡自額際滲落。

「都相大人。」他望著登仙橋下的萬丈深壑，沉聲道：「本王今日想請你作個見證。」

「王爺請說。」蕭離躬身施禮。

木風抬頭，遙望東南，聲音沉緩而有力，「本王以血對著月落之神發誓，終本王一生，定要振興月落，與華、桓兩國一爭長短。要為我族『鳳凰之神』蕭無瑕雪恥洗冤，讓他之英烈事蹟終有一日為萬民傳頌！」冬日朝陽，自厚重的雲層後噴薄而出，似乎在見證著，月落少年藩王木風於此刻發出的豪言壯語。

這日，華朝內閣首輔、忠孝王裴琰也隨明帝陛下前往皇陵祭拜先皇。只是，當他在成陵外深深磕頭，眼前浮現的卻是那俊美無雙的笑容，耳邊猶繞著那人將自己踢離方城前的那句話：「少君，咱們來世，再做朋友吧……」

若有來世，三郎，咱們長醉笑一場，年少趁輕狂，縱情江湖、恣意山水，也許，那樣才是真正的朋友。

當他離開皇陵，極目遠眺，皇陵山巒上的青松在寒風中起伏，宛如那年那日熊熊燃燒的烈焰。

裴琰無法抹去眼前那一團烈焰，回到王府，仍舊先進了西園。西園內，陳設依舊，他在藤蘿架下的躺椅中躺下，搖搖盪盪，思緒飄搖。

曾經在這裡出現過的人都不在了。安澄死了，因爲他犯的錯誤死了；三郎也死了，死前卻救了他這個最大的對手；小慈走了，留在西園的，只有那件銀雪珍珠裘；子明也走了，在這天下間某一處，時刻督促著他兌現昔日的諾言。

這西園是如此的冷清，但他卻只想日日待在這西園，只有在這處，他才可以卸下一日的疲憊，才能隱約聽到她純淨的笑聲。

可是，西園再好，他也不能久留。他終日要面對的，是與政敵的慘烈決鬥，是與對手的驚心較量。即便是他的親人，那一張張笑臉的後面，也多是算計與提防。

也許，他命中注定，要繼續在這權力修羅場搏殺，要站在寂寞的最高峰，俯視芸芸眾生、四海江湖。注定要錯過那些最珍貴的東西，要錯過一生之愛。

這是命，也是他心甘情願選擇的道路，他只能在某一刻，發出一聲歎息。但之後，他的心，還是會指引著他繼續在這條路上不停地奔跑……

南詔山，這一日卻是晴光普照。由於地處西南，即使到了冬季，仍未見如北疆的寒風呼嘯、遍地白雪。南詔山山巒綿延，鍾靈毓秀，生長著多種靈花異草，分別是治療各種疾病的首選之藥，也是華朝和岳藩的藥販們收藥的首選之地。

這一日的午後，南詔山五仙嶺集鎮上，收藥之人逐漸散去，採藥的山農們也揹著空空的竹簍各自回家。由五仙嶺集市東側的一條山路往北而行，可去往南詔山最高峰「彩雲峰」。彩雲峰長年籠罩在雲霧之中，罕有人煙，這條山路便崎嶇難行，有的路段甚至長滿雜草。

江慈將兒子蕭遙放在竹簍中，在山路上輕快走著，待攀至一處山坳，她取下頭頂帶著面紗的竹帽，長長地透了口氣。

四歲半的遙兒已會討好阿媽，他坐在竹簍中，伸出粉嫩圓嘟嘟的雙手，替江慈捶著肩頭。江慈笑道：「遙兒今天好乖，沒有亂跑，阿媽回去給你做好吃的。」

蕭遙想了想，笑道：「阿媽，我要吃桃花糕。」

江慈嗔道：「這時節哪有桃花糕，得等明年桃花開的時候才有。」

「爲什麼這時候沒有桃花？」蕭遙的聲音很嬌嫩，如春日桃花一般嬌嫩。

「因爲這時節是冬天，桃花只有在春天才會盛開。」

「爲什麼它只在春天盛開？」

「因爲……」她心中一痛，站於山路邊，遙望北方。無瑕，你愛看桃花盛開，這彩雲峰年年桃花盛開如雲霞，你在天上可曾看見？

蕭遙側頭看著阿媽的淚水滑過面頰，伸出小手。江慈省覺，笑道：「遙兒，你若是在明年桃花開之前，將《三字經》和《千字文》給背熟了，阿媽就天天蒸桃花糕給你吃。」

天黑之前，母子二人終於回到了彩雲峰半山腰的家，木屋屋頂，炊煙嫋嫋而起。江慈大喜，蕭遙也在竹簍中跳著大呼：「阿爸！」江慈將他放下，拍了一下他的屁股，嗔道：「教你多少遍了，叫舅舅！」

崔亮笑著從廚房走出，將撲過去的蕭遙一把抱起，不多時，一大一小便笑鬧著從簷下轉到堂屋之中。

江慈將竹簍放好，看著二人嬉笑，又見崔亮自行囊中取出許多小玩意，不由笑道：「還不快謝謝舅舅？」

蕭遙趴在桌邊，專注地看著崔亮手中的線偶人，隨口道：「謝謝阿爸。」

江慈哭笑不得。蕭遙三歲那年隨她去山下集市，見別的小孩都有阿爸，回來後便悶悶不樂，她只得告訴他：「阿爸去了很遙遠的地方，要很長很長的時間才能回來。」誰知那年，遊歷天下的崔亮重回彩雲峰看望她和蕭遙，蕭遙便認定這位很久很久沒回來過的人就是自己的阿爸。無論江慈怎麼說，他後來只要一見崔亮，就會喚聲阿爸。

這夜，蕭遙格外興奮，纏著崔亮玩到戌時才沉沉睡去。江慈替他蓋好被子出來，見崔亮在牌位前插香施禮，她默默地走了過去。

崔亮直起身，望著牌位歎道：「蕭兄，月落一切都好，你在天有靈，當可瞑目。」

江慈斂衽還禮，崔亮將她扶起，似頗猶豫，終道：「小慈。」

江慈「嗯」了一聲，崔亮接著道：「月落的都相，很想見遙兒一面。」

江慈微笑著搖了搖頭，「崔大哥，你當日替遙兒取名，所爲何意？」崔亮大笑應道：「是，我倒忘了，他這一生，還是過得逍遙自在爲好，切莫……」江慈轉頭望向牌位，低低道：「無瑕在天之靈，也定會這樣想。」

崔亮歎了口氣，江慈已笑道：「崔大哥，你這半年，又走歷了哪些地方？」

「到平、幽二州走了一趟，唉，還眞是走得嫌累了。」

「累了就歇歇。」江慈斟上茶來，笑道：「乾脆今年冬天就在這裡過年吧，天寒地凍的，別再到處走了，等明年開春你再出去遊歷不遲。」

崔亮端著茶杯，蒸騰的茶香沁人心脾，是啊，走得這麼累，今年冬天就歇一歇吧，或也該安定下來了……他抬起頭，望著靜靜坐於燭火下繡著小孩肚兜的江慈，聽著屋外隱約的風聲，飄泊的心在這一刹那悄然沉靜下來。他輕聲喚道：「小慈。」

「嗯。」江慈抬頭微笑。

「以後，我每年在這裡過年，可好？」

〈番外〉阿什王妃

桓始和元年三月，宣王宇文景倫即帝位，史稱桓威帝，立皇后滕氏，赦天下。

五月，威帝詔書至阿什城，封阿木爾為阿什王，轄原月戎國領地，並冊燕氏為阿什王妃。

阿什王妃這日卻悶悶不樂，看著阿什王帶著三歲的兒子在她面前嬉戲玩耍，她卻落下淚來。

「霜喬。」阿什王輕輕替她將眼淚拭去。

兒子達桑撲入她的懷抱，「阿母哭了，羞羞羞！」

「怎麼了？」阿什王問道。

成婚多年，他一如當初的溫柔。

她遙望南方，無限悵然。

阿什王妃靜默半晌，方低聲道：「今天是小慈的生日。」

他將她和兒子一併攬入懷中。

她眼眶濕潤，輕聲道：「小慈未滿月便被遺棄，師父撿到她時，襁褓中只有一張寫著她生辰八字的紙條。師父走的時候放心不下，叮囑我要好生照顧她，我卻……」

他在她額頭印下一吻，道：「霜喬，你放心，我定會替你找到小慈。我已派了人潛往華朝尋訪那崔公子，不久便將有消息傳回的。」

〈番外〉這年初見

華朝延載四年，四月二十七日，河西府。

這年距承熹五年的華桓之戰已過去了整整二十年。時光荏苒，華朝皇帝在這二十年裡都已換了三位。除了當年在河西一役中痛失親人的人們，河西府百姓們亦漸漸淡忘了那場令全城蒙難、死傷數萬人的河西血戰。

但這一日清晨，大街上疾馳的馬蹄聲驚醒了許多人，他們紛紛披衣起床。不多時，城中遂傳開了消息：忠孝王府的小王爺裴洵來到了河西，要在野狼谷，代忠孝王爺向當年死難將士和百姓致祭。

二十年前，成帝死於莊王及衛昭謀逆，明帝登基。十二年後，明帝病逝，明帝年僅九歲的幼子憲帝登基，不過三年即死於天花。明帝再無子，靜王被貶為海誠侯後也抑鬱而亡，遺下二子一女，經董太后和內閣商議，只得迎了靜王秦妃所生幼子謝衍即帝位，是為當今安帝。

安帝初登基時，年僅七歲，奉明帝董皇后為孝仁皇太后，奉生母秦氏為懿仁皇太后。其時內閣首輔董大學士已年邁，安帝又年幼，兩宮太后只得命忠孝王兼內閣首輔裴琰為顧命首輔，全權處理一應軍國大事。

裴琰殫精竭慮，輔佐幼帝，四年來兢兢業業，並臨危不亂，平定了數次謀逆風波。

延載二年，肅海王姜遙、慶威侯姜遠謀逆，發動宮變。裴琰率部眾血守皇宮，保護了安帝和兩宮太后，將姜氏兄弟格殺於乾清門前，除靜淑公主及其所生子女免於一死，姜氏被誅九族。

延載三年，何太妃在安帝的參湯中下毒，同時，宣遠侯何振文偷偷潛入皇宮，意圖行刺安帝。忠孝王裴琰以身擋刃救下幼帝一命，擊斃何振文，何太妃畏罪服毒。事後追查，何氏兄妹是受玉間王及其生母談妃指使。兩宮皇太后大怒，下旨褫奪玉間王封號，玉間王被押遞京城，囚於皇陵，數月後以一帶白綾自殺身亡。

經歷這數次宮變謀逆，華朝宮廷風雨飄搖。所幸有國之柱石、社稷重臣忠孝王裴琰一手擎天，力挽狂瀾，才使國運穩定。北面又有鎮北侯寧劍瑜力守邊關，令一直虎視眈眈的桓威帝始終不敢發兵南下。

爲褒獎忠孝王裴琰功績，延載四年二月，安帝下旨，爲裴琰加相國、總百揆，允其劍履上殿、贊拜不名，兼備九錫之命。裴琰惶恐，堅辭不受，並欲掛印而去。安帝哭倒於弘泰殿，痛呼「相父」，百官隨之痛哭，裴琰無奈，只得拜領君命。

自此，忠孝王裴琰聲望達到頂點，總攬朝政。華朝百姓不知安帝者大有人在，但不知忠孝王裴琰者，寥寥無幾。

今聽說忠孝王命兒子前來爲二十年前的死難將士和百姓致祭，河西府百姓傾城而出。有那等上了年紀之人，回想起當年桓軍屠城血戰，唏噓不已。

辰時初，野狼谷便擠滿了前來致祭之眾。隨著百歲老者的嗟呀聲，祭鼓敲響，哀樂幽幽，東面出現一群素衣孝帶少年策騎而來。當先一名少年約十七八歲，頭戴玉冠，身形秀拔，面容俊雅，神情帶著幾分與他年齡不太相符的嚴肅和莊重。他背後跟著數位十六七歲的少年，俱是英姿勃發，一時看花了河西府百姓的雙眼。

見百歲老者上前，玉冠少年忙下馬親扶，道：「勞動鄉親，實乃裴洵之過！」

河西府百姓，倒有許多人曾見過這小王爺裴洵。河西、寒州、晶州三地自二十年前被賜給忠孝王爲封地，裴琰曾多次巡視封地，小王爺裴洵也經常隨行。而此時，未見過裴洵的，均在心中暗讚了句：不愧是忠孝王府的小王爺，風采堪比當年一劍擎天的劍鼎侯裴琰。

裴洵依禮致祭，禮罷，又代父王頒下王令：免河西三年稅糧，續尋當年河西戰役死難者遺孤，妥善安置。

眾人拜送裴洵離去，裴洵卻未回城，帶著背後一群少年打馬向南。馳過數十里路，過鎮波橋，再往西走出約半里路，有一處墳墓。

眾少年面容肅穆，神情哀痛，齊齊下馬參拜。裴洵看著墓碑輕歎一聲，在墳前跪下叩首，又接過侍從遞上的水酒，緩緩灑下道：「安伯伯，父王今年不能前來河西。這杯酒，是您最愛的長風山莊之酒，洵兒給您磕頭了。」

他背後少年一一上前灑酒磕頭，一虎頭虎腦的少年說得極大聲：「安伯伯，我是陳賁。來此之前，父親說了，要我多給您磕幾個頭，說您會保佑我將來娶得個像童家嬸嬸那樣的大美人。」

寧思明忍不住笑出聲來，又覺場合不對而噤了回去，見裴洵同樣忍著笑，便伸手打了一下陳賁的頭頂，「臭小子，你才多大，就惦記著美人。」

陳賁怒道：「小寧子，跟你說多少遍了，別打我的頭。我老子打我從來只打屁股，可不打頭的。」

童修忙過來勸和：「好了好了，別鬧了，趕緊都給安伯伯磕頭吧，咱們回河西還有任務呢。」

少年們依次在墳前叩首，又擁著裴洵上馬，馳向河西渠。

到得鎮波橋，裴洵想起曾聽父王說過的往事，便再次下馬。

他慢步踏上鎮波橋，看著一帶銀波，看著河西渠南北的千畝良田，輕拍著橋邊石欄杆，歎道：「白雲蒼狗，人世悠悠。二十年前，此處曾是修羅戰場，今日已成沃土良田。」

寧思明也歎道：「是啊，當年父侯在這裡一槍當關，王爺在這裡反敗為勝，驅逐桓賊。可惜我等小輩，無緣得見當年父輩們的風采！」

陳賁、許和、童修等人都聽父叔們述過當年之戰，皆默立一旁，遙想當年戰況，神往不已。陳賁「唉」了一聲，滿面遺憾之色，道：「為什麼桓賊都不再打過來呢？他們若是再來，我一定……」說著，他擎出背後雙刀，銀刃翻舞，寧思明等人只得皺著眉頭避開去。

陳賁越舞越來勁，許和亦來了興致。他二人是從小打到大的，又都是學的刀法，而陳安和許雋二人在教兒子武藝時，也慫了那麼一股子氣，要在兒子身上勝過對方。十六年來，兩小子倒各有勝負。

眼見許和與陳賁戰在了一起，越打越激烈，寧思明眉頭微蹙，接過侍從手中長槍，大喝一聲，騰身而起，右手長槍如銀龍怒搗，挾著他八分眞氣直搠入二人刀影之中。

「鏗鏘」聲響，三人齊齊後退幾步。陳賁低頭見右手刀刃崩了一塊，怒指寧思明斥嚷：「小寧子，你又幫許和！」許和也怒道：「誰幫誰了？明明是你技不如人！」

陳賁哪裡服氣，正待再操刀攻上，童修一把拉住他，道：「快看！」

眾人齊齊轉頭，見裴洵身形挺直，負手立於橋欄前，而他的目光，正凝在前方某處。眾人都擁過來，只見前方數丈處，一名白衣人正躺在河西渠邊的草地上，一頂竹帽遮住其面容。

這人仰面向天，雙手枕於腦後，右腳則閒架在左膝上，有節奏地輕輕抖著，意態瀟脫而舒逸。他的頭頂撐開一把大傘，傘柄深入土中，傘帽正好遮住稍嫌毒辣的日頭。他修雋的身形籠在傘影下，看上去微顯縹緲。

陳賁正待說話，寧思明「噓」了聲。陳賁細看，這才見那白衣人身邊有個小小竹架，一支青竹釣竿就架在這竹架上，另一頭的魚絲線則已投入渠中。眾人從未見過這般釣魚法，遂都止住話語，要看這白衣人如何能夠身躺在地便釣上魚來。

水面浮標沉了數下，陳賁見那白衣人還在懶懶抖腳，正要高呼，寧思明一把將他的嘴掩住。過得一會兒，浮標終於再度沉入水中。白衣人卻像知道似的，抬起右腳在小竹架上用力踩下，釣竿疾速而起，「嘩」聲過後，一尾大魚帶起一線水花飛向傘下。白衣人照舊躺在草地上，探手抓住魚兒，再吹了聲極響亮的口哨。

「喵……」幾隻黑色大野貓從原野上飛奔而來。白衣人聲音透著說不出的慵懶和得意，「小子們，接住了！」他將手中的大魚朝後方拋出，野貓們如閃電般縱向大魚，不多時大魚便被這幾隻野貓瓜分乾淨。

野貓們吃罷，尚不甘心，都圍在白衣人身邊。白衣人將釣線仍舊投入水中，伸手撫了撫一隻野貓的頭頂，

「現下沒有，都去玩一玩，等會兒再來吧。」

他再吹聲口哨，野貓們像是能聽懂似的，又齊齊消失在原野上。

陳賁嘖嘖稱奇，叫了聲：「喂，小子……」

裴洵舉起右手，陳賁的話便嚥了回去。白衣人卻毫無反應，復睡在傘下，過得一會兒，又依樣「踩」上一尾魚，仍舊呼來野貓將魚分而食之。

裴洵饒有興趣地看著，唇邊漸漸露出一絲笑容。想起每年秋陽融融之時，父王都要去京城附近的紅楓山釣魚，不管釣上多少，都會將魚又放回水中，只是若釣得多些，他會露出難得一見的笑容，與自己說話也無平時那般威嚴。可惜父王從來只用從西園挖出來的蚯蚓做爲魚餌，不許下人投下香食，每次釣得都不是太多。若是能將這稀奇釣具送給父王，是否能令父王開心一笑，是否能令他溫和地對自己說上幾句話呢？

裴洵右手壓了壓，令眾少年在橋上等他，便悠悠然舉步走下鎮波橋，走向那白衣人。他特意將腳步放重，白衣人卻似渾然不覺，仍舊躺在地上，並未取下頭上竹帽。

裴洵微微一笑，在白衣人身邊蹲下，細看那小竹架，不由輕讚了聲：「眞是巧奪天工！」

竹架上有個小小滑輪，釣線的一端即穿於這滑輪上，想來只要魚兒上鉤，釣線下滑，這端便會牽動滑輪，滑輪上的扇頁轉動，白衣人自會有所感覺，可以踩下竹架上的機關，提起釣竿。即便躺在地上閉目不看，亦可以釣上魚來。

裴洵看了又看，對這釣架喜愛不已，向白衣人抱拳和聲道：「這位兄臺……」不等他說完，白衣人卻轉了個身，背對著他，還發出了輕微的鼾聲。

裴洵仍舊微笑，「兄臺這釣具巧奪天工，不知出自哪位能工巧匠之手？兄臺開個價吧，不管多高價錢，在下都願將它買下來。」

白衣人鼾聲更大。裴洵笑了笑，坐落白衣人身邊草地，歎道：「可惜這河西渠中魚兒不夠肥美，兄臺若不嫌棄，在下倒知道一處釣魚的好地方。」

白衣人還是沒有答話。裴洵轉過頭，見白衣人罩在臉上的竹帽略略傾斜，露出半邊臉來，但那肌膚看上去僵硬青冷，顯然戴了人皮面具。裴洵微微一愣，白衣人似有所感覺，將竹帽向下拉了些，遮住面容，又將右手在空中揮了揮，「怎麼這麼多蚊子，眞是掃人興致！」

裴洵輕撩衣襬，往白衣人身邊趨近，又學著其人樣子躺臥草地上，雙手枕於腦後，目光落在頭頂的傘架上，見這傘架用的竟是難得一見的精鐵，心中微驚。然他的話語仍波瀾不驚，還帶著幾分親和之意，「兄臺眞是會享受之人，在下佩服。」

白衣人伸了個懶腰，淡淡道：「若沒有這隻臭蚊子，我會更享受一些。」

裴洵自幼眾星捧月般長大，除了對父王深存畏懼，不把其他任何人放在眼中，何曾被人這般含沙射影罵過，他又是少年心性，不由浮湧一絲火氣。他更覺這白衣人與眾不同，只怕大有來歷，遂動了試探的念頭。瞥見浮標正沉入水中，裴洵左腳如流星般踏出，搶在白衣人前面踩下機關。白衣人慢了一步，還未及反應，裴洵已探手將飛來的魚兒抓住，得意笑道：「多謝兄臺！」

白衣人輕哼一聲，取下竹帽，長身而起，他收好大傘夾在腋下，冷冷地瞥了裴洵一眼。

裴洵還躺在地上，白衣人冷冷的一眼瞥來，他心頭一跳，忽覺這雙眼眸竟比頭頂麗日還要耀目幾分。他正心神有些恍惚，白衣人已彎腰拾好釣竿和竹架，轉身便行。裴洵急忙躍起，攔在了白衣人面前，右手搭在了對方的左臂上，「且慢！」

「讓開！」

裴洵笑了笑，鬆手抱拳，「兄臺誤會了，在下眞只想購得兄臺這魚具，不知兄臺……」

「不賣。」白衣人話語冰冷。

裴洵眼睛微微瞇起，「在下若是打定主意要買呢？」

白衣人輕笑一聲，話語中傲氣隱露，「就看你小子有沒有這個本事！」

裴洵同是傲然一笑，「有沒有這個本事，你小子試過才知道！」

白衣人抬步便行，裴洵右手於瞬間封住他前進方位。白衣人無奈，只得向後縱躍，取出腋下大傘，勁風呼呼攻向裴洵。

裴洵不慌不忙，於傘影間從容進退。過得數招，他便知這白衣人武功遠不如自己，閃躲間，在白衣人肩頭捏了一把，調侃道：「兄臺這招可用老了。」

白衣人忽然一笑，「小子嘴這麼甜，肯定頗招姑娘們喜歡。」

「過獎過獎。」裴洵架住對方攻來的一招，欠身而笑。

白衣人將手一揚，大傘在空中旋了個圈，裴洵伸手抓住傘柄。白衣人卻忽從傘尖中抽出一根鐵條似的東西，指間用力，鐵條如同見風長一般，猛然彈出一長截來。

裴洵微驚，只道這是厲害的暗器，本能下仰身躲閃。白衣人卻大笑一聲：「小子，大爺我不陪你玩了！」說話間，白衣人將手中鐵條往河西渠中用力一戳，鐵條彎成弧形又迅速彈起。白衣人借這一彈之力，騰身飛向對岸。

裴洵看得清楚，惱怒至極。眼見白衣人就要借這鐵條之力飛過對岸，他將真氣運到極致，右掌在地上勁拍激起漫天泥土，也騰向空中，後發先至，一把將白衣人攔腰抱住。

只是渠面過寬，裴洵抱住白衣人後，再無力躍回岸邊，只聽「嘩嘩」巨響，二人齊齊落入河西渠中。二人在水中一陣翻騰，全身濕透。不等白衣人掙脫，裴洵右手迅速伸出，用力撕下對方臉上的人皮面具。

天地間，似乎暗了一暗，又似乎亮得駭人，裴洵一時不能動彈。白衣人趁他愣神之際，怒嘯一聲，袖中彈出絲線樣的東西，捲上岸邊大樹。待寧思明等人趕至渠邊，白衣人已消失不見。

寧思明喝住陳賁等人，見裴洵仍呆立水中，遲遲都不上岸，遂跳落渠中慢慢走至裴洵身邊，「小王爺，怎麼了？」

裴洵右手仍抓著那人皮面具，神色怔怔。他喃喃說了句話，寧思明不禁用心細聽。

話語中，有著極度的驚訝，還透著一絲莫名的情緒，「世間竟有這等少年……」

河西郡守府內。

「一共派了六批人馬去找，但未發現此人蹤跡，也無半點線索。看樣子，怕是離開河西府了。」童修年少持重，輕聲稟來，條理清楚。

裴洵一襲便裝，眉頭微皺，邊聽邊往郡守府外走。聽罷，思忖片刻，道：「繼續找，這附近有什麼釣魚的好去處，都別放過。」

他縱身上馬，童修忙拉住馬韁問道：「小王爺，都天黑了，您去哪？」

「去個地方走一走。」

「那讓安思他們跟著……」

裴洵擺了擺手，「不必了。」

童修還待再說，見裴洵略帶威肅的目光掃來，便將話嚥了回去。

雁返關前，芳草萋萋，樹木參天。當年的軍營，已覓不著半絲痕跡，遍地都是深可及腰的野草。下弦月如銀鉤掛在夜空，繁星相簇，夜風亦帶著夏日氣息。

裴洵下馬慢慢走著，尋找著記憶中零碎的片段。

二十年前的華桓之戰，父王說起時雖都只是淡淡帶過，但父王神情總會透著些說不出道不明的惆悵，甚至含藏隱約的傷感。這些年來，父王也曾多次帶著自己來河西府，來到這雁返關前。他總默默地在這雁返關前走著，或在某處長久佇足，或在某處撫樹歎息。

只有在這些時候，裴洵才覺父王目光中有著難見的柔和，或者，那不是柔和，而是……

軍營舊址往西，山路蜿蜒，山腰處有棵大樹。父王某次曾在這裡坐了大半夜，裴洵撫上樹下的大石，慢慢坐了下來。

夜風吹動著山間松濤，夾揉著一縷若有若無的簫音。裴洵猛然站起，細心傾聽，循著簫音往西而行。簫音悠悠揚揚，宛如風暴過後的大海，曲調中透著一絲悲涼，卻又有著歷經風波之後的平靜。

前方是處小山坡，一棵大樹下立著一道身影，淡淡星月光輝投在此人身上，白衫輕寒。裴洵有些不敢提步，生怕這被夜色籠罩著的乃是個虛幻之影，怕自己一發出聲響，那虛影就會隨這簫聲一起消失不見。

待簫聲稍歇，裴洵輕輕取出腰間竹笛。這曲調他似曾聽過，卻不甚熟悉，他只得依著此旋律吹出簡潔的曲調相和，只是在數處未免略現停滯。

白衣人靜然聽著，每當裴洵有所停滯時，便起簫音引著裴洵將曲子吹下去。裴洵越吹越是流暢，宛如流水從高山處奔騰而下，不管途中遇到巨石還是溝壑都歡快向前，激起白浪，最終流入平湖，歸於寂靜。

白衣人緩緩轉過身來，寒星般的眸子裡閃過一絲驚訝。裴洵怕對方再度離去，忙端端正正地長身一揖，「昨日在下魯莽，壞了兄臺釣魚的興致，這廂給兄臺賠罪，兄臺莫怪。」

「你是什麼人？」白衣人的聲音淡漠而優雅。

裴洵稍稍猶豫了一下，仍抬頭微笑，「在下姓裴，表字世誠。」

白衣人臉上未露任何表情，眼中卻似有什麼東西一掠而過，許久終慢慢地開了口：「你怎麼會這首曲子？」

裴洵細細想了想，道：「幼時曾聽父親吹過，留有印象，只是記不全了。」

白衣人嘴角慢慢上翹，絕美的笑容在夜色中綻放。裴洵不禁斂住呼吸，他甚至開始懷疑，眼前站著的乃是天上星月，而非塵世中人。白衣人卻忽將竹簫揣於腰間，攀上了面前那棵大樹。不一會兒，白衣人坐在樹上，低頭望著裴洵，笑道：「上來吧。」

裴洵暗喜，足尖在樹幹上點了兩下，旋坐落白衣人身邊。

山間的夜晚是這般靜謐，夜霧如波浪般輕湧。裴洵自幼在裴琰和董涓嚴格的訓育下長大，每日忙於學文練武，身邊又時刻有長風衛護擁著，何曾這樣單獨出行，這樣和一個陌生人坐於樹上，靜靜地欣賞夜色。

他很想知道身邊這人姓甚名誰、從何而來，卻又不敢開口，不敢破壞這份寧靜。

白衣人卻突像變戲法似的，手往背後一探，取出一個酒壺來，笑望著裴洵，「可能飲酒？」

裴洵一笑，接過酒壺，拔開壺塞，酒似銀箭直入咽喉。他大口喝下，正待說話，濃烈的酒氣嗆得他一陣急咳，喉間、肚中似有利刃在絞。

白衣人哈哈大笑，慢悠悠取過酒壺，慢悠悠地喝了一口，又斜睨著略顯狼狽的裴洵，笑道：「你還沒滿十八歲。」

裴洵不明對方怎知自己隔月才滿十八。白衣人唇邊笑意更深，「這酒名『十八春』，必得滿了十八歲的男子漢才飲得，小子今晚可無口福了。」

裴洵哪信，劈手便來奪酒壺，白衣人閃躲數下，知武功不及他，任由他奪去酒壺。裴洵這回卻學了乖，只慢慢小口喝著。可白衣人又像變戲法似的，從背後取出一樣東西。白衣人將包著的蒲葉打開，香氣四溢，竟是一隻「叫化雞」。

裴洵撕下一塊，塞入口中，不禁讚道：「真是好手藝，比我王……王伯父家的做得還要好。」他想起父王最愛啖這叫化雞，又想起昨日那套釣具，便放下酒壺，直視白衣人，語出至誠，「兄臺，你那釣具，不知可否相贈？」

白衣人靠在樹幹上，淡笑應道：「你昨日願出高價錢購買，怎麼今日卻要求我相贈了？」

「此等巧奪天工之物，非銅臭之物所能購得，昨日是我將此物看輕了。想來兄臺只願將這心愛之物贈給意氣相投之人，在下不才，願與兄臺結交。」

白衣人看著裴洵面上誠摯神色，如陽光般的笑意徐從雙眸中散開，良久，他仰頭喝了口酒，道：「我姓蕭，名遙。」

裴洵大喜，拱手道：「蕭兄。」

白衣人微微欠身還禮，「世誠。」

裴洵心情暢快，連飲數口，又念了一遍：「蕭遙？」再想起他昨日在河西渠邊釣魚餵貓的灑脫姿態，歎道：「兄臺倒真當得起這二字。」

蕭遙斜靠在樹幹上，看了裴洵一眼，「你父親，經常吹這首曲子麼？」

「吹得不多，父親常在京城，唯只來到河西之時才偶爾吹起。我隨侍左右，聽過兩三次。」

蕭遙笑了笑，「你記性不錯。我學這曲子，阿媽教了兩天。」

裴洵聽對方口呼「阿媽」，便問：「蕭兄可是華朝人氏？」

蕭遙望著深袤的夜空，良久方答：「我阿爸是月落人，阿媽是華朝人。」

「難怪。」裴洵忍不住歎了聲。月落男子姿容出眾，冠絕天下，這些年來月落藩王木風派出的使節屢有來京，他也曾見過數回。只是那群使節再俊美，皆及不上眼前這人三分。
蕭遙側頭望著他，「月落人，是否真都生得姿容絕美？」
「啊？」
「我雖是月落人，卻從沒去過月落。」
裴洵這才知對方是在華朝長大，點頭道：「是，月落山清水秀，男子俊美，女子秀麗，天下聞名。唉，所以才會多有劫難，才……」他將後面的話嚥了回去。
蕭遙卻微微一笑，「那是從前的事了，往後月落一族不可能再受欺凌。」
「這倒是。月落現下在藩王木風的治理下，日漸強盛，朝廷雖想收回治權，可並非那般容易之事。」
「何止不易？」蕭遙冷笑，「依我看，裴琰現下根本就不敢動月落半根毫毛。」
裴洵心頭一跳，裝作閒聊之樣，淡淡問：「忠孝王現今聲威赫赫，為何不敢收服一個區區月落？」
蕭遙伸出三根手指，「三個原因。」
「三個原因？」裴洵心頭劇跳。昔日在愼園書閣內，父王神情嚴肅，推窗遙望南方，也是如斯淡淡而言：「三個原因。」於是他緩緩問道：「哪三個原因？還望蕭兄賜教。」
蕭遙淺笑，說話間不慌不忙，「其一，月落這些年勵精圖治，兵力漸強，且月落地形複雜，裴琰若想用兵收服，比當年的桓國還不好打。其二，桓國威帝，有滕瑞輔佐，國力也並不比華朝弱。裴琰在南方未徹底穩定之前，並不敢和桓國打一場生死之戰。倘他欲收服月落，桓國定會趁虛而入。若是讓桓國和月落聯了手，裴琰必敗無疑。」
裴洵放慢呼吸，裝作漫不經心地又問道：「那第三個原因呢？」
蕭遙慢條斯理地飲了幾口酒，見裴洵仍眼神灼灼地望著自己，便笑了笑，抬手指向南方。

裴洵藉低頭撕雞肉掩去眼中驚訝之色，再抬頭時微笑道：「不說這些時事了，平白浪費這等美酒。」蕭遙大笑而應：「是啊，說這些真是掃興，咱們還是喝酒吧！」

夜色，星月，佳釀，叫化雞。一人說著京城的繁華富庶、風流逸事，一人說著自南方一路向北的所見所聞，不多時，二人即如同多年未見的好友。

裴洵倚上身旁的樹枝，笑道：「蕭兄……」

蕭遙卻忽豎起手指「噓」了一聲，裴洵忙止住話語。蕭遙聽了一陣，歎了口氣，甚是煩惱。再過須臾，「喵」聲漸漸清晰，數隻野貓竄上大樹圍著二人轉圈，其中一隻還跳到蕭遙懷中，拱來拱去。蕭遙將大黑貓攬住，搖了搖頭，「今天真沒得魚吃，你們怎麼老纏著我？」

裴洵聽得呆了，半晌方問：「牠們是你養的？」

「不是。」蕭遙懶懶道：「我只不過餵牠們吃了幾天的魚，就都跟著我了。唉，難怪阿媽經常說我是屬貓的，天生就和貓合得來。我家附近的野貓，後來全成家養的了。也不知我前世是不是一隻大懶貓。」

裴洵也想學學對方，便去抱身邊的野貓，野貓卻跳開，「喵喵」叫了數聲，貌極憤怒。裴洵頗顯尷尬，蕭遙大笑道：「看來你前世定和貓有仇，所以牠們不待見你，哈哈！」裴洵右手握拳，蹭了蹭鼻子，只覺自己似是開始醉了，說不出話來。

蕭遙笑罷，拍了拍懷中野貓的頭，「玩去吧，自己去找東西吃，我若走了，你們怎麼辦？」

裴洵心一跳，便問了出來，「兄臺要去何處？」

蕭遙將野貓放開，懶懶道：「月落。」

「哦，蕭兄在月落尚有親人？」

蕭遙微笑道：「有，這次回去，要拜見師叔祖，以及師叔和師姑。」

裴洵遲疑了一下，仍是問道：「蕭兄，你可還會回返河西府？」

蕭遙微微側頭，似是自言自語：「我猶得赴一趟桓國上京，說不定還要去月戎走走。」

「遊歷？」裴洵話語中帶上幾分豔羨，母妃房中收存山水筆記甚多，他自幼愛翻看這批書籍，但他也知以自己的身分，要想像蕭遙這般走遍天下，特別是去桓國，於他來說實是遙遠而不可及的夢想。

「也算遊歷吧，順道探探親，我的姨媽在月戎，我要代阿媽去看望她。我還有一個師叔祖在上京，我得去勸他幾句話，請他別做某件事情。」

裴洵笑道：「你的師叔祖眞多，遍及天下。」

蕭遙跟著笑了起來，「是啊，京城還有一個師叔祖，我從桓國回來後，估計快到年底了，正好去給這位師叔祖拜年。」

裴洵大喜，忙道：「那蕭兄屆時定得來找我，我要盡地主之誼，陪蕭兄在京城好好遊玩。」

蕭遙卻將手一攤，裴洵微愣，只得從懷中取出人皮面具。蕭遙接過，笑道：「看在你還了東西的分上，下次到京城時，我找你喝酒。」

裴洵連連點頭，「好，我府中多的是美酒，就怕蕭兄不來。」

「放心吧，一定會來的。」

酒壺乾，美食盡，弦月也漸向西移。裴洵終覺自己快要醉了，他從未喝過這樣烈性的酒，朦朧間見蕭遙取出竹簫，依稀聽到對方再吹響那首曲子，幽幽沉沉。他闔上眼睛，靠住樹幹，陷入了一場幽遠之夢。夢裡，父王像對念慈妹妹一樣，對著他和悅地笑；父王和母妃也不再那般疏冷客氣……

可夢，終究是要醒的。淡淡晨靄中，裴洵躍下大樹，揉著醉酒後疼痛的太陽穴，望著茫茫山野，已不見了那抹白色身影。樹下，只有那釣魚用的小竹凳和釣竿，靜靜地提醒著他，昨夜並不是一場夢。

「一定會來的！」——裴洵望著窗外的第一場冬雪，恨恨地念了句。

童修頗覺奇怪，這位小主子自入冬以來，便暗中將長風衛小子們皆派出去盯著入京的各條道路，還有城中月落人出沒的各個地方，說是尋找一名長相俊美的白衣人。每日回稟說未找到，裴洵臉上即會閃過一絲失望之色，轉而又微現被戲弄了的惱怒。

安思進來，躬腰道：「小王爺，王爺說明日他有要事抽不開身，讓您代他參赴今年的皇陵冬至祭典。」

裴洵極煩這類典禮，卻無可奈何。翌日清晨，他整了衣冠，在長風衛簇擁下往皇陵馳去。

安帝年幼，居於深宮，皇室凋零，這皇陵大祭歷年由裴琰主持。今年裴琰未能出席，由小王爺裴洵主持大典。裴洵雖然年輕，但主持祭典絲毫不亂，神情肅穆，舉止莊重，百官們在皇陵前磕下頭去，均在心中讚這裴洵大有其父之風，有些想得更遠的，只能爲眼前的謝氏列祖列宗暗暗捏一把冷汗。

祭禮過後，百官回城，裴洵卻再在皇陵中轉了一圈，方才上馬。甫出皇陵正弘門，他便「噓」的一聲勒住坐騎。長風衛們也紛紛勒馬，裴洵似是聽到了什麼，命眾人留在原地，勁喝一聲，喝聲中透著半絲歡喜，往皇陵西側馳去。

簫聲漸漸清晰，裴洵越發歡喜，躍身下馬，大步奔上山巒。

青松下，蕭遙仍是一襲白衫，遙望著皇陵方向，吹著那首帶著淡淡憂傷的曲子。見蕭遙面上隱帶悲戚神色，裴洵心中一動，收回就要出口的呼聲，默立在對方背後數步之處。

一曲終了，蕭遙慢慢放下竹簫，拜伏於地。他久久伏在地上，直至裴洵終忍不住輕咳一聲，才直起身來。他再看了一眼皇陵，長歎口氣，回過身，盯著裴洵看了片刻，微笑道：「世誠別來無恙？」

裴洵看了看身上的王服，見他明曉自己身分之後，並不喚自己「小王爺」，心中尤加歡喜，抱拳拱手喚聲：「蕭兄。」

蕭遙將竹簫撥得在手中轉了數圈，鳳眸微微瞇起，帶著些如陽光般溫暖的笑意，「我是來討酒喝的。」

「美酒早已備下，就等蕭兄前來。」

蕭遙大步走近，拉著裴洵的手往山下行去，口中道：「那就好，今兒個我是定要喝醉的。」

「蕭兄有此雅興，裴洵定當奉陪。」

話說月落藩王木風來京，顧命首輔裴琰忙了數日，這日才略得空閒，想起幾日未見長子裴洵，便喚來童敏。童敏忙將兒子童修叫來，童修哪敢在王爺面前扯謊，只得將裴洵陪著某位朋友，數日來笙歌美酒、冶遊京城之事，一五一十地道出。

裴琰眼中閃過一絲不悅，道：「可知這人是何來歷？」

「回王爺，童修不知。只知此人姓蕭，小王爺喚他蕭兄，他們在屋裡喝酒，也不許我們進去。一出來，這姓蕭的便戴著人皮面具，看不到他本來面目。」

「現在何處？」

童修頗有猶豫，被童敏瞪視一眼，童修只能老實答道：「小王爺帶著他遊攬月樓去了。」

裴琰哼了一聲，童敏、童修齊齊低頭，心中暗驚。裴琰冷冷道：「他回來後，讓他帶那人來西園見我。」

西園仍是二十年前的舊模樣，裴琰坐於西廂房的燈下，批閱著奏摺，想起日間木風棉裡藏針的話，甚感頭疼，歎了口氣。

桌上，有一方玉鎮，這是崔亮當年繪製《天下堪輿圖》時曾用過的。裴琰徐徐拿起玉鎮，輕輕摩挲著，目光投向窗外深沉的夜色。

子明，今日的月落，已不再是當年積弱的月落。木風在華、桓兩國間進退自如，縱乏你手上的那些東西，我也不能再動月落，你應當比誰都看得明白，爲何就是不願來見我一面呢？什麼詔書，什麼《天下堪輿圖》，我今都不求。我所求的，只不過想和你再大醉一場罷了。

冬夜的寒風吹得窗戶「咯嗒」輕響，裴琰起身走至窗前，看見院門打開，裴洵似是猶豫著走了進來，便又走回桌前坐下。

裴洵輕步進屋，見父王正低頭批閱奏摺，只得束手而立，大氣都不敢出。

裴琰將所有奏摺批罷，方淡淡道：「你越大越出息了。」

「孩兒不敢。」裴洵平定心神，答道：「孩兒新交了位朋友，堪稱當世奇才，孩兒想著要招攬他，遂便用了些心思，結交於他。」

「當世奇才？」裴琰笑了笑，「小小年紀，你知曉何人才當得起這四個字？便是這西園的舊主，只有他才是當世奇才！」

裴洵縱聽聞過那崔軍師的名頭，卻仍頗生不服，道：「父王，您若是見過蕭兄，便知孩兒所說之話絕無虛假。」

「哦？」裴琰呷了口茶，淡淡道：「既是如此，就讓我瞧瞧你識人的眼力如何，請你的這位蕭兄進來吧。」

裴洵暗喜，應了聲，轉身便奔。裴琰搖了搖頭，又低頭飲茶。不過片刻，腳步聲響，裴洵笑著大步進來，話語中透著驕傲，「父王，這位就是我新交的至友！」

裴琰緩緩抬起頭，只見燈影下，一名白衣人步履輕鬆地踏入房中。裴琰正有些恍惚，覺得這白色身影似頗眼熟，那白衣人已輕輕撕下臉上的人皮面具，向著他微微而笑，長身施禮。

「姪兒蕭遙，拜見裴伯父！」

〈特別番外〉三朝野史

【稗官野史】泛指記載軼聞瑣事的文學作品。稗官：古代小官，專給帝王述說街談巷議、風俗故事，後來稱小說爲稗官。野史：非官家編撰的史書。

泱泱九州，千載風流，無數史實淹沒在歷史塵埃之中。嚴肅而冷靜的史書，有時難以還原歷史事件之眞相，如同華朝末年那段風起雲湧的歲月，誰也不知究竟發生了一些什麼。其後華滅齊興，桓國衰落，亦是波譎雲詭、驚心步步。

華朝滅亡後，齊國太祖命「天玄閣」掌門崔逸會同史學家編撰了《華史》。但崔逸有感於史筆的局限性，另將所搜集到有關華末齊初兩朝的文獻、筆記、傳奇乃至民間諺俗等悉心整理，輯爲《華稗》、《齊稗》。崔逸後北上桓國，遇上在桓國「南子之亂」中倖存下來的一批文士，志同道合，又合力編寫了《桓稗》。從而讓我輩得以從這些被史學家嗤之以鼻的野史稗末中，一窺那段令人心潮澎湃的歲月。

稗者，非正史也，或有胡言亂語、怪力亂神之言，諸位看官可一笑之。

一、華稗

◆安帝之死

華末，安帝以七歲稚齡登基，幸得顧命首輔的忠孝王裴琰一力扶持，才安然度過數次宮變謀逆。可惜安帝身子較弱，一直居於深宮，不好文史武功，獨好研究香料。

南方的烏琉國盛產香料，尤以「沉香梢」聞名於世。世有傳言：在月圓之夜，若沉香梢盛開，其所散發的香氣千載不消，若能吸其香魂，將月夜飛升。這僅是民間傳聞，唯安帝信之不疑，可惜沉香梢極難栽活，烏琉國上千年來僅有一株成活，沉香梢的種子亦不過八顆。

但烏琉國當時與岳藩連年激戰，自與華朝交惡。安帝求沉香梢不得而鬱鬱寡歡，後來甚至不早朝、不見臣子，也不納嬪妃。

忠孝王裴琰爲解帝憂，同時爲了平定南方局勢，於天命之年再度披甲，領南安府、玉間府八萬人馬馳援岳藩。兩載征戰，岳藩世子戰死沙場，藩王岳景陽死於流箭，裴琰也舊傷復發，終將烏琉國大軍擊敗，華朝大軍以風捲殘雲之勢掃過烏琉大地。

裴琰收服烏琉，帶回八顆沉香梢的種子。安帝狂喜，當場下旨：因朕要一心培植沉香梢，不勝帝位，欲禪位於忠孝王裴琰。裴琰驚駭得伏地痛哭，吐血不已，安帝無奈，復收回聖命。只是自此以後，安帝再未出現在朝臣面前，而是自閉於後宮禁苑，一心培植沉香梢。

悠悠八載時光，忠孝王裴琰操勞過度而舊傷復發，撒手人寰。其長子裴洵繼任忠孝王位，兼任顧命首輔。

安帝得知裴琰去世，於後宮痛哭三日，卻仍一心培植沉香榻，精神漸漸陷入癡狂，三度下旨要將帝位禪讓給忠孝王裴洵。裴洵惶恐不安，不敢上朝，政事無人主理，朝廷漸陷入紛亂之中。而安帝培植沉香榻不成，性情大變，屢誅身邊宮女內侍，宮中人人自危。

僅剩最後一粒沉香榻種子時，安帝日夜蹲守於幼苗旁，任何人一旦接近，必誅之。一名姓許的內侍不小心入了禁苑，安帝命人將其亂棍打死。許內侍收有兩名義子，心傷義父之死，憤而謀逆。他們糾集不軌之徒，衝入內廷。幸得忠孝王裴洵獲知消息，及時趕來，在禁苑門口與逆賊發生激戰。

一番血戰，裴洵擊斃全部謀亂者，正要向安帝請罪問安，謀逆者流出的鮮血匯成血溪，緩緩滲入泥土之中。當日正是月圓之夜，禁苑門口的上千人，目睹了奇異的一幕：鮮血滲入沉香榻幼苗的周圍，幼苗迅速抽芽生長。

安帝大喜，終於明白了沉香榻要以人血養之，眼見幼苗生長速度越來越慢，安帝拔出長劍欲砍殺眾人，眾人齊齊迴避，裴洵跪地泣呼。安帝無奈，站於沉香榻旁，引劍自刎。

安帝的鮮血噴在沉香榻上，沉香榻終得生出花蕾。安帝跪於花蕾前，抱住花蕾，頸中之血不停地流澆花蕾，月華籠罩在他身上，發出一種淒冷的光。在這片淒冷的光華中，沉香榻終於盛開，清香溢滿整個皇宮。

安帝臨終前望著盛開的沉香榻，狀極欣慰，他用盡最後力氣，將玉璽拋給跪於一旁的裴洵。香霧四溢，漸漸淹沒了安帝及沉香榻。

等香霧漸漸散去，已不見安帝身影，地上僅餘一株枯萎了的沉香榻。裴洵及眾臣伏地痛哭，但因事涉怪力亂神，裴洵下嚴令，當夜之事不得外洩，違者誅九族。

安帝無子，謝氏皇族凋零。眾臣無奈，只得拜請忠孝王裴洵救國於危難之中，即帝位，改國號為「齊」。裴洵是為齊太祖，尊亡父裴琰為高祖聖光孝皇帝，尊母親董氏為聖光孝太后，立崔氏為皇后。

◆寒月劍

「寒月劍」爲千年名劍，亦曾爲華朝開朝聖祖所用佩劍。華聖祖用寒月劍縱橫天下，開闢了華朝江山。但立國以後，聖祖歎「寒月劍殺氣過重，飲血過多，現當以禮治國，宜封之」，遂將寒月劍封於皇陵地底。

華承熹五年冬至，成帝死於莊王及衛昭謀逆，皇陵方城在大火中燒爲灰燼。二十年後，方城重修，工匠於某夜挖地基時，寒光迸現，籠罩整個皇陵，寒月劍重現於世。

忠孝王裴琰得知寒月劍重現於世，欣喜不已，持劍彈刃歎道：「寒月出世，天下可定。」

寒月劍重現於世的當月，裴琰便收了一名義子。義子姓蕭名遙，俊美無雙，風華絕代。裴琰遂將寒月劍賜給義子蕭遙，並親授其長風劍法。

第二年，桓威帝再度以十五萬大軍南下，裴琰率長子裴洵、義子蕭遙再度領軍北征，與桓軍決戰於成郡。蕭遙爲左軍將軍，其長相太過俊美，桓軍罵陣時屢屢嘲笑之。蕭遙遂以銀色面具遮住眞容，並在陣前割血立誓：「一日不將桓軍擊敗，一日不以眞容示人。」

蕭遙英勇善戰，屢有智謀，其統率的左軍所向披靡，風頭超過裴洵率領的右軍。兩軍將士皆對蕭遙欽服不已，因其持寒月劍縱橫沙場，都呼其爲「寒月將軍」。

麒麟谷一役，桓相滕瑞使詐，引蕭遙入深谷。蕭遙陣前臨危不亂，率五百死士力守谷口，及時等到主力大軍前來。蕭遙卻中箭跌入急流之中，不知去向。

裴琰得知，大驚失色，下嚴命尋找。一個月後，蕭遙無恙歸來，只是身邊多了一名女子。該女子一直以紗蒙面，身有異香。蕭遙要娶此女子爲妻，裴琰以其來歷不明，不允。蕭遙當眾割去一綹烏髮奉給裴琰，謝其授藝之恩，遂攜那名女子的手，飄然而去。

裴洵急追義兄，蕭遙卻將寒月劍朝後拋出，寒月劍直入松樹樹幹。待裴洵抽出寒月劍，蕭遙與那女子已不見了蹤影。

自此，「寒月將軍」絕跡於人世。

裴琰率長風騎將桓軍趕回黑水河以北，撫劍長歎，將寒月劍投於黑水河。絕世名劍，自此長眠於兩國交界處的深河之中。

裴洵登基爲帝後，命人在凌煙閣繪了三十二功臣的畫像，東首第一位，丰神俊秀，軒然若舉，即是「寒月將軍」蕭遙。

二、齊稗

◆長樂之盟與玄天閣

關於齊國與月落國如何結爲「長樂之盟」，是齊史上四大疑案之一。

齊太祖裴洵登基，三年後有姜氏遺孤在蒼平府起兵謀亂，太祖命鎮北侯寧思明領兵平定叛亂。當時，桓國元帝廢順帝，引發「南子之亂」，月戎也發生叛亂，桓國陷入內亂之中。

月落藩王木風見華、齊兩國皆忙於平定內亂，便宣布脫離齊國藩治，自立爲月落國。

齊國內亂很快被平定，齊太祖三度下旨，令木風重歸齊國，木風僅回一字：「戰。」太祖大怒，領十二萬大軍親征。到達長樂城後，太祖裴洵卻出人意料地未發起進攻，大軍在長樂城駐紮了半個月，又撤回河西。

其間原因，並無一個公開的說法。但據貼身隨侍太祖的侍衛透露：太祖抵達長樂城後的當夜，一名姓崔的神祕人求見太祖，出示了一支竹簫爲信物。這名侍衛在後來曾見過此人，即是後來修撰《華史》的天玄閣閣主崔逸。

太祖與崔逸一番長談後，深夜出城，在城外某處莊園待了大半夜，將近黎明時才出莊。太祖回返長樂，即下令撤兵。回京後太祖頒發詔令：齊國承認月落自立，並與月落國結爲「兄弟之邦」，世代友好。

不久，月落國王木風修書齊國太祖皇帝：

懇請齊國歸還月落聖教主蕭無瑕之遺物，並將其反抗前朝暴政之英烈事蹟，昭告天下。

齊太祖裴洵下令，將衛昭遺物悉數送返月落。木風主持聖典，月落數萬人於星月峰祭奠英靈，並立下「鳳凰碑」，世代祭祀。

桓國元帝將國內叛亂平定後，在五大貴族部落的慫恿下，本欲再度南征。聽聞齊、月兩國結爲「兄弟之邦」，於宮中哀歎「木風欺朕也！」，遂打消了南下的念頭。自此齊、桓、月三國鼎立，天下共享數十年的短暫安定。

由於天玄閣閣主崔逸本身爲《齊史》的編撰者，故對此段史實的眞相隱晦不言。只是民間多有傳聞：太祖裴洵當夜在那神祕莊園之中，先是見了一名白衣男子，據隨行侍衛辨認，此人依稀像當年叱吒沙場的「寒月將軍」蕭遙。還據月落方面的傳言：當夜，月落國王木風似也帶著一批人馬偷偷出了國境，去向不明，直至天明方才返回國境。

其間眞相究竟如何，無人得知。只是自此夜後，隱跡百餘年的「天玄閣」重出江湖，由崔逸執掌門戶。太祖請崔逸爲「國師」，禮遇甚隆。

曾有人懷疑崔逸是崔皇后的親人，太祖是看在崔皇后的面子上，才盛待崔逸，但朝廷始終沒有承認此事，崔逸也始終未入仕爲官。故此說法，僅止於民間的揣測而已。

◆慧貞長公主

高祖聖光孝皇帝裴琰共有二子一女，長子裴洵即後來的齊太祖，爲聖光孝太后董氏所出。次子裴洛和獨女裴念慈皆爲側室漱雲夫人所出。

據史書記載：裴念慈少聰慧、性嬌憨，深得裴琰寵愛。裴琰年少時談笑風流，成家後日漸威嚴。二子皆嚴格訓育，唯獨對此女十分驕縱，每當二子觸犯家規面臨嚴懲時，只要幼女求情，裴琰必網開一面、手下留情。裴洵和裴洛，得幼妹求情之恩甚多。故裴洵登基爲帝後，即封裴念慈爲慧貞長公主，允其車駕入宮無須下車、素面朝聖無須著宮服。

裴念慈十四歲時，裴琰嘗想將其許配給義子「寒月將軍」蕭遙，蕭遙以「念慈妹妹年紀尚幼」爲由謝辭。蕭遙在成郡攜美隱跡，消息傳回京城，裴念慈正與安帝之姐對弈。裴念慈聽聞後淡然一笑，落下一子，曰：「君既無心我便休，子不我思，豈無他人！」

待父兄得勝回京，裴念慈即提出比武招親，而裴琰居然同意了女兒此一驚世駭俗的要求。惜乎當時武林少年英雄凋零，擂臺三日，竟無一人能勝過裴念慈。裴念慈震斷長劍，深深歎道：「我若爲男兒身，必執掌武林牛耳，睥睨天下豪傑！」此話傳回王府，裴琰大笑。

倒是裴洵對這話念念不忘，他登基爲帝後，不但封了幼妹爲慧貞長公主，還封其爲武林盟主，眞正是「執掌武林牛耳，睥睨天下豪傑」，傳爲一時佳話。

尤令人稱奇的是，裴念慈最後竟然看上了一名手無縛雞之力的孔秀才。孔秀才不喜武力，裴念慈便將寶劍束之於閣，洗手親做羹湯，布衣服侍公婆。

有民間傳言：新婚之夜，孔秀才逼裴念慈立誓，不得以娘家之力助其考取功名，方才踏入洞房。後孔秀才果然高中探花，至於其兩位大舅子有無居中出一把力，則不得而知。

只是裴洵登基後，孔探花死活不願入朝爲官，遂在翰林院編史，終老一生。

三、桓稗

◆滕皇后與「南子之亂」

桓國由於元帝廢順帝，又經歷「南子之亂」，威帝宇文景倫執政期間諸事在日後史書中多隱晦不明，但對滕皇后之記載卻十分詳盡。

傳言說是元帝雖廢了順帝，然對順帝之母即當年的滕皇后十分敬重，私下亦常歎：「滕皇后雖是南人，卻實當得起『母儀天下』四字。」

滕皇后乃華朝人，眉目清華、溫婉端凝。威帝宇文景倫借重其父滕瑞之智謀，登基爲帝，即立其爲皇后。

滕皇后好讀書、通禮儀，生性節儉、殷勤恭順，其深明大義，屢有明諫。威帝在滕瑞等南人士子的支持下對桓國軍政進行大刀闊斧的改革，屢遇阻力，每遇煩躁不安之時必到滕皇后宮中小坐，經皇后悉心勸慰，便會心情轉好，威帝因此對滕皇后十分敬愛。

但宮中屢有傳言，威帝宇文景倫最愛的並非滕皇后，而是一名月戎國女子。該女子還與威帝生下了一個兒子，即威帝未登基前從月戎國帶回的一名男嬰。可威帝始終沒有承認此事，只是收這名男嬰跋野風爲義子，後封爲鄭王。

滕皇后對此類傳言一笑置之，她對自己的親生兒子、威帝側妃所生諸子以及義子跋野風皆一視同仁，親自教育。

元帝自幼喪母，也是滕皇后將其收於膝下，悉心撫養成人。所以元帝後來雖廢順帝，卻始終對滕皇后滿懷敬意。

光宅四年，滕皇后病重，臨終前拉著威帝的手，囑其莫妄動干戈，道：「華朝軍力強盛，桓國十餘年變革，部落貴族人心不穩，不宜南征，切記切記！」又流淚叮囑其父左相滕瑞放棄執念，別再勸威帝南征。可惜威帝及滕瑞不聽其言，仍於次年發兵南下，再敗於裴琰手下。

滕瑞舊傷復發，死在回上京的路途之中。

威帝先失滕皇后，再經戰敗之痛，又失滕瑞，傷心不已。回上京後，威帝在滕皇后陵前坐了三天三夜，痛哭流涕，撫碑泣道：「朕愧未聽皇后之言，今時今日，朕才知朕之所愛竟是皇后！」

威帝自此鬱鬱寡歡，朝政多有懈怠，其執政前期所進行的改革亦因滕瑞之死而漸有擱置。

威帝死後，滕皇后所生之子登基，是爲順帝。但桓國五大部落貴族對威帝的漢化政策積怨已深，遂於大業四年召開了廢棄多年的五部聯盟會議，指故皇后滕氏所生長子桓順帝有南人血統，廢了順帝，由赫蘭王登基爲元帝。

元帝登基後，即廢止了威帝期間頒布的各項改革條令。滕瑞門生及桓國士子不服，與桓貴族發生了激烈的衝突，士子們靜坐於皇宮前，並公布檄文，聲討元帝謀逆。

元帝命五部入京鎮壓士子，八月十五，上京血流成河，士子死傷無數。廢順帝亦被逼在皇宮門前飲鴆身亡。此次騷亂，史書稱爲「南子之亂」。

元帝血腥鎮壓，最終平定大局，桓國重由各部落貴族執掌大權。但元帝爲平定民心，威帝時期的一些法令仍逐步有所恢復。

◆跋野風

鄭王跋野風，乃桓威帝自月戎帶回的養子。民間多有傳言，說此子乃威帝與一月戎女子所生。

跋野風後爲滕皇后撫育成人，滕皇后對威帝諸子皆視同己出，親自教育。唯獨跋野風生性好武，於詩文一道深覺頭疼。威帝聞之，大笑道：「野駒子野性未馴，也罷，且由他去。」滕皇后一哂，此後亦不勉強。威帝於是親授武功，跋野風在武學一途天賦甚高，加之勤奮好學，年方弱冠便躋身桓國一流高手之列。

鄭王成年後，相貌堂堂，氣宇軒昂，性情沉穩剛毅，騎術武功俱精。威帝嘗撫其背曰：「此子肖我。」

鄭王唯對滕皇后始終執禮甚恭，視如己母，並與滕皇后所生子女關係甚好。尤與幽蘭公主宇文蕙感情最篤，兄妹二人或策馬草原，或刀劍互搏，形影不離。宮中曾有傳言，威帝有意將幽蘭公主許配鄭王。

滕皇后去世後，鄭王悲傷不已，於皇后靈前發誓，願傾一生之力護佑弟妹。幽蘭公主於南征途中失蹤後，鄭王傷心難抑，始終堅信公主尚在人間，決意南下尋找公主。自此跋野風踏遍華朝山山水水，尋找幽蘭公主。

其後威帝薨逝，順帝繼位不久，即遇桓國五大部落作亂。順帝被廢，赫蘭王登基稱帝，是爲元帝。待跋野風聞訊趕回，順帝已死於南子之亂中。

跋野風馳援不及，後悔莫及，深感愧對先帝與皇后，憤而入宮刺殺元帝。豈料元帝恐遭人暗算，宮中早有高手埋伏。跋野風以一人之力，力敵宮中上百高手，擊傷格斃數十人，終以威帝所傳白鹿刀刺傷元帝右胸，而跋野風亦因寡不敵眾，傷重難支，不得不遠遁而去，自此之後下落不明，威帝之白鹿刀一同失蹤。元帝亦由此落下氣胸之疾。

數年後，在月戎國和桓國交界的草原上，出現了一夥來如風去如電的馬賊，神出鬼沒，屢屢作案，劫掠桓國官軍糧草，唯獨對過往客商秋毫無犯，桓國官兵數次圍剿皆大敗而回。這夥馬賊爲首之人是一蒙面首領，手持一柄大刀，有萬夫不當之勇，當地之百姓咸說那就是桓威帝的白鹿刀。

◆幽蘭公主

滕皇后生有一子一女，子爲後來的桓順帝，死於「南子之亂」。但其所生的女兒，史書記載卻僅一句：

「幽蘭公主，年十七，卒。」

關於這個幽蘭公主，桓國民間多有傳言，道其出生時宮廷溢滿清香，故威帝封其爲「幽蘭公主」。

幽蘭公主性好習武，性情豁達。自幼拜在一品堂堂主易寒門下，練得一手好劍法，而其騎術尤精，勝過幾位兄長，與鄭王跋野風不相上下。

滕皇后死後，桓威帝率大軍南征，幽蘭公主隨軍南下。她原意似是長長見識，看一看母后心心念之的南方。但據貼身服侍其的侍女後來回憶：南征途中，幽蘭公主屢見戰爭慘象，數度勸諫威帝止息干戈，威帝及滕瑞仍未改初衷。

成郡一役，鄭王中「寒月將軍」蕭遙之計，被困野豬林。幽蘭公主率部前去救援，與蕭遙激戰數百回合，被蕭遙引入叢林之中，所幸她熟悉星象，安然脫險，孤身回到軍中。

麒麟谷一役，滕瑞施奇謀，引蕭遙入谷。幽蘭公主奉滕瑞之命，扼守躍馬澗。蕭遙逃至躍馬澗，被幽蘭公主一箭射中，跌落激流。而幽蘭公主亦被蕭遙拋出的繩索捲中，隨之跌落深澗。蕭遙後脫險回到長風騎，幽蘭公主卻芳蹤渺渺，再未現於人世。

威帝得知愛女罹難，痛哭不已，滕瑞也老淚縱橫，引發舊患，最終病逝於回國途中。

桓軍戰敗回國後，威帝嘗試圖與華朝和好，修書一封，懇請華朝忠孝王裴琰代爲尋找愛女遺骨。裴琰曾派人在躍馬澗一帶尋找，卻均無所獲。

一代幽蘭，自此長眠於異國他鄉。

（全文完）

國家圖書館出版品預行編目資料

流水迢迢（卷四）花開並蒂／籲樓著；── 初版．
──臺中市：好讀，2013.4

面：　公分，──（眞小說；27）（籲樓作品集；4）

ISBN 978-986-178-269-0（平裝）

857.7　　　　102001773

好讀出版

真小說 27

流水迢迢（卷四）花開並蒂

作　　者／籲　樓
總 編 輯／鄧茵茵
文字編輯／簡伊婕、林碧瑩
美術編輯／鄭年亨
行銷企畫／陳昶文
發 行 所／好讀出版有限公司
台中市 407 西屯區何厝里 19 鄰大有街 13 號
TEL:04-23157795　FAX:04-23144188
http://howdo.morningstar.com.tw
（如對本書編輯或內容有意見，請來電或上網告訴我們）
法律顧問／甘龍強律師
承製／知己圖書股份有限公司　TEL:04-23581803

總經銷／知己圖書股份有限公司
http://www.morningstar.com.tw
e-mail:service@morningstar.com.tw
郵政劃撥：15060393 知己圖書股份有限公司
台北公司：106 台北市大安區辛亥路一段 30 號 9 樓
TEL:02-23672044　FAX:02-23635741
台中公司：台中市 407 工業區 30 路 1 號
TEL:04-23595820　FAX:04-23597123

初版／西元 2013 年 4 月 1 日
定價／220 元
如有破損或裝訂錯誤，請寄回知己圖書台中公司更換

Published by How-Do Publishing Co., Ltd.
2013 Printed in Taiwan

ISBN 978-986-178-269-0

情感小說 · 專屬讀者回函

書名：流水迢迢（卷四）花開並蒂

姓名：________________ 性別：□男 □女 生日：______年______月______日

教育程度：________________________

職業：□學生 □教師 □一般職員 □企業主管

□家庭主婦 □自由業 □醫護 □軍警 □其他________________________

電子郵件信箱（e-mail）：________________________ 電話：____________________

聯絡地址：□□□ ____

您怎麼發現這本書的？

□書店 □____________ 網路書店 □朋友推薦 □____________網站／網友推薦

□其他____

買這本書的原因是

□內容題材深得我心 □價格便宜 □封面與內頁設計很優 □其他____________

您閱讀此本小說的原因：□喜愛作者 □喜歡情感小說 □值得收藏 □想收繁體版

□其他____

您喜歡閱讀情感小說的原因

□打發時間 □滿足想像 □欣賞作者文采 □抒解心情 □其他________________

您不喜歡哪類情感小說的情節設定

□人人都愛女主角 □女主角萬能 □劇情太俗套 □太狗血 □虐戀 □黑幫

□其他____

最無法忍受的主角人物關係

□父女 □師生 □兄妹 □姊弟戀 □人獸 □ BL □其他____________________

您最常接觸情感小說的方式

□購買實體書 □租書店 □在實體書店閱讀 □圖書館借閱 □在____________

網站瀏覽 □其他____

您喜歡的情感小說種類（可複選）

□宮廷 □武俠 □架空 □歷史 □奇幻 □種田 □校園 □都會 □穿越 □修仙

□台灣言情 □其他____

推薦你喜歡的情感小說作者或作品（多多益善喔）

____

您這對本書還有其他想法嗎？請通通告訴我們：

____

請填妥後對折黏貼，直接投郵即可，無須貼郵票。

廣告回函
台灣中區郵政管理局
登記證第 3877 號
免貼郵票

好讀出版有限公司　編輯部收

407 台中市西屯區何厝里大有街 13 號

電話：04-23157795-6　傳眞：04-23144188

沿虛線對折

填 問 卷， 送 好 書

詳填此張讀者回函，並附上 40 元郵票（寄書郵資），即送您好書